월드클래식 — 한국문학라이팅북

필사의 힘

김승옥처럼【차나 한 잔】따라쓰기

20___년 ___월 _____ 필사하다

월드클래식 ─── 한국문학라이팅북

필사의 힘

김승옥처럼 【차나 한 잔】 따라쓰기

Kim, Seung Ok

미르북
컴퍼니

수록 작품

"오늘도 일곱 자루의 연필을 해치웠다.
필사하십시다, 지금 당장!"

어니스트 헤밍웨이

필사는 "손가락 끝으로
고추장을 찍어 먹어 보는 맛!"

시인 안도현

김승옥처럼《차나 한 잔》을 따라쓰며
작가의 감성과 희망을 느끼는 시간이 되기를

    우리는 삶이 버겁고 어렵다는 이야기를 나누곤 합니다. 지나친 욕심과 물질 만능 주의 그리고 숨 가쁜 경쟁과 수많은 거짓은 우리 모두를 지치게 만들곤 하지요.

    우리에게는 '치유와 휴식' 그리고 무엇보다도 '용기와 희망'이 무척 절실합니다.

    여기 한국 작가들의 스승이자 한국 문단의 거목인 김승옥 작가가 있습니다. 김승옥은 한국 문단의 신화와 같은 작가로, 문학평론가 유종호는 그의 작품을 두고 '감수성의 혁명'이라 칭하며 "그는 우리의 모국어에 새로운 활기와 가능성에의 신뢰를 불어넣었다"고 평했습니다. 1960년대 한국 문학에 새 바람을 일으킨 김승옥의 작품들은 절제된 감성과 지성이 결합한 빼어난 문체를 바탕으로 남다른 감수성을 선보였고, 시대를 뛰어넘어 지금까지도 젊은 작가들에게 영감을 주고 있습니다.

그럼 이제 연필이나 펜을 손에 쥐어 볼까요.

누구나 김승옥이 된 것처럼 그의 마음을 헤아리며 가슴 먹먹해질 것입니다.

다 쓰고 나면 우리가 얼마나 아름답고 강인한 존재인지, 어떤 마음으로 내 앞의 생을 대해야 하는지 깨닫게 될 것입니다.

삶은 어렵습니다. 고통스럽고 외롭기도 합니다. 그러나 우리는 살아야만 하는 분명한 이유가 있습니다. 후에 반드시 눈부신 빛을 만나게 될 테니까요.

손으로 기억하고 싶은, 김승옥처럼 [차나 한 잔] 따라쓰기를 통해 사람들의 일상과 고뇌, 애환을 절제된 아름다운 문장으로 표현하게 되시기를 바랍니다.

이렇게 따라써 보세요

눈으로 읽고 손으로 한 글자 한 글자 또박또박 써 내려 갑니다. 문장을 천천히 음미하면서 읽어 보세요. 그리 고 자신이 김승옥이 되었다고 생각하고 천천히 따라 서 써 보세요. 《차나 한 잔》을 따라쓰기 하며 자신의 내면과 만나는 순간 내가 어떤 삶을 살고 있는지, 그 오랜 고민에 대한 답을 조금이나마 얻게 될지도 모릅 니다. 필사의 힘을 온몸으로 느끼실 수 있습니다. 따라 쓰다가 무척 마음에 드는 문구가 나오면 밑줄을 그어 도 좋습니다. 지금 바로 한 페이지를 채워 볼까요?

오늘 아침에도 그는 설사기 때문에 일찍 잠이 깨었다. 자리에서 일어나기가 싫어서 할 수 있는 데까지 참아보려고 했다. 그러나 배가 뒤틀으면서 벌써 항문이 움찔거려서 견디어낼 수가 없었다. 휴지를 챙겨 들고 변소로 갔다. 어제저녁에 먹은 구아나딘이 별로 효과를 내지 못한 모양이다. 변소에 쭈그리고 앉아서 그는 자기의 배알이에 대해서 생각해보았다. 파슥을 했다거나 기름진 것을 먹은 적도 요 며칠 안엔 없었다. 있었다면 좀 심한 심리의 긴장 상태뿐이었다. 신문에서 자기의 연재만화가 요 며칠 동안 이따금씩 빠져 있었기 때문에 그는 나쁜 예감으로 불안에 있었던 것이다. 재미가 없었던 것일까 하고 생각하며, 그래도 여전히 그날분의 만화를 그려서 가지고 가면, 문화부장은 어느 때와 똑같은 태도로 만화를 받아서 어느 때와 똑같이 열심히 그것을 보고 나서 어느 때와 똑같이 아주 우스워서 못 견디겠다는 듯이 오랫동안 고개를 끄덕이며 껄껄거리고 나서,

"좋습니다. 아주 걸작입니다."

라고 말하는 것이었다. 그러면 그는, 문화부장의 태도에 다분히 과장이 섞인 것을 보면서도 역시 거우 안심을 하고 묻는 것이었다.

"오늘 치는 빠졌더군요."

그러면 문화부장은 안경을 벗어서 양복 깃에 닦으면서,

"아, 기사 복주 판계입니다."

14

Q 따라쓰기를 하면 글쓰기 능력이 향상되나요?

A 네. 그렇습니다. 전반적으로 글쓰기 능력이 향상됩니다. 따라쓰기를 미술에 비유하자면 마치 화가 지망생이 명화를 따라 그리는 것과 같다고 생각하시면 됩니다. 뛰어난 문학 작품을 처음부터 끝까지 따라쓰게 되면 글쓴이가 사용한 어휘, 문장 부호, 문체 그리고 이것들이 모여 이루어진 문장을 자연스레 익히게 됩니다. 그러므로 글쓰기에 대한 자신감은 물론이고 전체적인 내용을 구성하는 능력까지 키울 수 있게 됩니다.

Q 소설 전체를 따라쓰는 것과 일부를 따라쓰는 것 중 어떤 것이 더 효과적인가요?

A 이번에도 미술에 비유해 보겠습니다. 요하네스 베르메르의 〈진주 귀걸이를 한 소녀〉를 좋아하는 화가 지망생이 그림 전체가 아닌 그림 일부분만을 따라 그렸다고 상상해 보십시오. 이 그림이 수백 년 동안 사랑받고 있는 이유는 소녀의 눈망울이 몹시 매혹적이기 때문입니다. 하지만 그림 전체가 아니라 소녀의 눈만 그린다면 눈 아래의 오똑한 코와 부드럽게 빛나는 붉은 입술은 볼 수 없을 테고 당연히 그림에서 깊은 감흥을 느낄 수 없습니다.

따라쓰기도 마찬가지입니다. 소설 전체를 따라 써야 문장의 장단점을 파악해 장점을 극대화하고 단점을 걷어 낼 수 있습니다. 특정 단락의 문장이 뛰어나다고 해도 그것은 어디까지나 완성된 한 편의 작품 속에서 다른 단락들과 조화를 이루어야 더욱 빛나는 것입니다.

Q 따라쓰기를 할 때 소설이 아니라 시를 선택해서 써도 되나요?

A 문학인을 지망하는 사람이 아니고 또 글쓰기 능력이 전반적으로 향상되는 것을 원한다면 시보다는 소설이 더 적절합니다. 시의 경우 소설에서는 잘 쓰지 않거나 허용되지 않는 기발하고 독특한 표현을 사용하는 빈도가

높기 때문입니다.

Q 어떤 분이 이르기를 따라쓰기는 자신의 색깔을 잃을 수 있으니 지양해야 한다고 하는데 이 부분에 대해서 조언을 듣고 싶습니다.

A 뛰어난 문장가들의 문장을 따라쓰다 보면 비슷한 유형의 문장을 자신의 글을 쓸 때에도 쓰게 되는 경우가 생길 수 있습니다. 하지만 그것은 짧은 시기에 불과할 뿐이고 끊임없이 글쓰기 연습과 독서를 병행하면 자신만의 색깔을 찾을 수 있습니다.

Q 따라쓰기를 하면 정말 마음이 가라앉고 힐링이 되나요?

A 컬러링북에 색깔을 채워 나가다 보면 마음이 고요해지고 그것에 더욱 몰입할 수 있게 됩니다. 따라쓰기도 마찬가지입니다. 다만 한 가지 더 좋은 점이 있다면 글쓰기 능력도 향상된다는 것입니다.

Q 작가가 되고 싶은데 어느 정도로 따라쓰기를 해야 할까요?
하루에 얼마나 시간 투자를 하면 되는지 궁금합니다.

A 따라쓰기는 순전히 각자의 역량에 맞춰 할 수 있는 작업입니다. 그러니 너무 지치지 않을 정도로 쓰는 게 좋습니다. 다만 하루도 빠짐없이, 5분이라도 시간을 투자해서 매일 쓰는 것이 좋겠습니다. 이런저런 사정을 핑계로 띄엄띄엄 쓴다면 곧 지루해지고 중간에 포기할 가능성이 높아집니다.

Q 한국 작품이 아니라 외국 작품의 번역물을 선택해도 되나요?

A 우리가 외국 작품을 읽을 때 번역본을 읽는 것처럼, 따라쓰기도 원문을 따라쓰기 어렵다면 번역본을 따라쓰는 것도 훌륭한 방법입니다. 다만 여러 개의 번역본을 비교해 보고, 쉽게 읽히거나 문체가 마음에 드는 번역본을 선택하는 것이 좋습니다.

차나 한 잔

오늘 아침에도 그는 설사기 때문에 일찍 잠이 깨었다. 자리에서 일어나기가 싫어서 참을 수 있는 데까지 참아보려고 했다. 그러나 배가 뒤끓으면서 벌써 항문이 옴찔거려서 견디어낼 수가 없었다. 휴지를 챙겨 들고 변소로 갔다. 어제저녁에 먹은 구아니딘이 별로 효과를 내지 못한 모양이다. 변소에 쭈그리고 앉아서 그는 자기의 배앓이에 대해서 생각해보았다. 과식을 했다거나 기름진 것을 먹은 적도 요 며칠 안엔 없었다. 있었다면 좀 심한 심리의 긴장 상태뿐이었다. 신문에서 자기의 연재만화가 요 며칠 동안 이따금씩 빠져 있었기 때문에 그는 나쁜 예감으로 불안해 있었던 것이다. 재미가 없었던 것일까 하고 생각하며, 그래도 여전히 그날분의 만화를 그려서 가지고 가면, 문화부장은 여느 때와 똑같은 태도로 만화를 받아서 여느 때와 똑같이 열심히 그것을 보고 나서 여느 때와 똑같이 아주 우스워서 못 견디겠다는 듯이 오랫동안 고개를 끄덕이며 껄껄거리고 나서,

"좋습니다. 아주 걸작입니다."

라고 말하는 것이었다. 그러면 그는, 문화부장의 태도에 다분히 과장이 섞인 것을 보면서도 역시 겨우 안심을 하고 묻는 것이었다.

"오늘 치는 빠졌더군요."

그러면 문화부장은 안경을 벗어서 양복 깃에 닦으면서,

"아, 기사 폭주 관계입니다."

라고 간단히 대답하는 것이었다. 그 이상 더 물을 수가 없어서 그는 자신을 안심시켜가며 데스크 위에 흐트러져 있는 경쟁지들과 일본에서 온 신문들 그리고 통신사에서 배달된 유인물을 대강 훑어보고 나서 나오는 것이었고 그다음 날 아침 신문을 보면 또 만화가 빠뜨려진 채 배달되곤 했다. 오늘도 기사 폭주 때문일까 하고 문화 면을 살펴보는 것이지만 썩 대단한 기사들이 실린 것도 아닌 데다가, "그렇다면, 그건, 만화가 꼬박꼬박 나올 때엔 한 번도 기사 폭주가 없었단 말인가?" 하는 의혹이 생기는 것이었다.

그런 이유로 그는 며칠 전부터 긴장되어 있었는데, 어제 새벽부터는 설사가 시작되었다. 그는 자기의 배앓이가 낭패해가고 있는 자기의 심리 상태에서 결과된 것이라고 믿게 되었다.

그는 똥이 더 나올 듯한 개운치 않음을 느끼며 방으로 돌아와서 이불 속으로 들어가서 아직도 잠들어 있는 아내와 나란히 누웠다. 그는 머리맡에 풀어놓은 손목시계를 누운 채, 한 손만 뻗쳐 더듬어 집었다. 그리고 미닫이의 방문을 비추고 있는 새벽의 희미한 빛에 시계를 비추어보았다. 6시가 좀 지나고 있었다. 시계를 다시 머리맡에 놓고 그는 이불을 턱 밑까지 끌어올려 덮고 왼손을 아내의 사타구니에 밀어넣었다. 그리고 천장을 올려다보며 오늘분의 만화를 구상하기 시작했다.

그러나 얼른 얘깃거리가 생기지 않는다. 삼분폭리를 깔까? 한일회담을 취급하자. 아니 그건 지난번에도 그려가지고 갔었다. 신문엔 나지 않고 말았지만. 평범한 가정물로 하나 해보자. 그러나 얼른 얘깃거리가 생기지 않는다. 대통령으로 약속하는 검정 안경을 쓰고 볼이 홀쭉한 인물과 '아톰 X군'의 얼굴만이 그의 눈앞에 어른거렸다.

'아톰 X군'은, 어린이를 상대로 하는 어느 주간신문에 그가 연재하고 있는 우주의 용사였다. 꼭대기에 안테나가 달린 산소 투구를 머리에 쓰고 등에는 산소 '탱크'와 연료 '탱크'를 짊어지고 만능의 고주파 총을 들고 눈알이 동글동글하고, 화성인을 상대로 용감무쌍하게 투쟁하는 소년 용사였다. 검정 안경을 쓴 대통령 각하와 '탱크'를 둘씩이나 짊어진 '아톰 X군' 그리고 어쩌다가 생각난 듯이 청탁이 들어오는 몇 군데 잡지의 만화가 그와 아내에게 밥을 먹여주고 있는 것이었다. 주 수입은 아무래도 대통령이 많이 나오는 신문의 연재만화 쪽이었다. 그러나 주 수입이라고 해도, 끼니를 제외하고 담배와 차를 마시고 가끔 당구장엘 드나들고 나면 이따금 아내와 함께 영화를 보러 갈 수 있을 정도였다. 그렇지만 그 수입 원천이 흔들리는 불안을 그는 느끼게 된 것이었다. 설사가 나올 만도 하지라고 스스로 꼬집어 생각하자 잠깐 웃음이 나왔다가 사그라졌다.

그는 어쩌다가 내가 만화를 그리기 시작했나 하고 자신의 이력을

검토해보기 시작했다. 이른바 일류 대학을 지망했다가 실패하자, '나만 열심히 하면 어느 대학이고 어떠랴' 하고 들어간 정원 미달의 어느 삼류 대학 사회학과를 마치고, 입대하여 훈련을 마치자 어쩌다가 떨어진 게 정훈(政訓)이었고 정훈에서 어쩌다가 맡은 게 군내 신문 편집이었고 그리고 어쩌다가 보니까 거기에서 만화를 그리고 있었고 제대하여 취직할 데를 찾던 중, 어느 회사의 굉장한 경쟁률의 입사 시험에 응시했다가 떨어지고 그러나 거기에서 함께 응시했다가 함께 낙제 국을 먹은 여자와 사랑하게 되어 사랑하는 이를 위해서는 모험이라도 불사하겠다는 각오로 군대에 있을 때의 어설픈 경험으로써 대학 동창 하나가 기자로 들어가 있는 신문에 그 친구의 소개로 만화를 연재하게 되었고, 밥값이 생기자 그 여자와 결혼식은 빼어버린 부부가 되어, 한 지붕 밑에 여러 세대가 살고 있는 이 집의 방 한 칸을 세내어 들고 오늘에 이르렀다.

그야말로 '어쩌다가'의 연속이었다. 그는 자기가, 지난날 우연 속에 자신을 맡겨버린 것이 갑자기 역겨워졌다. "거지 같은 자식이었다" 하고 그는 자신을 욕했다. 손톱만큼이라도 좋으니 나의 주장이 있었어야 할 게 아닌가. 그러나 다시 한 번 자기의 이력을 검토해보면 그 망할 놈의 군대 생활이 끼어 있었기 때문에 사실 어쩔 도리가 없었다고 생각하게 되었다. 군대 속에서 어떻게 자기의 희망대로 생활할 수

있단 말인가. "좌향 앞으로 갓!" 하면 왼쪽으로 돌아야 되고 "포복!" 하면 엎드려서 기어야 했었다. 마치 그의 만화 속의 인물들이 자기들의 표정과 운명을 그의 펜 끝에 맡겨버릴 수밖에 없듯이. 우연 속에 자신을 맡겨버리는 습관을 가르쳐준 게 그놈의 군대였었다. 그런데 하고 그는 생각했다. 하긴 그것이 평안했어. 적어도 신경쇠약에 걸릴 염려는 없었거든. 그는 여전히 천장을 올려다보며 생각했다. 이제 와서 대학에서 배운 것을 팔아먹고 싶다고 앙탈하지는 않겠다. 만화 일만이라도 계속할 수 있어야겠다.

그는 잡념을 없애기 위해서 베개에서 머리를 약간 위로 들어 머리를 몇 번 흔들었다. 오늘분의 만화를 구상해야 했다. 엊저녁에 그려놓았어야 하는 건데, 아니 구상만이라도 해놓았어야 하는 건데 하고 그는 자신을 나무랐다. 엊저녁엔 도대체 무얼 했었나? 그제야 그는 엊저녁에 자기가 술을 마시고 들어왔던 것을 기억해내었다. 선배 만화가 한 분에게 끌려가서 마신 게 퍽 취했었나 보다. 몇 시쯤 집에 돌아왔는지가 생각나지 않을 정도니까. 퍽 취했던 셈 치고는 잠을 깨고 나도 머릿속이 맑다. 좋은 술이었던 모양이지. 그러나 그는 자기의 긴장 상태 때문이라고 할 수 없이 생각했다. 이렇게 배가 끓고 거기에다가 만취 후인데도 머리가 무겁지 않을 수 있는 것은 그런 이유가 아니면 무엇일까. 그건 그렇고 그는 오늘분의 만화를 구상해야 하는 것이었다.

담배가 피우고 싶어졌다. 자유로운 한쪽 손으로 머리맡을 더듬어 담배를 한 대 빼서 입에 물고 성냥을 집어 들었다.

그런데 담배의 매운 연기가 잠들어 있는 아내의 코로 스미면 아내의 잠을 깨게 하리라. 그는 단잠을 자고 있는 아내를 깨우고 싶지가 않았다. 도로 담배를 머리맡으로 던져두고 시선을 아내의 얼굴로 돌렸다. 언제 보아도 귀여운 얼굴이었다. 이렇게 옆으로 누워서 보면 마치 전연 알지 못하는 사람의 얼굴처럼 보이는데, 그것이 그에게는 꽤 재미있었고 야릇한 흥분조차 느끼게 하는 것이었다. 그는 이른 아침의 희미한 빛 속에서 엷은 명암을 지닌, 전연 알지 못하는 사람의 얼굴 같은 아내의 얼굴을 시선으로써 찬찬히 더듬기 시작했다. 그러자 아무래도 알지 못하는 사람의 얼굴 같았다. 그리고 여느 때와 달라서 오늘은 그 전연 남의 얼굴 같은 아내의 얼굴이 그에게 야릇한 흥분을 일으켜주는 것이 아니었다. 오히려 그는 문득 조바심이 나고 불안해져서 고개를 들고 아내의 얼굴 바로 위에서 정면으로 아내를 내려다보았다. 틀림없는 자기의 아내였다.

속눈썹이 가늘게 떨고 있는 걸 보아서, 아내는 잠이 깨어 있었던 모양이다. 남편이 만화 구상을 하고 있는 태도일 때면 아내는 언제나 없는 듯이 침묵을 지켜주었다. 낮일지라도 흔히 잠자고 있는 시늉을 해 버리는 것이었다.

그는 천천히 고개를 숙여서 아내의 입술에 가벼운 키스를 했다. 그
제야 아내는 눈을 뜨고 눈으로 웃음을 지어 보였다.

"일찍 깨셨군요."

아내가 속삭이듯이 말했다.

그는 미소를 띤 채 고개를 끄덕이고 나서, 아내의 사타구니에서 자
기의 왼손을 빼내어 아내의 팔베개를 해줬다. 그러자 그는 좀 전에 느
꼈던 조바심과 불안이 가셔진 것을 느꼈다.

"엊저녁에 나 늦게 들어왔지?"

그도 속삭이듯이 말했다.

"별루요. 8시 반쯤 들어오셨어요."

아내는 방긋 웃고 나서,

"굉장히 취하셨댔어요. 주정도 하시구……."

"주정? 어떻게 했지?"

"사람이란 시새움이 많아야 잘 사는 법야 하셨죠. 그 말만 자꾸 하
셨어요. 천장을 보시면서요. 천장에 그 말을 박아놓을 듯이 말예요."

아내는 그에게 엊저녁의 그를 일러놓고 나서 소리를 죽여서 키득키
득 웃었다.

그는 자기가 왜 그런 주정을 했을까 알 수 없었다. 평소에 맘에 먹
고 있던 말도 아니었다. 아마 우연히 한마디 했는데 그게 마음에 들어

서 자꾸 반복했었던 것이겠지.

"내가 엉뚱한 주정을 했던 모양이군." 그는 쑥스러워 피시시 웃었다.

갑자기 아내가 그의 입을 자기의 손가락으로 막고 고갯짓으로 옆방을 가리켰다. 옆방과 이 방을 가르는 벽이 옆방에 사는 아주머니와 아저씨의 높은 숨소리를 이쪽으로 통과시키면서 규칙적으로 그리고 조용히 흔들리고 있었다.

"난 또 뭐라고."

하며 그는 장난꾸러기 같은 웃음을 눈에 담고 있는 아내를 내려다보며 또 한 번 피시시 웃었다.

"엊저녁에도 한바탕 싸워서 아주머니는 울고불고 야단했었는데…… 부부 싸움이란 정말 칼로 물 베기인가 봐."

아내는 여전히 장난스런 눈을 하고 속삭였다.

"또 싸웠어? 난 잠들어서 몰랐었는데……. 그러고는 재봉틀을 돌렸겠지."

"그럼요. 한바탕 싸우고 나서도 다시 재봉틀을 돌렸어요. 제가 잠들때까지 재봉틀 소리를 들었으니까요. 하여튼 지독한 아주머니세요."

"저 아저씨도 나쁜 사람은 아닌데……."

"그러게요. 술만 안 마시면 좀 얌전한 분이에요!"

"하긴 흔히 아주머니가 먼저 시비를 걸더군. 며칠 전에 저 아저씨가

나더러 그러더군. 술을 마시고 들어가면 아내가 앙탈을 하는데 말야, 사실 염치도 없고 그래서 별수 없이 주먹질을 한다는 거야."

"그렇긴 해요. 하지만 아주머니도 그럴 만하잖아요? 부인이 팔이 빠지도록 12시가 넘도록 재봉틀을 돌려서 번 돈으로 술을 마시면 어떡해요. 애들이 넷이나 있는데 벌어 오진 못할망정 말예요."

"뭐 가끔이던데."

"하여튼 지독한 아주머니예요. 전 이젠 달달거리는 재봉틀 소리 땜에 미칠 것 같아요."

"정말이야."

"저, 키스해주세요."

그는 아내의 허리를 껴안고 오랫동안 키스했다.

사실 옆방 아주머니의 삯바느질의 재봉틀 소리는 좀 과장하면 이쪽을 비웃는다고 할 정도로 밤낮없이 달달거렸다. 제법, 제법이 아니라 진짜로, 진짜 정도가 아니라 무지무지하게 생활을 아끼며 순종하고 있다는 듯했다. 그 재봉틀 소리가 그들의 안면을 유난히 방해하는 저녁이면 때때로 그들은 이불 속에서 입을 삐죽거리며 속삭이곤 했다.

"어지간히 성실하게 사는 척하지?"

"정말예요."

아내는 잽싸게 대답하며 키득거리곤 했다.

"그래도 별수 없는 셋방살인데요 네?"

저 정도의 열심으로써라면 하고 그는 이따금 생각하는 것이었다. 다른 일을, 말하자면 시장에 가서 장사라도 한다면 수입이 더 나을 텐데.

"오늘 치, 다 생각하셨어요?"

아내가 걱정스러운 표정으로 그에게 물었다.

"아니 아직……."

"아이! 그럼 어서 생각하세요."

아내는 자기가 베개 삼아 베고 있던 그의 팔을 자기의 손으로 빼내고 나서 그를 살짝 밀면서 말했다.

"저 조용히 하고 있을게요."

아내는 반듯이 누워서 눈을 감았다가 다시 떠서 그의 쪽으로 얼굴을 돌리고,

"담배 피우세요."

라고 말하고 나서 다시 고개를 반듯이 하고 눈을 감았다.

그는 아까 던져두었던 담배를 집어서 입에 물었다. 막 성냥을 켜려고 할 때 그는 대문께에서 들려오는 배달원의 "신문이요오" 하는 소리와 신문이 땅에 떨어지는 찰싹 소리를 들었다. 아내도 들었던 모양인지 자리에서 일어났다.

대문간에 배달된 신문을 가지러 가는 일은 항상 아내가 해왔었다.

"아니, 내가 가져오지."

그는 아내에게 말하면서 일어났다. 그러자 갑자기 부끄러움 비슷한 느낌이 들었다. 다시 누워버리면서 그는 아내에게 말했다.

"당신이 가져오구려."

그는 신문을 들고 방으로 들어오는 아내의 표정에서 오늘도 만화가 나지 않았음을 알았다.

"요즘은 매일 기사가 넘치나 봐요."

아내는 신문을 그에게 건네주면서 조심스럽게 말했다.

"글쎄."

그는 신문을 받아서 1면부터 훑어보기 시작했다. 자기의 만화가 실리는 5면부터 펼치던 여느 때의 습관을 누르고서, 아내는 옷을 갈아입고 아침밥을 지을 준비를 하기 시작했다. 그는 한 면 한 면을 천천히, 그러나 실상은 아무 기사도 보지 않은 채 넘겼다. 5면에서 자기의 만화가 들어갈 자리에 오늘은, 영국의 어느 '보컬 그룹'에 대한 소개 기사와 그들이 입을 짝 벌리고 찍은 사진이 버티고 있는 것을 보고 그의 눈앞이 캄캄해졌다.

아내는 바가지에 쌀을 담아가지고 밖으로 나가려다가 생각난 듯이 그의 머리맡에 쭈그리고 앉으며 말했다.

"오늘은 그리시지 않아도 되잖아요? 그동안에 밀려 있는 만화가 많

지 않아요?"

"그렇지만 그때그때의 시사성에 따르는 거니까 말야…… 또 그려 가지고 가야 해."

그는 생각하며 말하듯이 일부러 느릿느릿 대답했다.

"한 달분의 스물예닐곱 장은 채워야 월급을 줄 게 아니야?"

아내는 생긋 웃으며 일어나서 밖으로 나갔다. 그는 방금 아내의 웃음이 아마 알았노라는 대답이려니 생각하면서도 자꾸만 마음에 걸렸다. 그는 천천히 담배를 빨면서 소재를 찾기 위해서 신문을 뒤적거렸다. 그러다가 그는 문득 생각이 나서 밖을 향하여 말했다.

"난 흰죽을 좀 쒀줘요."

그는 10시 가까이 되어서 집을 나섰다. 여느 때와 같이 서류용 봉투 속에 아직 먹물이 마르지 않은 만화를 조심스럽게 넣어서 옆구리에 끼었다. 오늘분의 만화도 독자를 웃기기에 별로 자신이 없었다. 항상 그렇듯이.

"화장지 좀 넣고 가세요."

그가 방을 나설 때 아내는 둘둘 말린 휴지 뭉치에서 얼마간 찢어 내어 차곡차곡 접어서 그의 호주머니에 넣어주었다. 세심한 주의력을 가진 아내에게 감사와 귀여움이 섞인 느낌이 울컥 솟아나서 그는 손

을 들어 아내의 볼을 쓰다듬었다. 아내의 볼 위에 눈물 자국이 남아 있었다. 아침 식사 때, 밥상 위에 기어 올라오는 이름 모를 작은 벌레를 그는 무심코 엄지손가락으로 문질러버렸는데 그것이 아내를 울게 만든 이유였다. 아내가 더듬거리며 말하는 내용을 종합하면, 그가 요즘 이상해지고 있다는 것이었다. 뚜렷이 이상해진 증거를 댈 순 없지만 느낌으로써랄까, 말하자면 조금 전 벌레를 잔인하게 눌러버릴 때의 그는 확실히 좀 변해버린 사람 같다는 것이었다. 그전 같았으면 "에잇, 더러운 게 있군" 하고 중얼거리면서 종이를 달라고 하여 거기에 벌레를 싸서 밖으로 던졌을 거라는 것이었다. 묵과하려고는 했지만, 요즘 좀 당황해하고 있는 당신을 보니까 자기마저 이상스레 불안하고 허둥거려진다고 하고 나서 "울어서 미안해요" 하며 방긋 웃으면서 눈물을 닦았던 것이다.

"혼자 심심할 텐데 영화 구경이나 갔다 와요."

그는 집을 나서며 말했다.

그가 버스 정거장으로 나가는 골목을 빠져나오는데, "이 선생, 이 선생" 하고 누가 그를 불렀다. 골목의 입구에는 판잣집 하나가 가게와 복덕방으로 나뉘어져 있는데 그를 부르는 사람은 복덕방의 영감이었다. 그 영감이 그가 지금 들어 있는 방을 소개해준 사람이었다. 그는 자기를 부르고 있는 사람 앞으로 걸어갔다.

"영감님, 안녕하세요?"

그가 인사했다.

"안녕하슈? 어째 안색이 좋지 않습니다."

영감은 안경 너머로 그를 노려보며 말했다.

"예, 배가 좀 아파서요."

"허어, 요샌 배앓이쯤은 병두 아닌데, 약 사 잡수구려."

"먹었는데 별루⋯⋯."

"하긴 요샌 가짜 약도 흔해서, 참 곶감을 달여 먹어보우. 뭐 금방 나을걸."

"그래요?"

그는 신기한 처방을 들었다는 듯한 말투를 꾸며서 대답했다.

"암, 그만이지요. 그런데 이 선생⋯⋯."

그러면서 영감은 무슨 비밀히 할 얘기가 있다는 얼굴로 그의 한 팔을 붙잡고 그를 복덕방 안으로 데리고 들어갔다.

"요즘 신문에서 왜 이 선생 '망가'를 볼 수가 없우?"

영감은 그의 턱 앞에 자기의 얼굴을 바싹 들이대며 물었다.

"아, 그건⋯⋯."

그러자 영감은 고개를 쩔레쩔레 흔들면서 추궁하듯이 말했다.

"아아아, 난 절대루 이 선생 지지자요. 나한텐 솔직히 얘기해두 염

려할 거 하나두 없어요. 심하게 정부를 까더니 그예 당했구려?"

그제야 그는 영감이 묻는 의도를 알았다.

"그게 아니라……."

"뭐가 그게 아니야, 그렇잖고서야 그렇게 꼬박꼬박 나오던 '망가'가 갑자기 나오지 않을리 있수? 이야기해보아요."

영감은 술 때문에 항상 핏발이 서 있는 눈으로 그를 노려보면서 기어코 자기의 예상을 만족시키고 말겠다는 듯이 물어대었다.

"그게 아니라 제가 직업을 바꿨어요."

그는 얼떨떨해서 그렇게 대답해버렸다.

"아니 이젠 '망가'를 그만두었다구?"

영감은 예상이 어긋나서 맥이 빠졌다는 음성으로 말했다. 그렇다고 대답하면서 그는 정말 자기는 만화 그리기를 그만둘지도 모른다는 생각이 문득 들었다.

"무슨 까닭이 있겠지. 암, 있구말구. 틀림없이 있어."

영감은 자기 좋을 대로 한마디 해댔다.

버스에 흔들거리며 신문사로 가면서, 그는 영감의 의견과 같이 정부 측의 압력 때문에 만화 연재를 중단할 수 있다면 얼마나 행복할까 하고 생각했다. 그렇게만 된다면 그것은 필화 사건이 된다. 그리고 그렇게만 된다면 그는 영웅이 될 수도 있다. 사실 옛날 자유당 시절에는

그런 사례가 있기도 했었다. 그러나 위정자가 바뀌고 보니 그런 경우를 당하기가 힘들어졌다. 만화가를 건드리면 손해 보는 건 자기들이라는 걸 알아버린 모양이지. 하긴 어떤 선배 만화가의 얘기에 의하면 지금도 그런 경우가 전연 없지 않다는 것이었다. 방법이 바뀌어져서 간접적인 압력이 있기도 하다는 것이었다. 그러나 그것도 차라리 행복한 편이라고 그는 생각하고 있었다. 자기의 경우는 아마, 아마가 아니라 거의 틀림없이 자기 만화 자체 속의 어떤 결함, 말하자면 '웃기는' 요소가 부족했다든가 하는 결함에서 당하고 있는 일이라는 것을 그는 짐작하고 있었기 때문이다. 정부가 자기 만화 때문에 노해주었으면 얼마나 좋을까. 그런 생각을 하자 그는 자신이 우스꽝스러워져서 눈을 감아버렸다.

편집국 안을 들어섰을 때, 그가 두려워하고 있던 예측이 이젠 어쩔 수 없게 된 것을 최초로 그에게 느끼게 해준 것은 국내에서 심부름하는 계집애의 표정에서였다. 여느 때 그 계집애는 만화가를 만화 속의 인물과 똑같이 생각하고 있는 탓인지 그를 보기만 하면 웃음을 참지 못하고 고개를 돌리며 휭 가버리곤 하는 것이었는데, 그날은 제법 나긋이 "안녕하세요"를 하고 나서 미소를 띤 채 그의 얼굴을 똑바로 올려다보는 것이었다.

그것이 극히 잠깐 동안이었지만 신경을 곤두세우고 있던 그에게 모

든 걸 알 수 있게 해주었다. 계집애가 자기를 올려다보던 맑은 눈 속을 살짝 스치고 가던 게 어쩌면 연민이 아니었을까 하고 생각하자 분노보다도 오히려 전신에서 맥이 빠져나가는 것을 그는 느끼면서 굳어진 얼굴로 문화부를 향하여 갔다.

자기들의 데스크 앞에 앉아 있던 몇 명의 기자들이 여느 때와 달리 유별나게 반갑게 인사할 때는 그는 이미 알고 있다는 듯이 자기도 덩달아서 지금 작별을 하듯이 정중하게 인사를 하고 있었다. 그러고 나서 잠시 동안 그는 자기가 어떻게 처신해야 될지 알 수 없었다. 흐르던 시간이 갑자기 끊어지면서 공백이 생기는구나 하는 생각이 알 수 없는 부끄러움과 함께 그를 엄습했다. 그러고 있는 그를 문화부장이 구해줬다.

"오늘 치 만화 좀……."

하면서 문화부장은 손을 내밀었던 것이었다. 그는 당황해졌다. 그가 짐작하고 있던 사태 속에서는 문화부장의 지금 얘기는 불필요한 게 아닌가. 그는 옆구리에 끼고 있던 서류 봉투를 살그머니 좀 힘을 주어 끼면서 땀이 송글송글 맺히고 빨개진 얼굴을 손바닥으로 닦으며 말했다.

"그려 오지 않았는데요."

말하고 나서 그는 금방 후회했다. 어쩌면 자기의 짐작이란 게 얼토

당토않은 게 아닐까…… 자기의 신경과민으로 자기는 지금 큰 실수를 저지르고 있는 건 아닌지……. 그러나 문화부장의 다음 말은 그의 그러한 희망에 찬 기대를 산산이 부숴버렸다.

"그럼 알고 계셨군요."

문화부장은 자리에서 일어서면서 그에게 말했다.

"차나 한잔하러 가실까요."

할 얘기가 있다는 암시를 그에게 주면서 문화부장은 그의 앞장을 서서 걸어가기 시작했다.

"아주 섭섭하게 됐습니다. 퍽 오랫동안 함께 일해왔었는데……."

다방에 들어가서 자리에 앉자 문화부장은 그에게 말했다.

"저는 이 형을 두둔했습니다만…… 국장님도 이 형의 만화에는 항상 칭찬을 하셨댔는데…… 그…… 독자들이 자꾸 투서를……."

"아니 사실 재미가 없었지요. 저 자신이 잘 알고 있었습니다만."

그는 문화부장이 우물쭈물하고 있는 게 미안해서 얼른 말을 받았다.

"아니에요. 독자들이 이 형의 유머를 이해할 수 없었던 것뿐이지요."

문화부장은 주문을 받으러 온 레지에게 말했다.

"난 커피, 이 형은?"

"저도 그걸로……."

"그런데 말썽이 난 것은 지난 주일의 만화들 때문인 것 같았습니다.

솔직히 말씀드리자면, 그 일주일 동안에 히트가 하나도 없었다는 게 아마 독자들을…… 하여튼 그 주일의 독자 투서 때문에 저나 국장님이 좀 애를 태웠지요."

그러나 가장 애가 탔던 사람은 만화를 그리는 바로 그였었다.

"예, 사실 재미가 없었어요."

"어디 컨디션이 좋지 않으셨던가요?"

"예, 배가 좀…… 배가 퍽 아파서……."

그러나 배앓이는 어제 새벽부터 시작했던 것이다.

"아, 그거 야단났군요. 크로로마이신 잡숴보셨어요?"

"뭐 이젠 다 나았습니다."

"아, 다행이군요."

찻잔이 그들 앞에 놓여졌다.

"자, 듭시다."

문화부장이 말했다. 그들은 뜨거운 차를 홀짝거리면서 마셨다. 예의상 찻잔을 탁자 위에 잠시 놓았다가 다시 들어서 마시곤 했다.

"이상하게도 이 형과는 차 한 잔 같이 나눌 기회가 없었군요. 이게 아마 처음이지요?"

"예, 처음인 것 같습니다."

"어떤 까닭인지 요즘 우리 신문의 기고가들이 컨디션이 저조한 모

양이에요. 지금 연재 중인 소설에 대해서도 매일 거의 대여섯 통씩 투서를 받고 있습니다. 재미가 없으니 중단시켜버리라는 거지요. 우리 신문에 수난이 닥친 모양입니다."

문화부장은 아마 그를 위로하느라고 그런 얘기를 하는 모양이었다. 그러나 그에게는 노엽게 들리었다. 아마 저 재미없는 소설을 쓰는 사람에게 연재 중단을 통고하러 가서는 이 만화가의 예를 들겠지, 그리고 역시 말하겠지. 우리 신문에 수난이 닥친 모양입니다. 그의 뱃속에서 꾸르륵하는 소리가 꽤 길게 났다.

"보통 사람은 잠깐 웃어버리고 말지만 만화를 그리는 사람은 퍽 힘들 거야."

문화부장은 혼잣말하듯이 말했다.

"하여튼 이 형, 참 용하십니다. 어디서 만화를 배우셨던가요?"

"뭐…… 그저…… 어쩌다가 그리게 되었지요?"

그리고 어쩌다가 당신네 신문사에서 밥을 얻어먹게 되었구요라고 말하고 싶었으나 물론 그말은 입안에서 사라져버렸다.

"사람을 웃긴다는 게 쉬운 일이 아니거든. 이 형, 무슨 비결 같은 게 없습니까? 만화를 그리는 데 말예요. 말하자면 만화 그리는 걸 배울 때 이렇게 하면 사람이 웃는다라는 법칙 같은 게 있어요?"

문화부장은 마치 아주 무식한 사람처럼 얘기하고 있었다. 그는 문

화부장이 지금 무식을 가장하고 있다는 걸 알고 있었다. 그것은 바꾸어 말하자면 이쪽을 무식한 자로 취급하고 나서 자기가 이 무식한 자의 수준만큼 내려가주겠다는 의도임이 틀림없다고 그는 생각했다. 그래서 그는 문화부장이 괘씸해지기 시작했다.

"아시겠지만."

그는 약간 숙이고 있던 고개를 천천히 들어서 문화부장을 똑바로 보면서 말했다.

"사람이 웃음을 웃게 되는 데는 몇 가지 메커니즘적인 과정이 있습니다. 프로이트는 사람이 웃게 되는 과정을 분석하기를……."

그러자 문화부장은, 이 사람이 도대체 누굴 보고 무슨 강의를 시작할 작정이냐는 듯이 얼른 그의 말을 가로챘다.

"아, 프로이트가 그것에 대해서 분류해놓은 정도라면 누구나 알고 있겠지요. 그렇지만 유머가 성립되는 몇 가지 패턴을 알고 있다고 해서 누구나 금방 우스운 만화를 그릴 수 있는 건 아니잖습니까? 이 형도 그 패턴들에 대해서는 잘 알고 계시지만 이따금 우습지 않은 만화가 나온다는 경우가 있잖습니까?"

문화부장은 그를 괘씸하게 여긴다는 말투로 얘기하고 있었기 때문에 그는 좀 전의 분노가 쑥 들어가버리고 기가 죽어버렸다.

"그…… 사실 그렇죠."

그는 의미 없는 말을 중얼거렸다.

그러자 그는 이상스럽게도 이제야 자기가 그 신문사로부터 해고당했다는 사실을 뼈저리게 느꼈다. 조금 전까지도 그는 자기 자신의 내부에서 생긴 혼미 속에 갇혀서 지나치게 당황했다가, 지나치게 부끄러워했다가, 기가 죽었다가 노여워했다가 하고 있었던 것이다.

"그럼…… 저 대신 누가 그리기로 되었습니까?"

그는 문화부장을 향하여 처음으로 사무 냄새가 나는 질문을 했다. 그리고 그는 누구와도 항상 사무적인 대화를 하기 싫어했던 자신을 발견하는 것이었다. 왜 사무적인 대화를 싫어했을까? 줘야 할 것과 요구해야 할 것을 떳떳이 서로 얘기하고 필요하다면 소리를 높여 다투기라도 해야 했을 게 아닌가? 생각이 비약하는 것인지 모르지만 하고 그는 자신에게 말했다. 그랬기 때문에 나는 만화가밖에 될 수 없었던 것인지 몰라.

"이 형 대신 누가 그렸으면 좋을 것 같습니까? 추천해보시지요."

문화부장은 자신은 의식하지 못하는 새에 또 한 번 이쪽의 부아를 돋우는 말을 했다. 그는 대답하고 싶었다. 글쎄요. 참 이 사람은 어떨까요, 바로 저 말입니다. 그러고 나서 소리 높이 좀 웃어보았으면, 그러나 그는 자기의 그런 엉뚱한 생각을 눌러버리고 그가 가입하고 있는 만화가 협회 회원들의 이름을 하나씩 속으로 체크해 나갔다. 이

사람은 지금 어떤 신문에 연재를 얻고 있다. 이 사람도 역시. 이 사람은…… 글쎄, 나의 재판(再版)이 되고 말걸, 이 사람은……. 그러고 있는데 문화부장이 웃으면서 말했다.

"실은 반쯤 내정이 되어 있습니다."

"누구로……."

그는 문화부장의 '반쯤'이라는 말이 '결정적'이라는 뜻과 맞먹는다는 걸 경험으로써 알고 있었기 때문에 또 속았구나 하는 느낌이 들어서 화가 났다.

"이 형의 만화를 중단시킬 정도일 때야 국내에서 이 형 대신 그릴 사람이 있지 않을 거라는 건 짐작하실 수 있지 않습니까?"

"그럼……."

그는 한창 해외에까지 손을 뻗치고 있는 미국 만화가들의 신디케이트가 얼른 생각났다.

"누구가 될는지는 확실치 않지만 미국 만화가들 중에서 한 사람이 되는 건 틀림없습니다."

"역시 그렇군요."

그는 고개를 끄덕이며 생각했다. 이렇게 되면 이번 해고당하는 것이 내 개인의 문제에서 그치는 게 아니다. 그것은 국내 만화가들의 소멸을 의미하게 되는 것이다. 한 장의 만화를 여러 장으로 복사해서 세

계 각 곳에 싼값으로 팔아먹는 미국 만화가들의 신디케이트에 국내 신문이 걸려들기 시작했다면 이건 큰일이다. 오래지 않아서 모든 국내 신문들은 미국 가정의 유머를 팔아먹고 있게 되리라. 미국 만화가들의 복사된 만화는 사는 편에서만 생각한다면 값이 싸니까 그리고 문명인들답게 유머가 세련되어 있으니까. 그는 언젠가 한국을 방문했던 미국의 한 뚱뚱보 만화가를 생각하고 있었다. 그 양반은 자기 복사가 열 몇 군데나 팔린다고 했다. 스위스에 별장을 가지고 있다는 자랑도 했다. 그때 국내의 협회 회원들은 그 뚱뚱보를 부러운 듯이 쳐다보고 있었던 것도 그는 생각났다. 그렇지만 하고 그는 생각했다. 한탄을 한들 내가 어쩔 수 있단 말인가.

"역시 그렇군요."

그는 또 한 번 말하며 고개를 끄덕였다.

"그러니까 이 형한테는 내가 아주 면목이 없는 건 아니지요."

그렇게 말하고 나서 문화부장은 껄껄 웃었다.

"국내에서 꼭 찾겠다면 왜 이 선생께 이런 괴로움을 드리겠어요."

"아니 별루…… 괴롭게 생각지는 않습니다."

"날 원망하시진 마시기 바랍니다. 나 역시 거기서 밥 얻어먹고 있는 놈에 불과하니까요. 자 그럼 가보실까요. 도장 가지고 경리부에 들러가세요. 뭐가 좀 있을 겁니다."

그들은 자리에서 일어섰다.

그는 신문사 정문의 계단 위에 서서 어디로 갈까 망설이고 있었다. 경리부에서 여자 직원이 내주는 봉투를 받아서 윗도리의 안주머니에 넣을 때, 그는 문득 '이걸로써 내가 그 속에서 살아왔던 한 가지 우연이 끝장났구나' 하는 느낌이 들었다. 그래서 그는 여자 직원에게,

"미스 신은 볼의 까만 사마귀가 항상 매력적이야. 그 사마귀만 믿고 살아봐요. 앞으로 행복할 테니까. 자 그럼 잘 있어요."

하고 농담을 해서 그 여자 직원을 놀리게 해줄 수조차 있었다. 그러나 이렇게 계단 위에 서서 사람과 자동차들이 밀려가고 밀려오는 거리를 내려다보고 있으려니 그는 겁이 나기 시작했다. 어서 또 무엇을 붙들어야 한다. 오늘 중으로 무언가 확실한 걸 붙들어 둬야 한다. 어제와 오늘과 그리고 내일을 순조롭게 연속시켜주는 것을 붙잡아둬야 한다.

"안녕하십니까?"

누군지가 계단을 올라오며 말소리를 길게 빼면서 그에게 인사했다.

"예, 안녕하십니까?"

그는 황급히 인사를 돌려주었다. 알 만한 사람이었다. 당구장에서 늘 만나는 사람이었다. 아마 흔해빠진 예술가들 중의 하나일 것이다. 이름은 모른다. 그에게는 그런 친구들이 많다. 때로는 밤늦도록 술집

에 앉아서 함께 술을 마시면서도 지금 자기와 함께 술을 마시고 있는 그 친구의 이름을 모르고 마는 경우는 흔해빠진 것이었다. 아무개 신문의 기자입니다. 시도 씁니다만. 아무 학교에서 그림을 가르쳐주고 빌어먹고 있습니다. 옛날에 아무 출판사에서 일 보고 있었지요. 지금 그 출판사가 망해버려서 저도 요 모양이 되어버렸습니다만. 혹은 그에게 만화 청탁을 하러 온 적이 있던 정부 기관이나 제약 회사나 은행의 기관지들의 기자들…….

"요즘 재미가 좋으시다더군요."

계단을 다 올라온 그 사람은 지금의 그에게는 터무니없는 인사를 했다. 그러나 그는 이런 서울식의 인사에는 익숙해져 있었다.

"예, 그런데 배가 좀 아파서…….”

"크로로마이신을 잡숴보시죠…….”

"예, 그래야겠습니다.”

"자, 실례하겠습니다.”

그 사람은 건물 안으로 들어가버렸다. 다시 그의 앞에는 사람들과 자동차들이 밀려가고 밀려오는 거리가 나타났다. 이렇게 멍청한 자세로 이곳에서 더 서 있을 수는 없다고 그는 생각하며 좀 차분히 생각해볼 수 있는 장소를 찾아서 그는 계단을 떠나 걷기 시작했다. 좀 걷다가 그는 신문사의 건물을 돌아보았다. 자기가 여기에 관계를 갖고 있

던 그동안 타인들로 하여금 자기를 볼 때에 몇 점 더 놓고 보게 해주던 그 회색빛 괴물을. 이 회색빛 괴물의 덕분으로 그는 생전 처음 만나는 사람에게도 긴 설명이 필요 없이 자기를 신용해버리게 할 수 있었다. 만일 이 괴물이 없었다면 평생을 두고 설명해도, 신용을 해줄지 말지 모를 사람들로 하여금 말이다.

여태까지는 꾸르륵거리기만 하던 배가 살살 아파오기 시작했다. 그는 광화문 쪽으로 걸어갔다. 우선 조용한 다방으로 가자. 그는 느릿느릿 걷고 있었으므로 빠르게 걷는 사람들이 그를 뒤로 떨어뜨렸다. 어떤 사람들은 그와 어깨를 부딪치기도 하였다. 조용한 다방으로 가자. 그러나 손님도 몇 사람 없고, 레지도 우울한 얼굴로 전축만 지켜보는 그런 다방에 가서 앉아 있기는 싫었다. 지금 자기가 그런 다방의 딱딱한 의자 위에 앉아 있으면 아마 최고로 몰골이 추해 보일 것이다. 어쩌면 하루 종일 멍하니 앉아 있다가 나오게 되어버릴 것 같아서 그는 좀 조용한 다방으로, 좀 조용한 다방으로를 뇌면서 '초원'이라는 아주 번잡한 다방으로 들어가버렸다. 다방의 이름이 가리키듯이 상록수들로써 가득 장식되어 온실 같은 실내가 무척 넓었다. 카운터만 해도 네댓 개나 되는 모양이었다. 그 어둑신하고 넓은 실내에 사람들이 꽉 차 있고 스피커들이 운동회 때처럼 음악을 내지르고 있었다. 겨우 자리를 차지하고 앉자, 그는 마음이 좀 놓인 것 같았다. 미국 만화가들의

신디케이트 같은 다방이로군 하고 그는 생각했다. 그때 그는 누가 자기에게 말하는 소리를 들었다.

"좋은 게 좋아요."

"그럼요. 좋은 게 좋지요."

그는 소리가 난 방향으로 고개를 돌렸다. 그의 오른쪽으로 놓은 좌석에 앉아 있던 젊은이 한 떼가 높은 목소리로 자기들끼리 얘기하고 있었다. 자기에게 한 거라고 그가 착각했던 말은 그들의 대화에서 튀어나온 것이었다. 그는 자기가 생각하고 있던 것과 그들의 대화가 우연히 들어맞아버린 것에 짜증이 났다. 사람이 많은 곳에는 우연이 많은 모양이군.

"……2년, 군대 3년, 5년만 기다려줘. 기다릴 수 있어?"

그의 맞은편 자리에 앉아 있는 대학생 차림의 남자가 자기 곁에 앉아 있는 역시 대학생 차림의 여자에게 나직이 얘기하고 있었다. 그가 만일 친한 친구와 같이 들어왔더라면 그 친구에게 "저 여자 굉장히 색이 강하겠는데"라고 했을 얼굴을 가진 여자였다.

"기다릴게요. 그렇지만 딱 서른 살까지만 기다리다가 서른 살에서 하루만 더 지나도 다른 데로 가버리겠어요." 여자는 대답하고 나서 재미있어죽겠다는 듯이 웃었다.

"서른 살이 되기까지. 그래, 정말 지루하지"라고 그는 생각했다.

"무얼 드시겠어요?" 레지였다.

"커피, 그리구 성냥 좀 갖다주시오."

그는 담배 한 대를 꺼내어 한쪽 끝을 탁자 위에 톡톡 두드리면서 궁리하기 시작했다. 오늘 중으로, 반드시 오늘 중으로 붙잡아야 한다. 그런데 무엇을, 무엇을 말인가? 레지가 커피를 가져오고 그것을 다 마시고 그리고 담배를 두 대 계속해서 피우고 나서 그는 답을 얻었다. 만화다. 아직 연재만화가 실려 있지 않은 신문에 자기 만화를 연재해달라고 하자. 그런데 그런 신문이 있던가? 글쎄 잘 생각해보자. 그러나 그의 머릿속에서 빙빙 돌고 있는 건 이때까지 그가 그려왔던 만화 속의 가지가지 유형들이었다. 돼지를 닮은 사장님, 고양이를 닮은 여비서, 고슴도치를 닮은 룸펜 청년, 불독 같은 탐관오리…… 멍청하나 순직한 돌쇠, 아톰 X군, 대통령 각하……. 그는 담배를 계속해서 피웠다. 담배 세 대를 더 태우고 났을 때 그는 드디어 한 신문을 생각해내었다. 그가 알기로는, 보수가 적다는 이유 외에 인쇄가…… 더럽다는 이유까지 곁들여서 만화가들이 아무도 만화를 그리려고 하지 않는다는 신문이었다. 아마 어느 개인 회사에서 자기네의 선전용으로 만들어놓은 신문이었다. 따라서 신문 자체에 큰 비용을 들이지 않기 때문에 그런 현상이 생겼다는 얘기를 그는 들은 듯했다. 그렇지만 그 신문에도 만화가들의 이름쯤은 외우고 있는 사람이 있겠지, 가보자.

그는 밖으로 나와서 버스를 탔다. 버스에서 그는 앉고 싶었지만 자리가 없었다. 배가 꾸르륵거리며 살살 아파왔기 때문에 손잡이를 붙잡고 서 있기가 고되었다. 그의 앞에 눈을 얌전히 내리깔고 앉아 있던 여대생이 역시 얌전하게 일어서서 자리를 양보했다. 그러나 그를 위해서가 아니라 그의 옆에 서 있던 영감을 위해서였다. 차의 진동이 심했다. 그리고 그의 배는 점점 뒤끓고 있었다. 금방 설사가 나올 듯해서 그는 다리를 꼬았다. 손에 힘을 주어서 손잡이에 거의 매달리다시피 하여 차의 진동에 몸을 맡겨버렸다. 이마에 진땀이 솟아나고 입술이 바싹 말랐다. 그는 눈을 감았다.

"젊은이, 멀미를 하나베."

그는 눈을 떴다. 여대생의 양보로 자리에 앉은 영감이 그를 올려다보며 말하고 있었다.

"안색이 좋지 않구려."

"예, 배…… 배 수술 받은 지가 얼마 되지 않아서요."

그는 대답하고 나서 깜짝 놀랐다. 왜 이렇게 간사해져버렸을까? 자기는 영감에게 자리를 양보해달라고 한 셈이었다.

과연 영감은 자리에서 일어서면서 말했다.

"여기에 앉구려."

"앉아 계세요. 괜찮습니다."

"앉구려."

영감은 그의 팔을 잡아서 자리에 앉혔다. 그는 얼굴이 달아올랐다.

"무슨 수술을 받았댔소?"

"뭐 대단찮은 거였습니다."

"맹장 수술이었소?"

"예, 맹장이었습니다."

그는 이 영감이 설마 이 버스 칸에서 배를 좀 보여달라고 하지는 않으려니 생각하면서 대답했다.

"내 손주 녀석도 맹장 수술을 받았댔지."

"아, 그랬습니까?"

"옛날엔 없던 병이 요즘은 많이 생겼단 말야. 세상이 험하니까 병도 새로운 게 자꾸 생기나 부지?"

"그럴 리가 있을라구요? 옛날에도 있었지만 몰랐었던 것뿐이겠지요."

"그럴까?…… 그럼 젊은이도 방귀 때문에 꽤 걱정했겠구려."

"예?"

"내 손주 녀석은 수술을 받고 나서도 사흘 동안이나 방귀가 나오지 않아서 큰 걱정들을 했었지. 젊은이는 며칠 만에 방귀가 나옵디까?"

"예, 글쎄요. 그게……."

"하여튼 의사 선생이 하루에도 몇 차례씩 와서 묻는 거였지. '방귀 나왔습니까? 방귀 나왔습니까?' 방귀가 나와야만 수술이 성공한 것이 래나? 세상을 오래 살다가 보니까 방귀가 안 나온다는 애를 다 태워 봤군."

영감은 어허허허허 하고 요란스럽게 웃어젖혔다. 차에 타고 있던 사람들도 모두 영감을 따라서 웃었다. 그의 배는 계속해서 꾸르륵거 렸다. 똥이 조금 밖으로 나와버린 듯했다. 그는 입속으로 하느님 하느 님 하고 있었다. 버스에서 내리는 대로 크로로마이신이란 걸 사 먹자. 내리는 대로 당장. 그러나 그는 버스에서 내리자마자 자기가 찾아온 신문사의 건물 안으로 빠르게 들어갔다.

마침 2층으로 올라가는 층계를 막 밟기 시작한 사람이 있어서 그는,

"변소가 어딥니까?" 하고 물었다. 키가 작달막하고 안경을 쓴 사 람은,

"에 또, 여기서 가장 가까운 변소가 가만있자…… 아, 1층에 있군요."

하고 그는 변소 앞까지 안내했다. 그가 막 변소 문을 열고 들어가려 고 할 때 그를 안내해준 사람이 싱긋 웃으면서 농담을 했다.

"그럼 배설의 쾌감을 많이 즐기시기 바랍니다."

그는 그 사람을 향하여 웃어 보이려고 했는데 그게 잘 안 되어서 얼 굴이 찡그러져버렸다.

변소 안에서 그는 아내가 넣어준 휴지를 만지작거리며 아내에 대해서 생각하고 있었다. 영화 구경을 갔을까? 갔겠지. 아마 최무룡이와 김지미가 사람을 울리는 영화겠지. 세상엔 참 별 직업도 많다. 나는 사람을 웃겨야 하고 최무룡이는 사람을 울려야 하고……. 그러고 나서 그는 상표가 되어버린 몇 사람의 이름들을 생각해보았다. 이름이 신용 있는 상표가 되면 그러면 되는 것이다. 어설픈 만화가 이 아무개 정도 가지고는 아무리 너그럽게 생각해도 좀 곤란하다. 나를 이 신문사가 신용해줄까? 지금 자기네의 변소 안에 쭈그리고 앉아 있는 거의 기도하는 심정으로 자기네에게 구원을 부탁하려는 이 사람을 그들은 알고 있을까? 이 사람은 한 2년 동안 어떤 신문에서 만화를 그렸던 사람이다. 탄압받기를 바랐던 것은 아니지만 그러나 잡혀가게 될 경우엔 얼씨구나 하고 잡혀가줄 용의가 없었던 것도 아니어서 그러나 그보다는 국민 된 자의 공분으로써 때로는 겁나는 줄 모르고 정부를 공격하고 사회악을 비꼬던 만화가 이 아무개다.

그러나 그는 아무래도 부탁하러 들어갈 용기가 나지 않았다. 그 이상 더 필요가 없었지만 그러나 그는 용기를 돋우기 위해서 변소 안에 그대로 쭈그리고 앉은 채였다. 담배가 피우고 싶었지만 성냥이 없었다. 크로로마이신을 사 먹자. 그리고 성냥도 한 갑 사자고 그는 좀 엉뚱한 생각만 되풀이하고 있었다. 그는 지금 될 수 있는 대로 좀 엉뚱

한 생각만 되풀이하기로 하고 있었다. 엉뚱한 생각들이 포함되어 그의 머릿속에서 '취직 부탁하러 간다'는 생각을 쫓아내버릴 때 그는 이 신문사의 편집국 문을 밀 수 있을 것 같았다. 말하자면 저돌적으로 일단 문안에만 들어서고 나면 그때는 할 수 없다는 생각으로 아마 문화부장을 찾겠지. 천만다행으로 혹시 아는 사람이 있다면 그 사람을 통하여 교섭을 부탁해보자. 그는 다리가 저려서 더 이상 쭈그리고 앉아 있을 수가 없을 때에야 일어섰다. 그는 바지를 추켜 입고, 곧 변소 문을 나오자 바쁜 일이라도 있는 듯이 곧장 편집국 문을 향하여 빠르게 걸어갔다. 도중에서 멈칫거리다간 영영 들어가지 못하고 말 것을 그는 알고 있었다. 마침내 그는 편집국 문을 열고 그 안에 들어섰다.

실내가 예상 외로 좁고 지저분했기 때문에 그는 당황했다. 그는 마침 자기와 가까운 곳에 책상을 놓고 앉아 있는 계집애에게, 문화부장이 계시느냐고 물었다. 저깁니다 하면서 계집애가 가리키는 곳에 아까 변소를 안내해준 사람이 이쪽을 보며, 빙글거리고 있었다.

"저 안경 쓰고 키가 작은 분 말입니까?" 그가 계집애에게 물었다.

"네, 바로 그분예요."

그는 돌아서서 나와버릴까 하고 잠시 망설였다. 그러나 창피하다는 느낌보다도 더 큰 것이 그를 끌고 가서 그를 문화부장 앞에 세워놓았다.

"문화부장님이세요?"

그가 말했다.

"그림 그리시는 이 선생님이시죠? 일루 앉으세요."

문화부장님은 그에게 의자를 권하면서 말했다.

"용무를 꽤 오래 보시는군요. 그걸 오래 보면 오래 산다는데, 축하합니다."

그에게는 문화부장의 농담이 귀에 들어오지 않았다. 이 사람이 나를 알고 있었다. 내가 만화가 이 아무개라는 것을 전연 인사한 적도 없는데 알고 있었다. 환히.

"그런데 웬일이십니까? 전 변소에 용무가 급해서 들어오신 줄로 알았는데요."

"예, 실은 좀 부탁드릴 게 있어서……. 저어, 나가서 차나 한잔하실까요?" 그는 더듬거리며 말했다.

"그럴까요?" 문화부장은 선뜻 자리에서 일어섰다.

"누구한테나 그렇게 농담을 잘하십니까?"

층계를 내려오면서 그가 물었다.

"천만에요. 이 선생님을 제가 알고 있었으니까 그럴 수 있었던 거죠. 노여우셨댔어요?"

"아, 아니요. 실은 갑자기 배탈이 나서……."

"설사였군요. 그 정도야 빨가벗고 여자를 끼고 하루 저녁만 자구 나면 거뜬히 나아버리지요."

그들은 함께 소리 내어 웃었다. 다방에 들어가서도 그는 오랫동안 화제를 공전시키고 있었다.

마침내 문화부장이 시계를 들여다보면서 물었다.

"아까, 제게 부탁할 일이……?"

"예." 그는 얼른 말을 받았다.

"실은 이번에 제가 관계하던 신문과 관계가 끝났습니다."

"그렇게 됐어요? 요즘 이 선생님 그림을 볼 수가 없어서 짐작은 했습니다만. 다투기라도 했던가요?"

"아닙니다, 미국 만화가들의 작품을 실을 계획인 모양이더군요."

"아, 그거군요? 요전번에 저의 신문에도 교섭이 왔더군요."

"미국 만화가 측에서요?"

"네, 중개인이라는 사람이 찾아왔었지요. 물론 한국 사람이었습니다만."

"그래서 어떻게 하셨습니까?"

"아유, 말씀 마십시오. 우리 사장이 만화에 원고료 한 푼 내놓을 사람인 줄 아십니까? 지금 문화 면을 몇 사람이 만들고 있는 줄 아십니까? 세 사람입니다. 단 세 명이 매일 몇 십 장씩 남의 것을 훔치고 번

역해내고 해야 합니다. 만화 연재는 엄두도 못 내고 있지요."

"그렇습니까?"

그는 절망을 느끼면서 말했다.

"이 선생님께서 절 찾아오신 이유를 조금은 짐작하겠습니다만 거의 백 퍼센트 불가능한 일입니다."

"예, 그렇습니까? ……그런 곳에서 일하시려면 속 좀 상하시겠습니다."

"그런 신문사에서 견뎌낼 사람은 저 같은 사람이 아니면 안 됩니다. 불만이 있으면 큰소리로 외쳐대고 화가 나면 잉크병도 내던져버려야만 견딜 수 있지요. 만일 꽁생원처럼 참고만 있으면 자기 속이 썩어버려서 하루도 못 참고 달아나버리게 돼요."

"그럴 것 같군요."

"그럴 것 같은 게 아니라 사실이 그렇습니다. 아까 보셔서 아시겠지만 우리 신문사 기자들 표정들 좀 보세요. 누가 좀 자기를 건드려주지 않나, 사흘이고 나흘이고 물고 늘어지겠다는 표정들이 아닙니까?"

"몰랐는데요."

"다음에라도 좀 보세요."

그는 이 수다쟁이 문화부장의 농지거리에 진력이 나기 시작했다. 신경의 한 올 한 올이 곤추서서, 그는 작은 소리에도 깜짝깜짝 놀래었

다. 보통의 경우에는 의식하지 못하는 모든 소음들—다방 안에서 나는 소리들과 거리에서 들려오는 소음들이 모두 한꺼번에 살아서 그의 귓속으로 밀려들어 그의 머리는 터져버릴 듯했다.

"만화 연재할 계획이…… 그러니까 없으시겠군요."

"네, 지금으로서는 그렇습니다."

"혹시…….."

그는 주저하면서 말했다.

"요담에 기회가 생기면 절…… 제게……."

"그렇게 하지요. 꼭 그렇게 하겠습니다."

문화부장은 선선히 대답하고 나서,

"그럼 저도 한 가지 부탁드리겠는데."

"예, 말씀하세요."

그는 부탁받는 게 기뻐서 큰소리로 대답했다.

"혹시 예수 믿으시거든, 우리 사장이 좀 빨리 뒈져달라고 기도해주십시오."

문화부장은 하하하하 웃었지만 그는 이 할리우드식의 농담에 씁쓸한 미소만 띠었다.

"바쁘실 텐데 실례 많았습니다. 잘 부탁하겠습니다. 나가실까요."

그가 먼저 자리에서 일어나면서 말했다.

"네 그럼 저도 단단히 부탁드렸습니다."

문화부장도 일어서면서 말했다. 그리고 재빨리 카운터를 향하여 갔다. 그는 당황하여, 자기의 서류용 봉투도 탁자 위에 그대로 둔 채 카운터를 향하여 가고 있는 문화부장의 뒤를 뛰다시피 쫓아갔다.

"아니 제가 모시고 왔는데요……."

그는 문화부장의 팔을 잡았다.

"다음에 술이나 한잔 사주십시오."

문화부장의 손에서 돈이 벌써 마담의 손으로 넘어가버렸다.

그들은 밖으로 나왔다. 곧이어 레지가 그가 잊고 온, 잃어버려도 좋은 서류용 봉투를 들고 쫓아 나왔다.

"이거 가져가세요."

레지가 소리쳤다.

"감사합니다."

그걸 받아 들 때 그는 살며시 서글퍼졌다.

문화부장과 헤어지자 그는 더 이상 갈 데가 없어서 잠시 동안 길 가운데, 마치 누구를 기다리는 자세로 서 있었다. 크로로마이신. 그는 문득 생각이 나서 사방을 두리번거렸다. 길 저편에도 그리고 자기의 바로 근처에도 '약'이라는 간판이 얼마든지 있었다. 그는 자기에게서 가장 가까운 곳에 있는 약방을 향하여 걸어갔다.

아마 대학을 갓 나왔을 듯싶은 젊은 여자는 설사라는 한마디에 약을 네 가지나 번갈아 내보였다. 그리고 약 한 가지마다 긴 설명을 덧붙였다. 약 자체의 값보다 설명 값이 더 많겠군 하고 그는 생각하며 "크로로마이신!" 하고 짜증이 나서 투덜대는 목소리로 말했다.

"크로로마이신하고 이것을 함께 잡수세요."

"여기서 좀 먹어야겠는데요."

캡슐에 든 크로로마이신과 새까만 가루약을 입에 털어 넣고 여자가 건네주는 컵의 물을 마셨다. 그는 컵을 받을 때 컵을 잡은 여자의 손에 큰 흉터가 있는 것을 보았다.

"손에 흉터가 있군요."

그는 컵을 돌려주며 무심코 말했다. 여자의 얼굴이 금세 빨개졌다.

"실험하다가…… 대학 다닐 때……."

그는 목 안으로 자꾸 기어드는 여자의 목소리를 듣고 있으려니까 콧등이 시큰해졌다. 얼른 계산을 해주고 그는 허둥지둥 쫓기듯이 밖으로 나왔다.

"어딜 그렇게 급히 가세요?"

그의 맞은편에서 걸어오던 키가 큰 사람이 여전히 걸음을 계속하면서 그에게 말했다. 그가 관계하고 있던 카메라맨이었다.

"어디 가세요."

그는 반가워서 빠른 말씨로 인사를 했다.

카메라맨은 벌써 그를 지나치면서,

"이 형, 다음에 좀 봅시다."

라고 말하고 가버렸다.

그는 그네들의 말투를 알고 있었다. 저 도회의 어법을, 그리고 그는 항상 그 어법에 잘 속았었다. 방금 카메라맨이 말한 "다음에 좀 봅시다"는, 그 뜻을 따라서 정확히 표기하자면 "그럼 다음에 또 만납시다. 안녕히 가십시오"이다.

그런데 그들은 '좀'이라는 부사를 집어넣어서 듣는 사람을 환장하게 만들어버린다. "다음에 좀 만납시다." 어쩌면 당신에게 일자리를 얻어줄 수도 있을지 모르니까요인가? 생각해보라. 그렇게밖에 들리지 않지 않은가? 그는 아침나절에, 그가 관계하던 신문사에서 문화부장에게 속았던 일이 생각났다.

그가 해고당한 것을 알리기 전에 문화부장은 먼저 "오늘 치 만화 좀……" 했던 것이다. 그래서 자기가 해고당할 것을 예측하고 있던 그를 당황하게 했던 것이다. "오늘 치 만화……"라고 했으면 그는 자기가 해고당하지 않았음을 알았으리라. 또는 "오늘부터는 그리실 필요는 없게 됐습니다"라고 하면 유감스럽긴 하지만 그것도 뜻은 분명하다. 그런데 "오늘 치 좀……" 했던 것이다. 오늘 치의 만화를 보아서

재미가 있으면 계속하겠고 그렇지 않으면 해고다라고밖에 들리지 않던 그 말투. 그는 갑자기 꽥 소리치고 싶은 충동을 느꼈다.

그런 충동을 눌러가면서 그는 느릿느릿 걸었다. 거리의 모퉁이에서 공중전화가 눈에 띄었다. 집에 전화가 있다면 아내를 불러내었으면 좋겠다. 아내와 함께 밤늦도록 거리를 쏘다닌다면 좋겠다. 쇼윈도라도 보면서, 그래 쇼윈도라도 보면서.

그는 누구에게라도 좋으니 전화를 걸어서 이야기해보고 싶었다. 얼른, 생각난 사람이, 엊저녁에 술을 사주던 선배 만화가 김 선생이었다. 김 선생은 자기가 근무하고 있는 신문사의 자리에 있었다.

"김 선생님, 결국 목 잘렸습니다."

저쪽에서는 잠시 침묵이었다.

"제기랄, 또 한잔할까?"

"그럽시다. 나오세요. 아니 제가 선생님께 지금 가죠."

"오게, 제기랄, 한잔하세."

수화기를 놓고 나올 때 그는 마음이 가벼워진 걸 느꼈다.

그는 김 선생이 따라주는 술을 빨리빨리 마셨다.

"좀 천천히 마시게."

김 선생은 걱정이 되는 모양이었다.

"괜찮아요."

그는 손등으로 입가를 닦으며 싱긋 웃었다.

"우리나라 만화가들의 그 단순하면서도 회화적인 선이 얼마나 훌륭한 걸 우리나라 사람은 모르고 있단 말야."

김 선생은 술잔 속을 들여다보며 중얼거렸다.

"기계로 그린 것 같은 양키들의 만화가 진짜인 줄로 알고 있거든."

"만화가 우스우면 그만이지 쥐뿔 나게 회화적이고 아니고를 찾게 됐어요."

그는 또 술을 들이켰다. 김 선생은 그를 힐끗 쳐다보았다.

"제가 군대 있을 때 말입니다."

그는 말했다.

"남들은 제가 정훈으로 떨어졌다고 부러워했거든요. 편할 거라는 거죠. 그렇지만 전 말예요, 총대를 쥐지 않으니까 말이지요, 군인 기분이 안 났거든요."

그는 취해오는 것을 느끼며 말했다.

"아마 그때 총대를 쥔 사람들이 지금은 안정된 직장에들 앉아 있겠지요? 저는 항상 만화만 붙들고, 남들은 편하려니 부러워하지만 실상은 불안해서 어쩔 줄 모르고 말입니다."

"그럴까?" 김 선생이 말했다.

"술이 없으면 말야……."

그들의 뒤쪽에 앉아 있는 패들의 하나가 소리쳤다.

"인생이란 말야……."

"허, 또 나오시는군."

"허, 저 소리 듣기 싫어서 이젠 술 끊어야겠어."

누군지가 소리쳤다.

"문화부장이 차나 한잔하자고 하더군요."

그는 속으로는, 자기가 만화 연재를 부탁하러 갔던 문화부장을 생각하면서 말하고 있었다.

"다방에 가서 그 양반이 그러더군요. 사람 웃기는 방법의 몇 가지 패턴을 안다고 곧 만화가가 되는 것이 아니다. 바로 그 양반이 그랬어요. 두꺼비 같은 눈알을 부라리면서 말입니다."

찻값을 앞질러 내버리던 그 키가 작달막한 문화부장, 날 무척 무안하게 해줬었지.

"그러면서 말입니다. 너는 미역국이다. 이거죠."

자기네 사장이 얼른 뒈져달라는 기도를 하라던 그 사람. 난 참 면목이 없어서 혼났지.

"차나 한 잔. 그것은 일종의 추파다. 아시겠습니까, 김 선생님?"

그는 혀가 잘 돌아가지 않았다.

"그것은 내가 그 속에서 성실을 다했던 하나의 우연이 끝나

고……."

그는 술을 한 모금 꿀꺽 마셨다.

"새로운 우연이 다가온다는 징조다. 헤헤, 이건 낙관적이죠, 김 선생님?" 그는 김 선생이 방금 비워낸 술잔에 취해서 떨리는 손으로 술을 따랐다.

"차나 한 잔, 그것은 이 회색빛 도시의 따뜻한 비극이다. 아시겠습니까? 김 선생님, 해고시키면서 차라도 한 잔 나누는 이 인정, 동양적인 특히 한국적인 미담…… 말입니다."

"그 어린이신문에 그리고 있는 거라도 열심히 하고 있게. 기다리면 또 뭔가 생길 테지."

김 선생이 술잔을 들면서 말했다.

"자, 드세."

그는 자기의 술잔을 잡으려고 했다. 잘못해서 술잔이 넘어져버렸다. 그는 손가락 끝에 엎질러진 술을 찍어서 술상 위에 '아톰 X군'의 얼굴을 그리기 시작했다.

"자, '아톰 X군', 차나 한잔하실까? 군과도 이별이다. 참 어디서 헤어지게 됐더라."

그는 그림을 그리고 있지 않는 다른 손으로 자기의 이마를 한 번 찰싹 때렸다. 골치가 쑤셨기 때문이다.

"오, 화성인들의 계략에 빠져서 군이 포로가 되어…… 바야흐로 생명이 위험해져 있는 데서 '다음 호에 계속'이었군……. 미안하다 '아톰 X군'…… 사람들은 항상 그런 걸 요구하거든. 아슬아슬한 데서 '다음 호에 계속'."

그는 다 그려진 '아톰 X군'의 얼굴을 다시 손가락 끝에 술을 찍어서, 지우기 시작했다.

"미안하다. '아톰 X군'. 어떻게 군의 힘으로 적진을 뚫고 나오기 부탁한다. 이제 난…… 힘이 없단 말야. 나와 헤어지더라도…… 여보게, 우주의 광대하고."

그러면서 그는 양쪽 팔을 넓게 벌렸다.

"어두운 공간 속에서 영원한 소년으로 살아 있게."

그들은 밤늦도록 그런 식으로 술집에 앉아 있었다.

김 선생이 부축해서 태워준 택시를 타고 그는 집으로 왔다. 택시 안에서 그는 술이 좀 깨어 있었다. 그는 택시에 탈 때 김 선생이 쥐어준 서류용 봉투를 택시에서 내릴 때 그대로 두고 내렸다.

"또 술을 먹고 와서 미안하오."

그는 방문을 열면서 아내에게 말했다.

"퍽 취하셨네요."

아내는 남편이 반가워 껑충거리듯이 뛰어나왔다.

"배 아프시던 건 좀 어떠세요?"

"크로로마이신을 먹었어. 크로로마이신을 말야. 흉터가 있더군."

"어디에 흉터가 있어요?"

"어디긴 어디겠어? 크로로마이신에지."

"정말 취하셨어요." 아내는 그를 이불 위로 눕혔다. 옆방에서 재봉틀 돌아가는 소리가 들려오고 있었다.

"어지간히 성실하게 사는 척하지?"

그가 말했다.

아내는 자기의 손으로 남편의 머리카락을 쓸어 넘기고 있었다. 그때 옆방에서 방귀 소리가 둔하게 벽을 흔들며 들려왔다.

"그래도 별수 없이 보리밥만 먹는 신센데요, 네?"

아내가 킬킬거리며 그의 귀에 대고 속삭였다. 그만해두자, 아내야. 그는 갑자기 웃음이 터졌다. 하하하하⋯⋯? 꽤 오랫동안 웃었나 보다. 아주머니가 지금 무안해하고 있나 보다. 재봉틀 소리가 그쳐 있었다. 돌려요, 아주머니, 어서 재봉틀 돌려요, 웃음소리가 잠꼬대였던 것처럼 할 수는 없나 하고 그는 생각했다. 그러면서 아까 낮에 버스 칸에서 자기에게 자리를 내주던 영감을 생각했다. 아주머니, 그건 건강한 증거입니다. 돌려요, 어서 돌려요. 그사이에 재봉틀이 다시 돌아가는 소리가 들리고 있었다. 흥, 방귀 좀 뀌었기로서니 하며 입술을 삐쭉 내민

아주머니의 얼굴이 보이는 듯하다. 그럼요, 아주머니, 방귀 좀 뀌었기로서니 재봉틀 소리를 죽여야 할 거까지는 없습니다. 돌려요, 어서요.

그는 두 팔로 아내의 상반신을 껴안았다. 그러면서, 앞으로 자기도 아내를 때리게 될는지 알 수 없다는 생각이 문득 들었다. 그러자 앞으로 다가올, 아직 확인되지 않은 수많은 날들이 무서워져서 그는 울음이 터질 뻔했다.

그는 아내를 껴안고 있는 자기의 팔에 힘을 주었다.

(1964)

생명연습

"저 학생 아냐?"

나는 한(韓) 교수님이 눈짓으로 가리키는 곳을 돌아보았다.

"인사는 없지만 무슨 과 앤진 알고 있죠."

다방 문을 이제 막 열고 들어선 학생에게 여전히 시선을 주며 나는 대답했다. 감색 대학 교복을 입고 그는 어울리지 않게 등산모를 쓰고 있다. 나와 같은 대학 졸업반인데, 이름은 모르지만 그의 용모라면 대학 안에서도 알려져 있다.

"설마 나병 환자는 아니지?"

한 교수님은 몸을 탁자 저편에서 내 앞으로 꺾어 기울이며 무슨 못할 소리라도 해서 미안하다는 듯이 웃으셨다.

"아아뇨."

고개를 바로 돌리고 나도 웃으며 대답했다. 교수님께는 어린애다운 데가 있다. 오십이 넘은 분이 그렇다면 장점이다.

"내가 잘못 봤나? 어째 눈썹이 전연 없는 것 같아."

"밀어버렸지요. 면도로 싹 밀어버렸어요. 눈썹뿐만 아니라 머리털도 시원스럽게요."

"아니 왜?"

교수님은 바야흐로 눈이 휘둥그레진다. 그러다가 쑥스러운 질문이었다는 듯이 또 하얀 이를 가지런히 내보이시며 웃으시는 것이다.

"극기?"

스스로 대답해버렸다는 듯이 교수님은 아까 자세로 돌아갔다. 뒤가 개운치 않으신 모양이었다. 그러다가 역시 그런 표정을 하고 있는 나를 보시더니 싱긋 웃음을 보내주시는 것이었다. 나는 다시 마음이 환해지는 듯했다.

"요즘 학생들 간에 유행이랍니다. 우습죠?"

나의 이런 물음에 그러나 교수님은 고개를 가로젓고 계셨다. 미소는 여전히 띠셨으나.

"안 우스우세요?"

"자넨 우습나?"

"네, 우스운걸요."

나는 우습다. 어머니와 누나와 그리고 형도 함께 살고 있었을 때이니까, 국민학교 6학년 때, 사변이 있던 그다음 해 이른 봄이었다. 전쟁 중이긴 했지만, 우리가 살고 있던 여수는 전선에서는 퍽 먼 국토 최남단의 항구여선지 인민군이 남겨놓고 간 자취도 비교적 빨리 지워져가고 있었다. 피난 갔던 사람들도 거의 다 돌아와서, 폭격 맞은 집터에 판잣집을 세우고 될 수 있는 대로 동란 발발 전의 생업을 다시 계속하려고 애쓰고 있었다. 그러나 쉬운 일은 아니었다. 윗녘에서 사태져 내려온 피난민들로 거리는 떠들썩했고 게다가 먼 섬으로 피난시켜놓은

일급선박(一級船舶)들은 얼른 돌아와 활동할 생각을 아직 못 내고 있었을 때였으니까. 사람들은 대부분 구호물자를 배급해주는 교회엘 부지런히 다니고 있었다. 딱히 그것 때문만은 아니었지만, 나와 그리고 남녀공학인 야간상업중학 3학년에 다니고 있던 누나는 부두가 바로 눈앞에 보이는 교회엘 다니고 있었다.

여수에서 가장 큰 교회였다. 그 교회 마당에서 내려다보이는 광장 너머에 부두가 있고 부두 저편으로는 거문도로 가는 바다가 항상 차디차게 흔들리고 있는 것이었다. 나와 누나는 나란히 서서 금속처럼 차게 빛나는 해면을 바라보며 한참씩 서 있곤 했는데 그럴 때야 비로소 나는 어린 가슴에 찾아오는 평안을 느끼는 것이었다. 그러다가 보면 어느새 누나의 가느다란 손가락을 꼬옥 쥐고 있곤 했다. 교회 안의 발 시린 마룻바닥에 꿇어앉은 것보다는 교회 마당가에 서 있는 그것이 좋아서 나와 누나는 교회엘 다니고 있었다고 해도 좋았을 것이다. 그러나 교회에서 내주는 구호물자가 하나의 목적이었던 것을 굳이 숨기지도 않아야겠다.

그 이른 봄 어느 날 교회에서는 대부흥회가 있었다. 죄가 많아서 하느님께서 전쟁을 주신 이 나라에 부흥회는 얼마든지 있어도 좋다는 듯이 부흥회가 유행하던 그 무렵이긴 했지만 이번 부흥회에는 재미난 데가 있었다. 이번 부흥회를 주관하러 오신 전도사는 나이 스물인가

되던 어느 해에 손수 자신의 생식기를 잘라버리신 분이라는 것이었다. 그 이유는 오직 하느님이 그렇게 하라고 시켜서라는 것이었다.

부흥회의 첫날밤이었다. 독특한 선전 때문에선지 부흥회는 대성황이었다.

장소는 제빙 공장이 폭격을 맞아 빈 터였는데 서너 걸음 저쪽은 파도가 밀려와서 찰싹이는 소리를 내고 물러가는 부두였다. 그 파도 소리를 들으며 고촉(高燭)의 전등이 대낮처럼 어둠을 씻어주고 있었다. 호흡이 급한 찬송가 소리와 수많은 사람이 발산하는 열이 이른 봄밤의 한기를 못 느끼게 해서 좋았다. 나와 누나는 손을 잡고 사람들 틈을 비집고 들어가서 강단의 바로 앞에 자리를 잡고 앉았다.

해가 지면서부터는 몸이 달 정도로 기다리던 부흥회였다. 누나는 망측한 전도사라고 욕을 실컷 퍼부어놓고 나서는 나를 껴안고 깔깔대며 웃어대는 품이 나보다 더 기다려지는 모양이었다. 형도 이것만은 흥미 있는 일이라는 듯이 다락방에서 덜커덩 소리를 내며 몸을 뒤척이고 있었다. 어머니도 침울한 표정으로 굳어져버린 얼굴에나마 진기한 것을 보았을 때 생기는 미소를 살짝 보여주시던 것이 나와 누나는 여간 기쁜 것이 아니었다. 아아 어머니는 진기한 것을 보면 웃으시는구나 하고 나는 생각했다.

문제의 전도사는 얼굴이 약간 창백하달 뿐 보통 사람과 다름이 없

었다. 창백하다고는 해도 집에 있는 형에게 비하면 아주 건강체였으니 대단히 평범한 사람이라고밖에는 말할 수 없을 지경이었다. 키는 나지막하고 눈이 가늘어서 날카로웠다. 서른대여섯쯤 보이는 얼굴엔 주름도 별로 없는 듯했다. 하얀 와이셔츠를 입고 검정 넥타이를 가슴에 드리우고 있었다. 검정색 양복을 입었는데 윗도리는 찬송가 소리가 열광적으로 높아갈 때 벗어버리었다.

저 사람이, 도대체 저 사람이 손수 칼로 자기의 생식기를 잘라 내버렸을까 하고 나뿐만 아니라 어른들도 못 믿겠다는 눈치였다. 차라리 그 전도사 곁에 서 있는 키가 유난히 크고 얼굴이 홀쭉하게 생긴 미국 사람이 그랬다면 나는 믿었을지도 몰랐다. 그편이 훨씬 그럴듯해 보였으니까. 그날 밤 나는 자꾸, 지금 생식기가 없는 사람은 저 미국 사람이다라는 착각에 여러 번 빠져들곤 했다. 그러다가 보니 그 전도사가 왜 그런 짓을 해버렸는지조차 어느덧 까먹게 되어서 누나에게 다시 물어보고 나서야 깨닫곤 했다. 하느님을 위해서 아니 성령을 받고 그랬다는 것이 아닌가. 내게도 성령이 찾아오는 어느 순간이 있어 나 스스로의 목이라도 잘라버려야 할 경우가 있을는지도 모를 일이라는 생각이 문득 들었다. 그러자 소름이 돋기 시작했다. 땀과 노래와 노래 박자에 맞추어 치는 손뼉 소리가 미친 듯이 날뛰다가 가끔 딱 그치고 갑자기 고요한 침묵의 시간이 생기곤 했는데 그런 때엔 나는 나지막

이 들려오는 파도의 찰싹거리는 소리가 못 견디게 그리웠고 오늘 밤 여기에 온 것이 그리고 앞자리를 차지한 것이 어쩌나 후회되던지 자꾸 혀만 깨물었다.

그 악몽과 같은 부흥회의 밤이 지나자 나는 살아나는 듯했다. 그날 밤처럼 땀을 흠씬 흘려본 때가 그전엔 없었을 것이다. 그 후로도, 사랑하는 형제여라고 부르짖던 전도사의 쉰 목소리가 귓가에 되살아올 때면 나는 등에 땀이 주르륵 흘러내림을 느꼈던 것이다.

흘낏 곁눈으로 보니 그 눈썹 없는 친구는 어느새 의자를 하나 차지하고 앉아 있었다. 알루미늄처럼 하얀 표정이었다.

"옛날에 전도사가 한 분 계셨어요."

나는 느닷없는 사설을 늘어놓으려고 하고 있었다.

"응?"

교수님은 무슨 얘기냐는 듯이 고개만 빼어 내 편으로 내미셨다.

"저어 수년 전에 전도사가 한 분 있었는데요……."

나는 말소리를 낮추어가지고

"자기 섹스를 잘라버린 훌륭한 분이었답니다."

"허허허."

교수님은 어처구니없다는 듯이 웃으셨다.

"왜? 그것도 극기?"

"선생님 방금 분명히 웃으셨죠?"

"원 자네두……."

교수님은 내가 귀여운 모양이었다. 나도 한 교수님이 정답다.

교수님은 다시 웃으시는 것이었지만 무슨 근심이 있는 사람이 마지 못해 웃는 듯한 웃음이었다. 그러고 보니 오늘 교수님은 무언지 허둥지둥하고 계시는 빛이었다. 아까 교문에서 마침 만나서, 선생님 차 한 잔 제가 사겠습니다 했을 때도 무척 당황하신 표정이더니 금방 무슨 구원이라도 받은 듯이 나를 따라, 아니, 오히려 내 앞장을 서서 이 다방으로 들어온 것만 보아도 그랬다.

나는 엘리자베스조(朝)의 비극 작가들에 대한 연구 논문을 지난 여름방학 때부터 시작해서 최근에야 완성해놓았기 때문에 그동안에 참고서를 몇 권 빌려봤다는 이유에서뿐만 아니라 나를 아들처럼 사랑해 주시는 한 교수님께 논문을 과 주임교수께 제출하기 전에 우선 보이고 싶어서 이 다방으로 모신 것인데, 교수님의 이런 쓸쓸한 얼굴 앞에는 원고지 뭉치를 내밀기가 아무래도 죄송스러워서 오늘은 포기하기로 해버렸던 것이다.

"선생님, 극기라는 말이 맘에 드시는 모양이죠?"

"들지…… 글쎄…… 안 그렇기도 하고……."

또 웃으신다. 저렇게 자꾸 웃으시는 분이 아니신데.

키가 크지 않은 사람에게서만 볼 수 있는 근엄하다고까지 할 정도의 침착성을 이 교수님도 가지고 계시는 것이었으나 그것이 촌스럽지 않고 도리어 세련을 수식하고 있는 것은 이분이 외국 바람을 쐬신 덕택이라고들 한다. 그런데 오늘은 어쩐지 그것이 모두 허물어져가고 있는 듯한 느낌이었다. 어쩐지 야비하게 그래서 어쩐지 두렵게 보이는 것이었다. 그러자 교수님도 나의 그런 기분을 엿보신 모양이었다. 무어라고 화제를 바꾸고 싶으신 모양이어서 나는 얼른 생각나는 대로 뉴스를 꺼냈다.

"참, 사회학과 박 교수님 사모님께서 신병으로 돌아가셨다죠?"

"……."

그러자 교수님은 입이 얼어붙은 듯한 표정을 하시고 무서울 정도로 의심에 찬 시선을 내게 보여주셨다.

"장례식이 내일이라던데요."

"응."

신음하듯 대답하시더니 방금 전의 표정을 재빨리 무너뜨리려고 교수님은

"교수 가족 동태에 대해서도 주의가 대단하군."

하고 웃으시며 비꼬아주시는 것이었다. 나는 얼굴이 뜨거워져서 엉겁결에

"할 얘기가 없어서요."

라고 말해버렸다. 영문은 알 수 없지만 죄라도 진 기분이었다. 교수님은 웃으시며 딴 얘기를 꺼내주셨다.

"지금도 오(嗚) 선생 만나나?"

"네, 가끔 만나죠."

오 선생이란 만화가로서 주로 Y라는 일간신문에 연재만화를 그리고 있는 분인데 대학 교내 신문 편집을 하고 있던 나는 신문 관계 일로 그분을 만나야 할 기회가 있었다. 한번 만나자 어쩐지 좋아져버려서 쩔쩔매었다.

겨우 서른둘밖에 안 된 나이에 비하면 얼굴에는 수많은 그늘이 겹에 겹을 쌓고 있었다. 나는 언젠가 내가 좋아하는 한 교수님과 내가 좋아하는 오 선생을 서로 소개시켜드렸더니 두 분 다 즐거운 모양으로 악수를 한참 동안이나 하고 서 계셨다. 그다음번에 오 선생을 만났을 때, 그 교수님 아주 좋으신 분이더군 하며 말수 적은 성미에서도 한마디 잊지 않았다.

"그분 요즘 그리는 만화는 퍽 어려워졌더군."

"벌써 10여 년 만화만 그렸으니 소재가 고갈할 때도 되었지요."

"아니야, 그런 의미에서가 아니라 단순한 유머를 벗어나고 있단 말이야."

"자기 세계를 갖고 있는 분이죠."

"맞았어. 바로 그거야. 자기 세계를, 그래, 그분도 자기 세계를 가지고 있지."

늦가을 햇살이 '윈도' 밖에서 하늘거리고 있었다. 레지가 다가와서 '윈도'를 배경으로 하고 꾸부리고 서서 빈 찻잔을 거두더니 살며시 비켜서듯 돌아갔다. 레지의 허리를 굽힌 실루엣이 아직도 남아서 아물거리는 듯했다.

'자기 세계'라면 그것을 가지고 있는 사람을 몇 명 나는 알고 있는 셈이다. '자기 세계'라면 분명히 남의 세계와는 다른 것으로서 마치 함락시킬 수 없는 성곽과도 같은 것이 아닌가 생각한다. 그 성곽에서, 대기는 연초록빛에 함뿍 물들어 아른대고 그 사이로 장미꽃이 만발한 정원이 있으리라고 나는 상상을 불러일으켜보는 것이지만 웬일인지 내가 알고 있는 사람들 중에서 '자기 세계'를 가졌다고 하는 이들은 모두가 그 성곽에서도 특히 지하실을 차지하고 사는 모양이었다. 그 지하실에는 곰팡이와 거미줄이 쉴 새 없이 자라나고 있었는데 그것이 내게는 모두 그들이 가진 귀한 재산처럼 생각된다.

요즘은 '하더라'체를 쓰기 좋아하는 영수라는 내 친구만 해도 그렇다. '마도로스 수첩에는 이별도 많더라'라느니 '동대문 근처엔 영자도 많더라'라는 시시한 유행가 구절이나 틈틈이 흥얼대고 있는 듯하지

만 실은 대단히 진지한 태도로 여자들을 하나하나 정복해나가고 있었다. 잘생긴 얼굴은 아니지만 눈이나 입 가장자리에 매력이 있었다. 초급대학을 그나마 중퇴하고 지금은 군대엘 갈까 자살을 할까 망설이고 있는 그이긴 하지만 꾸준히 시도 써 모으고 가끔 옷도 새 걸로 사 입고 하였다. 나하고는 여수에서 국민학교 다닐 때 제일 친한 사이로 지냈다.

우리 가족은 내가 국민학교도 졸업했으느리는 이유를 내세우긴 했지만 기실은 형의 죽음에 반 미쳐버리신 어머니가 서둘러서, 환도가 있을 때 서울로 이사했는데 그 후로도 방학만 되면 나는 여수엘 내려가서 그와 바닷가를 헤매었던 것이다. 지금 동대문 근처에서 싸구려 하숙엘 들어 있다. 항구는 사람의 성격에 어떤 염색을 해주는 것이 아닌가고 나는 그를 볼 때마다 생각하는데 그건 마치 어렸을 때 형을 보듯 하기 때문일 것이다. 그는 여자를 정복하는 데 무어랄까 천재가 있는 모양이었다. 그는 그러한 자기의 천재에 의지하여 한 세계를 형성하려고 애쓰고 있다고 할 것이다. 시를 쓰기 위해서라기보다는 차라리 시를 쓴다는 대의명분이 그의 정복 행위를 부축해주고 있을 뿐이었다.

자줏빛 스웨터를 입고 학교로 나를 찾아와서는

"련민! 련민!"

하며 혀를 끌끌 차는 날이라면 으레 또 하나의 인생을 좌절시켜주고 온 날인 것이다.

"련민! 련민! 아 련민뿐이여."

"강 선생께서 하시는 사업은 착착 성공 중이시라."

내가 이렇게 축하를 아뢰면

"그녀도 울고 나도 울었더라."

라고 담배를 꺼내며 대단히 만족하다는 듯이 대답을 하는 것이었다.

그러한 그도 단 한 번은 대실패를 한 적이 있다. 여자에게 최음제를 사용했더라는 것이다. 그런 일이 있기 전 어느 땐가 다음과 같은 수필까지 써서 내게 보여준 적이 있는 그로서는 정말 일대 절망일 수밖에 없었을 것이다.

'요힘빈! 총각들은 최음제의 위력을 과도히 신앙한다. 그래서 그 약품이 총각들 간에서는 사랑의 매개 물질로 간주되어 있는 법도 있다. 피강간(被强姦) 뒤에 으레 있는 처녀의 눈물도 그들에게는 공식적인 식순의 일구(一句)에 불과하다. 참 못마땅한 일이다. 도덕자연하는 나의 이러한 언사가 도리어 못마땅하다고 할는지 모른다. 좋다. 우리들 총각들 간에는 도덕자연하는 것도 위악의 품목에 참석할 수 있으니 나의 위악적인 이런 언사가 나를 우리의 본부 '다방 지하실'의 야단스러운 청춘 속으로 못 들이밀 바 못 되노라, 에헴. 이런 논리가 나의 머

리 위에 비트의 월계관을 올려놓고 박수했다. 운운.'

그 실패 이후로는

"살기는 더 싫어졌다."

라고 중얼거리고 있었다.

"련민! 련민!"

두음법칙 따위가 어감의 감손(減損)을 가져온다면 그건 정말 슬픈 일이 아닐 수 없다고 하면서 그는 기어이 '연민'을 '련민'으로 발음하며 쓸쓸해하였는데 그 '련민'의 음영(陰影)도 최음제 사건 이후엔 퍽 많이 변해 있었다. 어쨌든 내가 보기에 그는 자기의 성(城)이 아니라면 최소한도 자기의 지하실은 지니고 사는 유복한 사람임이 분명하다.

이건 여담이지만, 한 교수님의 딸도 무엇인가를 만들어가고 있는 듯해서 나는 나 자신을 돌아보고 적이 불안해진 적이 있다. 여고 2학년이라면 대부분이 센티멘털리스트라고는 해도 그 애에게는 당해낼 수 없는 생기조차 곁들여 있었던 것이다.

"세상에서 가장 귀여운 게 뭘까?"

지난 5월 어느 일요일, 한 교수님 댁엘 놀러갔을 때였다. 햇볕이 여간 좋은 게 아니어서 나와 그 애와 사모님은 등의자를 마당가에 내놓고 앉아 한담을 하고 있다가 발끝으로 흙을 톡톡 차며 등의자를 뒤로 젖혔다 앞으로 숙였다 하고 있는 그 애가 하도 귀여워서 탄식하듯 내

가 입 밖에 낸 말이었는데

"여신의 멘스?"

라고 그 애는 가볍게 퉁겨버리는 것이었다.

"응?"

나는 얼떨떨해져버려서 코 먹은 소리로 반문했더니

"아닐까?"

그 애는 숙인 얼굴에서 눈만을 살짝 치켜뜨며 부정의문법으로 또 한 번 쥐어박았다.

"호오, 여신에게도 멘스가 다 있을까?"

사모님께서 마침 이렇게 대답을 하심으로써 그 얘긴 그 정도로 그쳐서 나는 화끈 단 얼굴을 감출 수가 있었지만 이건 못 당하겠는데 하고 생각했던 것이다.

"선생님께서는 자기 세계가 있으십니까?"

대답이 없더라도 무안하지 않으려고 나는 짐짓 앙케트를 흉내 낸 장난조로 교수님께 물었다. 교수님은 담배를 꺼내 입가에 무시며

"자네 보기엔 어때?"

하고 되물으셨다. 나는 성냥을 그어 대어드리며, 교수님의 목소리를 본떠서

"글쎄요. 있는 것도 같고…… 없는 것도 같고…….''

했다.

"허허허허."

교수님은 담배를 한 모금 천천히 빨고 나시더니

"있지."

라고 말씀하시고 빙긋 웃으셨다.

"있긴요?"

내가 억지를 쓰는 체했더니

"이래봬도 나의 세계는 옥스퍼드제(製)인데……."

"글쎄요. 성벽이 워낙 높아서 보여야죠."

"흐응."

확실히 이 교수님께는 어려운 구석이 있다. "외국에서 공부하고 오는 사람들은 다소간에 냉혈동물이 되어 돌아오는 법이지"라고 말씀하시며 당신도 극도의 냉혈동물이었다고 말하시지만 젊었을 적엔 몰라도 지금 봐서는 그런 것 같지는 않았다.

외국이라면 대개 서구를 가리키는 것이니 아마 그네들의 합리주의와 개인주의가 몸에 배어 그럴 것이라고 변호를 해주시면서 한편으로는 "아아, 성숙한 처녀처럼 믿음직한 그대 지식인이여"라고 말해놓고 웃으시고는 "그러나 나처럼 탈선할 가능성이 많지" 하고 자조를 하시곤 했다. 외국서 학위를 받고 온 교수들은 강의 노트를 얻어오는 대신

모든 것을 거기에 지불해버리고 온다는 것이었다. 감상을 길러야 하고 다시 인사를 배워야 하고 다시 웃음을 가져야 한다고 싱거운 조로 말하시고는 곧잘 나더러 "자네도 외국 갔다 오면 별수 없지" 하시다가는 이내 "참, 자네 같은 사람은 아예 외국에도 갈 수가 없어" 하며 놀려주시는 것인데 그 이유를 나는 알 수가 없다.

하나의 세계가 형성되는 과정이 한마디로 얼마나 기막히다는 것을 나는 잘 알고 있다. 그 과정 속에는 번득이는 철편(鐵片)이 있고 눈뜰 수 없는 현기증이 있고 끈덕진 살의가 있고 그리고 마음을 쥐어짜는 회오(悔惡)와 사랑도 있는 것이다. 이렇게 말하면 봄바람처럼 모호한 표현이 아니냐고 할 것이나 나로서는 그 이상 자세히는 모르겠다.

역시 여수에서 살 때다. 그즈음 형은 어머니를 죽이자고 끈끈한 음성으로 나와 누나를 꾀고 있었다.

피난지에서 돌아와보니 그렇지 않아도 변변치 않던 집이 거의 완전히 허물어져 있었다. 폭격이나 당해서 그렇다면 이웃에 창피하지는 않겠다고 누나는 부끄러워하고 있었다. 집은 한길이 가까운 산비탈에 있었다. 어머니도 누나와 같은 생각에서였던지는 모르나 인부를 두명 사서 한낮 걸려서 깨끗이 처치해버리고 다음 날은 그 자리에 판잣집을 세우기 시작했다. 사흘 걸려서 된 집은 내 맘에 꼭 들었다. 온돌방 하나와 판자를 깐 방 하나 그리고 판자를 깐 방에는 다락방을 만들

어 형이 썼다.

다락방 밑의 판잣방에 담요를 깔고 우리 식구가 거처했고 온돌방은 어머니처럼 생선이나 조개 따위의 해물을 새벽에 열리는 경매 시장에서 양동이에 받아가지고 첫 기차를 타고 순천이나 구례 방면의 장이 서는 고장을 찾아가서 팔고는 막차로 돌아와서 다음 날 새벽을 기다리는 것이 생활인 생선 장수 아주머니들의 하숙방으로 내주고 있었다. 우리 집 외에도 근처에 그런 하숙을 치고 밥을 먹는 집이 몇 더 있었는데 경매 시장이 있는 부두와 기차역에 각각 다니기가 좋은 장소여서 집집마다 육칠 명씩 단골이 있었다. 우리 집에서는 누나가 부엌일을 맡고 부엌일뿐만 아니라 매일매일 치러 받는 하숙 셈이라든지 잔살림살이는 모두 맡아하고 있었다. 낮에는 빨래도 하고 김치도 담그고 하느라고 겨우겨우 야간상업중학엘 다녔는데 공부는 늘 1등이었다. 세책점에서 소설을 빌려다가 틈틈이 보는데 혼자 있는 시간이 많아서 그런지 상상력이 대단했다. 곧잘 작문을 지어두었다가 나와 단둘이 있게 되는 시간이 생기면 조용한 음성으로 내게 읽어주곤 했다. 그것이 누나의 나에 대한 최대의 애정 표시였다. 나도 학교가 파하면 집안일을 도와주었다. 특히 뒤꼍의 돼지를 길러내는 게 큰 임무였다. 수놈으로서 중돼지를 넘어서고 있었다.

어머니는 마흔 살이라고는 해도 젊은 티가 남아 있었다. 아버지가

돌아가신 지 벌써 10년이 됐는데 그 뒤로 도맡아하신 고생이 어머니의 살결을 거칠게 해버린 것이어서 고생만 하지 않았더라면 스물이고 서른이고 마흔이고 그대로 남아 있을 단정한 용모였다. 그것 때문에 어머니의 장사는 덕을 보기도 하고 손을 보기도 했다. 예컨대 순천 같은 도시로 장사를 갔다 오는 날엔 빈 양동이를 들고 돌아오시지만 다른 읍 같은 곳에서는 장날에 가면 손님들이 슬슬 피해버리고 악마 같은 얼굴을 한 아주머니들에게나 가서 물건을 산다는 것이었다. 어머니는 별로 말이 없는 분이었다. 기쁠 때엔 물론 웃으시지만 통 말은 안 했다. 보통 형에게 얻어맞을 때 그러는 것인데, 억울한 일을 당하시면 눈에 파랗게 불이 켜진다. 동녘이 훤할 때 바다를 향해서라기보다는 차라리 육지를 향해서 깜박이는 등댓불의 그 희미하나마 금방 눈에 띄는 빛과 같은 것이었다. 그러나 여전히 말은 없다.

형은 종일 다락방에만 박혀 있다가 오후 4시나 되면 인적이 드문 해변으로 나갔다가 두어 시간 후에 돌아와서 다시 다락방으로 올라간다. 밥은 마루방에서 나와 누나와 함께 셋이서 먹는 것이지만 밥만 먹으면 그냥 다락방으로 올라갔다. 사닥다리를 삐걱거리며 올라가는 것을 보고 있노라면, 아아 형은 하늘로 가는구나라는 말이 저절로 입에서 나왔다. 다락방은 이 세상에 있지 않았다. 그건 하늘에 있었다.

그곳은 지옥이었고 형은 지옥을 지키는 마귀였다. 마귀는 그곳에서

146

끊임없이 무엇을 계획하고 계획은 전쟁이었고 전쟁은 승리처럼 보이나 실은 패배인 결과로서 끝났고 지쳐 피를 토해냈고—마귀의 상대자는 물론 어머니였고 어머니는 눈에 불을 켠 채 이겼고 이겼으나 복종했다. 형은 그 다락방에서 벌레처럼 끊임없이 부스럭거리는 소리를 내고 있었다.

형은 스물두 살이었다. 사변 전에 폐가 아주 나빠져서 중학교를 도중에 그만두었다. 하다못해 유행가 가수라도 되겠다고 새벽과 저녁으로 바닷가를 헤매며 소리를 지르고 있더니 그런 지경을 당해버린 것이었다. 나는 국민학교 2학년 때 학교 담임선생님이 새벽에 일찍 일어나는 것은 건강에 좋다고 해서 그런 말을 들은 다음 날 형의 발자국을 밟고 해변으로 따라 나간 적이 있었다. 바닷물은 빠지고 있었고 바위들은 금방이라도 벌떡 일어서서 나를 둘러싸고 기분 나쁘게 웃어댈 듯이 시커멓게 웅크리고 잠들어 있었다. 나는 오돌오돌 떨면서 움직이기가 귀찮아, 물기가 담뿍 밴 모래 위에 쭈그리고 앉았다. 그때 바다 저편에서 들려오듯이 아득한 형의 노래가 들려온 것이었다. 바닷속으로 바닷속으로 비스듬히 가라앉아가는 듯한 환상 속에서 나는 형의 폐병을 예감했을 것이었다. 아니다. 그 이상의 것을—형을, 동시에 어머니를, 알았을 것이었다.

"나갈까?"

하고 교수님은 내게 물으셨다.

"들어온 지 얼마 되지도 않았는데요. 저어 바쁘십니까?"

"아아니 뭐…… 술이라도 마시고 싶어지는군."

"네? 정말 드시겠어요? 저, 제가 좋은 데를 한 집 아는데요."

"흐응. 술이란 좋은 거지?"

교수님은 별로 마시고 싶지도 않으신데 괜히 한번 그래 보신 모양이다.

나는 짜증이 났다.

"나가실까요?"

하고 나는 벌떡 일어서면서 거의 강제적인 어조로 말했는데 교수님은 별로 불쾌히 여기지도 않고 조용히 자리에서 일어나셨다. 감색 바탕에 검정 사각 무늬가 배치되어 있는 교수님의 넥타이가 유난히 눈에 들어왔다.

찻값을 치르고 나오자 교수님은 벌써 밖에 나와서 잎이 지고 있는 플라타너스 곁에 서 계셨다. 저녁 햇살이 번져가고 있는 가을 하늘을 쳐다보고 계셨는데 윤곽이 뚜렷한 얼굴에는 소녀 같은 애수가 깃들어 있었다. 보는 사람에게 못마땅하다는 생각을 조금도 일으키지 않게 진실한 표정이었다.

"정말 술이라도 드시죠?"

"그만두지."

"……."

교수님과 나는 걷고 있었다.

무슨 생각에서였던지 교수님은 문득

"옛날 얘기 하나 들어보겠나?"

하고 말하시고 웃으셨다.

"네, 해주세요."

나는 필요 이상으로 좋아하는 빛을 보여드렸다.

'정순은 한마디로 총명한 여자였다. 자기의 운명을 만들어낼 수 있는 것은 반드시 자기만이 아니라는 걸 적어도 알고 있었다. 설령 그것이 당시 인습의 강요로 얻은 사고방식이라 할지라도 곁에서 보기에 아슬아슬하다거나 하는 느낌은 전연 가질 수 없도록 무어랄까 확신을 가지고 있는 듯했다. 사랑을 한다고 해도 리얼하다거나 표현해야할 것으로 한 교수보다는 적극적으로 애타고 보다 적극적으로 울고 그러다가, 어느 날엔가는 자기편에서 절교장을 보냈다가도 그다음 날 새벽 동이 훤해지기 바쁘게 부석부석한 눈으로 한 교수의 하숙으로 달려와 방긋 웃으며, 저 지독한 거짓말쟁이예요 하고 무릎을 꿇고 앉아 사죄를 하기도 하는 하여간 가슴이 타도록 한 교수를 사랑하는 것이었지만, 그러나 한편으로는 배암과 같은 이기심을 발휘하여, 대

학 졸업 후 런던 유학을 꾀하고 있는 한 교수에게 그 계획을 포기하라고 희생을 강력히 요구해오기도 하는 것이었다. 동갑이었다. 도쿄 유학을 온 학우들 간에 '국화, 단(但), 남성'이란 별명을 가진 한 교수에겐 정순과의 사랑이 무척 풀기 힘든 선택 문제로, 하나의 시련으로 하나의 굴레로 압박해왔다. 졸업 날짜가 가까워올수록 더욱 그랬다. 그때의 일기장을 펴보면 이렇게 적혀 있다고 한다. '대학 졸업 후 정순과의 결혼이냐 젊은 혼을 영국의 안개 긴 대학가에서 기를 것이냐. 둘 다 보배로운 일이 아닌가. 둘 다 한꺼번에 만족시킬 수 있다면 얼마나 기꺼운 일이냐. 그러나 정순은 나의 모든 학업이 끝날 때까지는 아마 기다릴 수 없으리라는 것이었다. 과년(過年)하다고 도쿄 유학도 겨우 용인해주고 있는 고국의 부모들이 딸의 졸업 후에는 절대로 가만두지는 않을 것이라는 것이다. 자기가 일본 여성이라면 서른 살이 문제가 아니라 마흔까지라도 기다릴 수 있겠지만 불행히도 자기의 부모는 이해심 적은 조선 사람이라는 것이다. 그래도 내가 기다리라고 하면 목숨을 걸고 기다리겠지만 늙다리가 되어서는 자기편에서 차마 결혼을 승낙 못 할 것 같다는 것이다. 결혼을 해놓고 서양 유학을 간다고 해도 그것은 내가 자신이 없다. 결국 둘 다 망치는 일이 될 것만 같아서다. 오직 하나 분명한 것은, 나는 정순을 지극히 사랑한다는 것뿐이다. 아아, 신이여 보살피소서. 그러다가 마침내 결론을 얻었다. 졸업을 1

년 앞둔 어느 봄날이었다. 도쿄의 하늘은 흩날리는 사쿠라 꽃잎으로 아슴해지고 사람의 심경들도 마냥 혼미해지기만 하는 봄날의 꽃바람이 부는 밤이었다. 정순의 육체를 범해버리기로 한 것이었다. 말똥말똥한 의식의 지휘 아래, 한 번, 두 번, 세 번, 네 번…… 수술대 위에 뉘어진 환자가 모르핀에 취할 때까지 수를 세듯 한 번, 두 번, 세 번, 네 번, 다섯 번. 그러자 예상했던 대로 한 교수의 사랑은 식어질 수 있었다. 다음 해 사쿠라가 질 무렵엔, 마카오 경유 배표를 쥐고도 손가락 하나 떨지 않고 서 있을 수 있었다. 벌써 30여 년 전 얘기다.'

"흐흥, 그런데…… 그 여자가 어제저녁 죽었다네."

"네?"

"장사는 내일 치르구…… 오늘 저녁에 입관을 한다나?"

"네? 그럼 사회학과 박 교수님의…….."

한 교수님은 쓸쓸히 웃으셨다. 가을 햇살이 내 에나멜 구두 콧등에서 오물거리고 있었다.

형이 나와 누나에게 어머니를 죽이자는 말을 처음 끄집어냈을 때도 내 발가락 사이로 초가을 햇살이 히히덕거리며 빠져나가고 있었다. 굵은 모래가 펼쳐진 해변에서였다. 납득? 아마 그랬을 것이다. 기침을 해가며 나직나직 말하는 형의 백짓빛 얼굴에서 나는 그를 미워할 아무런 건덕지도 찾아볼 수 없을 지경이었으니까. 왜냐하면 그런 말을

하는 형을 미워해야 한다면 어머니도 똑같이 미워해야 할 것이었는데 실상 나는 둘 다 미워하고 있지 않았다. 둘 다 사랑하고 있었다. 내가 설령 모두 미워하고 있었다고 하더라도 그것은 나의 그들에 대한 끝없는 사랑의 감정에서일 수밖에 없었다. 그러나 손쉽게, 사랑한다고 해서 내가 초가을 햇살이 눈부신 해변에서 들은, 지옥으로부터 나의 가슴에 육중하게 울려오는 저 끔찍한 음모(陰謀)를 납득할 수는 없었을 것이다. 차라리 수년 전 어느 새벽에 발자국을 밟고 따라가서 소라 껍데기 같은 나의 마음속에 잊지 않으리라 담아두던 노랫소리의 빛깔로 하여 형의 이런 계획은 당연하다고 주억거릴 수 있었다고 하는 편이 나았다.

형을 따라 새벽에 해변엘 나간 적이 있던 그 무렵 어느 날 저녁때였다.

어머니는 마흔이 넘어 보이는 사내를 하나 데리고 집으로 왔다. 어머니가 생선 장수를 시작하기 전으로, 바느질로써 용돈을 벌었고 남아 있던 살림살이를 하나씩 하나씩 팔아서 살고 있었을 때였다. 사내는 갯바람에 그을려서 약간 야윈 듯한 얼굴에 눈이 쌍꺼풀져 있었다. 모든 것이 자신만만하다는 듯한 태도를 가진 그 사내는 그날 저녁에 어머니와 함께 밤을 지내고 다음 날 새벽 일찍이 돌아갔다. 그날 나와 누나는 공포에 차서 덜덜 떨며 한숨도 자지 못하고 말았다.

중학교에 다니던 형도 엎치락뒤치락하며 밤을 그대로 새우고 있는 눈치였다. 다음 날 형은 학교엘 가지 않았다. 그것이 아버지의 사망 후에 어머니가 맞아들인 최초의 사내였다. 일본을 상대로 하는 밀수선의 선장이라는 건 그 사내가 그날 밤 이후로도 몇 차례, 몇 차례라고는 하나 시일로 따지면 거의 1년 동안 우리 집에 드나들 때 자연히 알게 되었다. 왜 어머니가 사내를 집 안으로 끌어들였는지 그리고 우리에게 아무런 인사도 시키지 않았고 말도 못 건네게 하였는지 그때는 아무래도 이해할 수가 없었다. 풍족하진 못했지만 돈이 없다고 짜증을 부리거나 불만을 가진 사람은 집안에 아무도 없었다. 그렇다고 사내를 우리들에게 아버지처럼 행세시키려 드는 눈치도 아주 없었다.

사내가 다녀간 다음 날에는 어머니는 형에게 무척 미안하다는 태도를 지어 보였다. 형으로 말하자면, 처음엔 어리둥절했던 모양이다. 무엇을 어떻게 하겠다는 결심은 전연 서려 있지 않은 분노를 자기의 침묵과 눈동자에 담고 있었으나 그뿐 아무런 짓도 하고 있지 않았다. 그러나 자기의 행동에 어떤 결심을 갖다 붙일 수 없었던 것은 오로지 자기의 나이를 잘 알고 있기 때문이었던 모양이다. 두 번째의 사내는 세관 관리였다. 털보였다. 눈이 역시 쌍꺼풀져 있었다. 술고래인 모양으로 늘 몸에서 술 냄새가 나고 있었다. 세 번째 사내는 헌병문관(憲兵文官)이었다. 어머니보다 젊은 듯했다. 안색이 창백하였으나 눈이 부

리부리한 사람으로 우리들에게는 항상 적의 어린 시선을 쏴주고 있었다.

이때 형은 학교를 그만둔 뒤였다. 그 무렵 형의 약값으로 돈이 많이 들어서 살림이 상당히 쪼들리고 있었는데 그것이 미안해서였던지 아니면 이제는 충분히 나이가 들었다고 생각해서였던지, 셋째 번의 사내가 처음으로 다녀간 다음 날 형은 드디어 어머니를 때리고 만 것이었다. 그리고 어머니의 눈에 처음으로 불이―희미하나 금방 알아볼 수 있는 파란 불이 켜지기 시작한 것이었다. 그리고 그 불빛 속에서 영원한 복종과 야릇한 환희와 그러나 약간의 억울함을 나와 누나는 본 것이었다. 그러한 빛깔을 한 불이 켜지면 누나는 안타까워서 동동 뛰었다. 그러나 나는 이미 포기해버리고 있었으므로 누나를 달랠 수 있는 여유조차 갖고 있었다.

어머니는 형에게 연애를 권했다. 형은 학교를 그만둔 뒤로는 썩어가는 폐에 눈물 어린 호소를 해가면서 문학으로 방향을 바꾸고 있었으므로 어머니는 그런 핑계를 내세우고, 연애는 네 문학 공부에 어떤 자극이 될지도 모른다고 권했으나 형은 흥 하고 웃어버렸다.

한 사람이 배반했다고 해서 자기까지 배반해버릴 수는 없었던 모양인가. 더구나 배반한 사람이 어떤 의사이전(意思以前)의 절대적인 지시 아래에서는 어찌할 수가 없다는 사실을 알고 있었기 때문인가. 피

난지에서 어머니가 한번 좋은 처녀가 있는데 결혼할래 하고 물었더니, 아무리 전쟁 중이라도 어머니가 미쳐버린다는 건 슬픈 일이에요라는 대답을 하고 나서, 어머니를 똑바로 쳐다보면서 싸늘한 웃음을 지었다. 어머니는 얼른 고개를 숙임으로써 그 시선을 피했지만 떨구는 어머니의 눈 속에는 또 그 파란 불이 켜져 있었던 것이 기억된다. 피난지에서 돌아와서부터 어머니가 사내를 집 안으로 데리고 오는 일은 없었다. 그러나 모든 것이 형에게는 마찬가지였다. 형은 무엇인가를 기어이 하고야 말리라고 예기하고 있던 나는 그러기 때문에 다락방에서 끊임없이 부스럭거리며 살고 있는 형을 공포에 찬 눈으로 주시하고 있었다. 누나도 마찬가지였다. 누나와 나는 유일한 동맹이었다. 내가 어린 날을 그래도 행복하게 보낼 수 있었던 것은 오직 누나가 있었기 때문이었다.

형이 어두운 다락방에서 우리에게 숨기며 쉬지 않고 무엇인가를 만들어가고 있듯이 나와 누나도 형과 어머니에게서 몇 가지 비밀을 만들어놓고 우리의 평안과 생명을 그 비밀 왕국 안에서 찾고 있었다.

누나가 밤늦게 학교에서 돌아오면 나는 기다리고 있다가 다락방에 있는 사람에게 들키지 않도록 조심하며 밖으로 나간다. 누나도 석유 남폿불의 심지를 줄여놓고 나서 역시 살그머니 빠져나온다. 나와 누나는 발소리를 죽이며 어두운 숲 그늘을 밟고 산비탈을 올라간다. 해

풍이 끊임없이 솔솔 불어오고 있다. 소금기에 저린 잎사귀들은 사그락대고 있다. 뱃고동 소리가 부우웅 울려오고 우리가 산비탈을 올라감에 따라서 부두 쪽에서 들려오는 웅웅거리는 소리가 조금씩 크게 들린다. 내려다보면 항도(港都)의 크고 작은 불빛들이 눈짓을 보내주고 있다. 드디어 철조망이 나선다. 칙칙한 색으로 숲이 살랑대고 있는 철조망 저편에는 석조 저택이 우울하게 서 있다. 몇 개의 창에서 불빛이 새어 나오고 있다. 현관에도 불이 켜져 있다. 우리는 철조망 이편에서 납작 엎드려 기다리고 있다. 엎드려서 우리는 흙내음과 풀내음을 들이마시며, 뜨거워져가는 숨소리를 느끼며 잔뜩 긴장하여 기다리고 있다.

이윽고 현관문이 밖으로 빛을 쏟아내면서 열리고 애란인인 선교사가 비척비척 걸어 나온다. 깡마르고 키가 크다. 불빛 아래서는 번쩍이는 안경을 쓰고 있다. 유령처럼 그는 이쪽으로 천천히 걸어온다. 어떤 때는 고개를 숙이고 걸어오기도 한다. 사그락대는 나뭇잎 소리들이 이 밤의 정적을 더 돋우고 있을 때 그가 이편으로 걸어오는 발짝 소리는 무한히 신비스럽게 느껴진다. 이윽고 왔다. 우리가 엎드려서 온갖 힘을 눈에다 모으고 있는 철조망 저 켠에는 몇 그루의 측백나무가 어둠에 싸여 있고 그 측백나무 아래에는 벤치가 하나 있다. 그는 드디어 거기에 앉는다. 털썩 주저앉는다. 나는 누나의 한 손을 꼭 쥐고 있다.

손에는 어느덧 땀이 흐르고 있다.

선교사는 멀리 아래로 보이는 시가지의 불빛들을 꿈꾸듯이 보고 있다. 바람에 실려 오는 소금기를 냄새 맡는 듯이 그는 코를 두어 번 킁킁거려본다. 드디어 바지 단추를 끄른다.

홍청대는 항구의 여름밤과는 상관없이 바위처럼 고독한 자세 하나가 우리의 눈앞에서 그의 기나긴 방황을 시작하고 있다. 그렇게도 뛰어넘기 힘든 조건이었던가. 일요일에 교회에서만 선교사를 대하는 신도들에게는 도대체 상상될 수 없는 그래서 무수한 면을 가진, 아아 사람은 다면체였던 것이다. 바람은 소리 없이 불어오고 잎들조차 이제는 숨을 죽이고 이슬방울들이 불빛에 번쩍이면서 이 무더운 밤이 해주는 얘기에 귀를 기울일 때 나의 등에도 누나의 등에도 어느새 공포의 식은땀이 흐르고 있었다.

이윽고 끝났다. 그는 어둠 속에서 한숨처럼 긴 숨을 몇 번 쉬고 느릿느릿 일어나서 바지를 추켜 입고 힘없이 비척거리며, 온 길을 되돌아간다. 그제야 우리들은 쥐었던 손을 놓고 일어선다. 이마에서는 땀이 흐르고 있다. 우리는 기진맥진하여 불빛들이 사는 비탈 아래로 내려온다.

우리의 왕국에서 우리는 그렇게도 항상 땀이 흐르고 기진맥진하였다. 그러나 한 오라기의 죄도 거기에는 섞여 있지 않은 것이었다. 오히

려 거기에서 우리는 평안했고 거기에서 우리는 생명을 생각하고 있었다. 낮에 우리는 가끔 그 선교사가 자동차를 타고 지나다니는 것을 본 적이 있지만 전연 딴사람처럼 명랑해 보였다. 명랑하게 달려가는 자동차의 뒤에서 우리는 늘 미소를 가질 수 있었다. 다시 한번 말하거니와 우리가 꾸며놓은 왕국에는 항상 끈끈한 소금기가 있고 사그락대는 나뭇잎이 있고 머리칼을 나부끼는 바람이 있고 때때로 따가운 빛을 쏟는 태양이 떴다. 아니 이러한 것들이 있었다기보다는 우리들이 그것을 의식하려고 애쓰고 있었다고 하는 게 옳겠다. 그러한 왕국에서는 누구나 정당하게 살고 누구나 정당하게 죽어간다. 피하려고 애쓸 패륜도 아예 없고 그것의 온상을 만들어주는 고독도 없는 것이며 전쟁은 더구나 있을 필요가 없다. 누나와 나는 얼마나 안타깝게 어느 화사한 왕국의 신기루를 찾아 헤매었던 것일까!

햇빛이 눈부시게 빛나는 해변에서 형이 어머니를 죽이자고 했을 때 나는 훌쩍훌쩍 울어버리고 말았지만 그것은 형의 말에 반대해서라기보다는 오히려 형에게 얼마든지 동감할 수가 있었기 때문일 것이었다. 형은 그 말을 함으로써 스스로 성자(聖者)의 지위에 올랐다고 생각했을 것이다. 누나도 사실 어머니에게 불만이 없는 것은 아니었다. 그렇다고 그 불만이 형을 위해서 있는 것은 아니었다. 누나는 가장 영리하였다. 그 눈부신 해변에서 누나는 한마디 말도 하지 않고 한 개의

표정도 바꾸어 짓지 않았지만 그것은 누나의 아름다운 노력일 뿐이었다. 누나는 영리하였다. 형이 어머니의 거의 문란하다고나 해야 할 남자관계를 굳이 내세우며 우리를 설복시키려고 애쓰고 있었지만(그것은 우리를 철부지로 여기고 있었기 때문일 것이다. 철부지에게는 본능적인 의협심이 행위의 충동이 되는 걸로 형은 생각했을 것이다)—사실 나도 그 따위는 아무것도 아니라고 생각했다. 형의 의도는 그 너머에 있는 것이었으니까—누나는 귓등으로 흘려버릴 정도로 모든 것을 알고 있었다.

모든 오해를, 옳다, 모든 오해를 누나는 알고 있었다. 그러나 영원히 풀어버릴 수 없는 오해라는 것도 알고 있었다. 무서운 결과를 무릅쓰지 않고서는 누나는 결코 그 오해를 풀어줄 수가 없다는 것도 알고 있었다. 아아, 이렇게 얘기해서는 안 되겠다. 이것은 너무나 막연한 표현들이다. 한마디로 말하고 싶다. 어머니는 영혼을 사러 다니는 마녀와 같다고 형은 경계하고 있었고 한편, 형은 빈틈을 쉬지 않고 노리는 어떤 악한 세력이라고 어머니는 생각하고 있었다. 이러한 생각들은, 나와 누나의 직관 속에서 보면, 분명히 아버지의 사망 후에 비롯된 것이었고 비록 은근한 것이었다고는 하나 얼마나 끈덕진 것이었던지 이것의 어떤 해결 없이는 새로운 생활—새롭다고 한들, 남들은 별생각 없이 예사로 사는 그런 생활을 할 수는 도저히 없는 것이었다.

형과 어머니는 주고받는 시선 속에서 우습도록 차디찬 오해를 나누고 있었다. 그뿐이다. 그뿐이다. 둘 다 오해를 하고 있었던 것뿐이다. 상상의 바다를 설정해놓고 그곳을 군이 피하려고 하는 뱃사람들처럼 어머니와 형도 간단하게 살아갈 수는 없었던 것인가.

누나가 마지막까지 눈물겨운 노력을 포기하지 않았던 것을 나는 알고 있다. 모래가 따가운 해변에서 돌아와서 일주일인가 지난 날 밤이었다. 누나는 그날 저녁 학교를 쉬고 노트에 부지런히 글을 짓고 있었다. 열여섯 살짜리 계집애로서는 그 이상 더 어떻게 할 수 없는 노력이었다. 나는 남포에 석유를 붓고 누나가 쓸 연필을 깎아놓았다. 그러고 나서 누나 곁에 엎드려서 근심스럽게 누나의 노력을 바라보고 있었다. 작문은 이런 것이었다.

'내 어머니의 '남자관계'를 내가 어렸을 때는 막연한 어떤 심리에 사로잡혀 미워하고 심지어 내 어머니는 '갈보'라고까지 욕을 했고 그리고 나의 기억에도 아버지와 놀던 세세한 일은 거의 남아 있지 않을 정도로 오래전에 돌아가신 아버지를 애타게 그리워했고 그 아버지를 잊어버리고 다른 남자와 '놀아나는' 어머니를 더욱 미워하게 됐고 그래서 혹시 그런 남자가 집에 오기라도 하면 나는 일부러 방문을 탁 닫기도 하고 큰 장독으로 돌을 가져가서 차마 독을 쾅 깨어버리지는 못하고 땅땅 두들겨보고 그러다가 그 독아지 속에서 울려오는 무거운

소리를 귀 기울여 들으며 어머니에 관한 일은 잊어버리기로 하곤 하였다. 이제 와서 생각하면 그처럼 어머니를 못 이해하고 있었다니 하는 후회만이 앞선다. 어머니가 사귀던 몇 남자들의 얼굴을 나는 똑똑히 외우고 있다. 그들은 차례차례 어머니를 거쳐갔는데 이상하게도 그 남자들의 용모에는 공통된 점이 많았다. 눈이 쌍꺼풀이라든지 콧날이 오똑하고 얼굴색이 비교적 창백하다든지, 하여간 나의 기억 속에 그들의 얼굴은 서로 비슷했다. 그리고 좀 더 거슬러 올라가면 놀랍게도 아버지의 얼굴과 거의 일치되는 것이다. 어머니는 사귀고 있는 남자를 우연한 기회에 보게 되었을 것이다. 그러고는 옛날 당신의 한창 젊음을 바쳐 사랑하던, 그리고 그보다도 더 큰 아버지의 사랑을 받던 날을 생각할 것이다. 아아, 어머니는 얼마나 아버지를 찾아 헤매었던 것일까. 내 어린 시절의 기억 속에 불쾌감을 모질도록 일으키던 어머니의 '남자관계'는 곧 내가 사랑하는 그리고 어머니가 사랑하는 아버지를 찾아 헤매던 일이기도 했던 것이다.'

물론 이 작문은 거의 완전한 허구였다. 그러나 최후의 노력이었다. 누나는 그 작문을 들고 다락방으로 올라갔다. 나는 기도하듯이 손을 모으고 다락방으로, 지옥으로 올라가고 있는 한 사도의 순결한 모습을 바라보고 있었다. 지루하도록 오랫동안 그 사도는 내려오지 않았다. 이윽고 다락의 층계를 밟고 사도는 피로한 모습을 하고 내려왔다.

절망. 형은 발광하는 듯한 몸짓으로 픽 웃더라는 것이다. 그리고 누나에게 이런 뜻의 말을 하더라는 것이다. 어머니의 '남자관계'를 너는 그렇게 해석해도 무방하다. 그러나 실은 그것에서 그치는 것은 아니다. 그것은 일종의 극기일 뿐이다. 극기일 뿐이다. 극기일 뿐이다……

"옛날 일을 그래서 지금은 후회하세요?"

"후회하냐고?"

교수님은 무슨 소리냐는 듯이 눈을 둥그렇게 뜨셨다. 그러자 그러한 당신의 표정이 서운하셨던지 입술을 주름 짓게 모아 쑥 내민 채 애처롭게 웃으셨다.

또 형은 억울하다는 듯한 표정으로 이렇게 말하더라는 것이다. 어머니의 나에게 대한 운명적인 요구에 나는 어떻게 대처해야 할지 모르겠다(나와 누나에게는 이 말처럼 미운 것이 없었다). 솔직히 말하마. 남들에게는 지극히 평범하고 세속적인 관계일 수밖에 없는 것이 내게는 왜 이렇게 험악한 벽으로 생각되는지, 나는 참 불행한 놈이다. 절망. 풀 수 없는 오해들. 다스릴 수 없는 기만들. 그렇다고 장난꾸러기 같은 미래를 빤히 내다보면서도 눈감아버릴 수는 없는 것이다. 절망. 절망. 누나와 나는 그다음 날 저녁, 등대가 있는 낭떠러지에서 밤 파도가 으르렁대는 해변으로 형을 떠밀었다. 우리는 결국 형 쪽을 택한 것이었다. 미친 듯이 뛰어서 돌아오는 우리의 귓전에서 갯바람이 윙윙댔다.

얼마든지 형을, 어머니를 그리고 우리들을 저주해도 모자랐다. 집으로 돌아와서 불을 켜자 비로소 야릇한 평안을 맛볼 수 있었다.

그리고 얼마 있지 않아서였다. 판자문을 삐걱거리며 열고 물에 흠씬 젖은 형이 살아서 돌아온 것이다. 우리의 눈동자는 확대된 채 얼어붙어버렸다. 형은 단 한마디, 흐흥 귀여운 것들, 해놓고 다락방으로 삐걱거리며 올라갔다. 그리고 사흘 있다가, 등대가 있는 그 낭떠러지에서 스스로 몸을 던져 죽은 것이었다. 나와 누나의 눈에는 감사의 눈물이 번쩍이고 있었다. 그러나 어머니의 오해에는 어떻게 손대볼 도리 없이 우리는 성장하고 만 것이었다.

만화로써 일가(一家)를 이룬 오 선생 같은 분도, 좀 이상한 얘기지만 일을 하다가 문득 윤리의 위기 같은 걸 느낄 때가 있다라고 내게 말씀하시는 때가 있다. 윤리의 위기라는 거창한 말을 쓰고 있지만, 내가 보기엔 작은 실패담이라고나 할 수밖에 없는 일인데 당사자에겐 퍽 심각한 문제인 모양이다. 이야기인즉, 하얀 켄트지를 펴놓고 먼저 연필로 만화의 초(草)를 뜬다. 그러고 나면 펜에 먹물을 찍어 연필 자국을 덮어 그리는데 직선을 그려야 할 경우에 어쩐지 손이 떨려서 그만 자를 갖다 대고 그려버릴 때가 가끔 있다는 것이다. 그렇게 해서 다 그리고 난 뒤에 작품을 보고 있노라면 어쩐지 자꾸 그 직선 부분에만 눈이 가고, 죄의식이 꿈틀거린다는 것이다. 그리고 독자들이 이렇게 외

치는 소리가 들리는 듯하다고 한다. 그건 당신의 선이 아니다. 그것은 직선이라는 의사밖에는 가지고 있지 않는 자(尺)의 선이다. 당신은 우리를 속이려 하는구나라고.

형 같은 경우는 아예 비길 수 없이 으리으리하게 확립된 질서 속에서 오 선생은 살고 있는 것이지만 긍정이라든지 부정이라든지 하는 따위의 의미를 일체 떠난 순종의 성곽 속에도 밤과 낮이 있는 모양이었다.

"오늘 저녁 입관하시는 데 가보시겠군요."

나는 고개를 돌려서 물었다. 교수님은 난처한 웃음을 띠셨다.

"내가 울까?"

"네?"

"정순의 죽은 얼굴을 보고 내가 울까?"

"물론 안 우시겠죠."

"……."

"……."

"그렇다면 갈 필요가 없을 것 같군."

옳은 말씀이다. 이제 와서 눈물을 뿌린다고 해서 성벽이 쉽사리 무너져날 것 같지도 않은 것이다.

"슬프세요?"

내가 웃으며 물었더니

"글쎄, 지금 생각 중이야."

라고 대답하셨다.

나는 할 수 없이 또 한 번 웃고 말았다.

(1962)

서울, 1964년 겨울

1964년 겨울을 서울에서 지냈던 사람이라면 누구나 알 수 있겠지만, 밤이 되면 거리에 나타나는 선술집—오뎅과 군참새와 세 가지 종류의 술 등을 팔고 있고, 얼어붙은 거리를 휩쓸며 부는 차가운 바람이 펄럭거리게 하는 포장을 들치고 안으로 들어서게 되어 있고, 그 안에 들어서면 카바이드 불의 길쭉한 불꽃이 바람에 흔들리고 있고, 염색한 군용 잠바를 입고 있는 중년 사내가 술을 따르고 안주를 구워주고 있는 그러한 선술집에서, 그날 밤, 우리 세 사람은 우연히 만났다. 우리 세 사람이란 나와 도수 높은 안경을 쓴 '안'이라는 대학원 학생과 정체는 알 수 없지만 요컨대 가난뱅이라는 것만은 분명하여 그의 정체를 알고 싶다는 생각은 조금도 나지 않는 서른대여섯 살짜리 사내를 말한다.

먼저 말을 주고받게 된 것은 나와 대학원생이었는데, 뭐 그렇고 그런 자기소개가 끝났을 때는 나는 그가 안씨라는 성을 가진 스물다섯 살짜리 대한민국 청년, 대학 구경을 해보지 못한 나로서는 상상이 되지 않는 전공을 가진 대학원생, 부잣집 장남이라는 걸 알았고, 그는 내가 스물다섯 살짜리 시골 출신, 고등학교는 나오고 육군사관학교를 지원했다가 실패하고 나서 군대에 갔다가 임질에 한 번 걸려본 적이 있고 지금은 구청 병사계에서 일하고 있다는 것을 아마 알았을 것이다.

자기소개들은 끝났지만 그러고 나서는 서로 할 얘기가 없었다. 잠시 동안은 조용히 술만 마셨는데 나는 새카맣게 구워진 군참새를 집을 때 할 말이 생겼기 때문에 마음속으로 군참새에게 감사하고 나서 얘기를 시작했다.

"안 형, 파리를 사랑하십니까?"

"아니오. 아직까진……." 그가 말했다. "김 형은 파리를 사랑하세요?"

"예"라고 나는 대답했다. "날 수 있으니까요. 아닙니다. 날 수 있는 것으로서 동시에 내 손에 붙잡힐 수 있는 것이니까요. 날 수 있는 것으로서 손안에 잡아본 것이 있으세요?"

"가만 계셔보세요." 그는 안경 속에서 나를 멀거니 바라보며 잠시 동안 표정을 꼼지락거리고 있었다. 그리고 말했다. "없어요. 나도 파리밖에는……."

낮엔 이상스럽게도 날씨가 따뜻했기 때문에 길은 얼음이 녹아서 흙물로 가득했었는데 밤이 되면서부터 다시 기온이 내려가고 흙물은 우리의 발밑에서 다시 얼어붙기 시작했다. 소가죽으로 지어진 내 검정 구두는 얼고 있는 땅바닥에서 올라오고 있는 찬 기운을 충분히 막아내지 못하고 있었다. 사실 이런 술집이란, 집으로 돌아가는 길에 잠깐 한잔하고 싶은 생각이 든 사람이나 들어올 테지, 마시면서 곁에 선 사

람과 무슨 얘기를 주고받을 만한 데는 되지 못하는 곳이다. 그런 생각이 문득 들었지만 그 안경잡이가 때마침 나에게 기특한 질문을 했기 때문에 나는 '이놈 그럴듯하다'고 생각되어 추위 때문에 저려드는 내 발바닥에게 조금만 참으라고 부탁했다.

"김 형, 꿈틀거리는 것을 사랑하십니까?" 하고 그가 내게 물었던 것이다.

"사랑하구말구요." 나는 갑자기 의기양양해져서 대답했다. 추억이란 그것이 슬픈 것이든지 기쁜 것이든지 그것을 생각하는 사람을 의기양양하게 한다. 슬픈 추억일 때는 고즈넉이 의기양양해지고 기쁜 추억일 때는 소란스럽게 의기양양해진다.

"사관학교 시험에서 미역국을 먹고 나서도 얼마 동안, 나는 나처럼 대학 입학시험에 실패한 친구 하나와 미아리에 하숙하고 있었습니다. 서울엔 그때가 처음이었죠, 장교가 된다는 꿈이 깨어져서 나는 퍽 실의에 빠져 있었습니다. 그때 영영 실의해버린 느낌입니다. 아시겠지만 꿈이 크면 클수록 실패가 주는 절망감도 대단한 힘을 발휘하더군요. 그 무렵 재미를 붙인 게 아침의 만원된 버스 칸이었습니다. 함께 있는 친구와 나는 하숙집의 아침 밥상을 밀어놓기가 바쁘게 미아리 고개 위에 있는 버스 정류장으로 달려갑니다. 개처럼 숨을 헐떡거리면서 말입니다. 시골에서 처음으로 서울에 올라온 청년들의 눈에 가

장 부럽고 신기하게 비치는 게 무언지 아십니까? 부러운 건, 뭐니 뭐니 해도, 밤이 되면 빌딩들의 창에 켜지는 불빛, 아니 그 불빛 속에서 이리저리 움직이고 있는 사람들이고 신기한 건 버스 칸 속에서 1센티미터도 안 되는 간격을 두고 자기 곁에 이쁜 아가씨가 서 있다는 사실입니다. 때로는 아가씨들과 팔목의 살을 대고 있기도 하고 허벅다리를 비비고 서 있을 수도 있어서 그것 때문에 나는 하루 종일 시내버스를 이것저것 갈아타면서 보낸 적도 있습니다. 물론 그날 밤엔 너무 피로해서 토했습니다만……."

"잠깐, 무슨 얘기를 하시자는 겁니까?"

"꿈틀거리는 것을 사랑한다는 얘기를 하려던 참이었습니다. 들어보세요. 그 친구와 나는 출근 시간의 만원버스 속을 쓰리꾼들처럼 안으로 비집고 들어갑니다. 그리고 자리를 잡고 앉아 있는 젊은 여자 앞에 섭니다. 나는 한 손으로 손잡이를 잡고 나서, 달려오느라고 좀 멍해진 머리를 올리고 있는 손에 기댑니다. 그리고 내 앞에 앉아 있는 여자의 아랫배 쪽으로 천천히 시선을 보냅니다. 그러면 처음엔 얼른 눈에 뜨이지 않지만 시간이 조금 가고 내 시선이 투명해지면서부터 나는 그 여자의 아랫배가 조용히 오르내리는 것을 볼 수 있습니다……."

"오르내린다는 건…… 호흡 때문에 그러는 것이겠죠?"

"물론입니다. 시체의 아랫배는 꿈쩍도 하지 않으니까요. 하여

튼…… 나는 그 아침의 만원버스 칸 속에서 보는 젊은 여자 아랫배의 조용한 움직임을 보고 있으면 왜 그렇게 마음이 편안해지고 맑아지는지 모르겠습니다. 나는 그 움직임을 지독하게 사랑합니다.”

"퍽 음탕한 얘기군요"라고 안은 기묘한 음성으로 말했다. 나는 화가 났다. 그 얘기는, 내가 만일 라디오의 박사 게임 같은 데에 나가게 돼서 '세상에서 가장 신선한 것은?'이라는 질문을 받게 되었을 때, 남들은 상추니 5월의 새벽이니 천사의 이마니 하고 대답하겠지만 나는 그 움직임이 가장 신선한 것이라고 대답하려니 하고 일부러 기억해두었던 것이었다.

"아니, 음탕한 얘기가 아닙니다." 나는 강경한 태도로 말했다. "그 얘기는 정말입니다."

"음탕하지 않다는 것과 정말이라는 것 사이엔 어떤 관계가 있죠?"

"모르겠습니다. 관계 같은 것은 난 모릅니다. 요컨대……."

"그렇지만 그 동작은 '오르내린다'는 것이지 꿈틀거린다는 것은 아니군요. 김 형은 아직 꿈틀거리는 것을 사랑하지 않으시구면."

우리는 다시 침묵 속으로 떨어져서 술잔만 만지작거리고 있었다. 개새끼, 그게 꿈틀거리는 게 아니라고 해도 괜찮다, 하고 나는 생각하고 있었다. 그런데 잠시 후에 그가 말했다.

"난 방금 생각해봤는데 김 형의 그 오르내림도 역시 꿈틀거림의 일

종이라는 결론을 얻었습니다.”

“그렇죠?” 나는 즐거워졌다. “그것은 틀림없는 꿈틀거림입니다. 난 여자의 아랫배를 가장 사랑합니다. 안 형은 어떤 꿈틀거림을 사랑합니까?”

“어떤 꿈틀거림이 아닙니다. 그냥 꿈틀거리는 거죠. 그냥 말입니다. 예를 들면…… 데모도…….”

“데모가? 데모를? 그러니까 데모…….”

“서울은 모든 욕망의 집결지입니다. 아시겠습니까?”

“모르겠습니다”라고 나는 할 수 있는 한 깨끗한 음성을 지어서 대답했다.

그때 우리의 대화는 또 끊어졌다. 이번엔 침묵이 오래 계속되었다. 나는 술잔을 입으로 가져갔다. 내가 잔을 비우고 났을 때 그도 잔을 입에 대고 눈을 감고 마시고 있는 게 보였다. 나는 이젠 자리를 떠나야 할 때가 되었다고 다소 서글픈 기분으로 생각했다. 결국 그렇고 그렇다. 또 한 번 확인된 것에 지나지 않다고 생각하면서 ‘자, 그럼 다음에 또……’라고 말할까, ‘재미있었습니다’라고 말할까, 궁리하고 있는데 술잔을 비운 안이 갑자기 한 손으로 내 한쪽 손을 살그머니 잡으면서 말했다.

“우리가 거짓말을 하고 있었다고 생각하지 않으십니까?”

"아니오." 나는 좀 귀찮은 생각이 들었다. "안 형은 거짓말을 했는지 모르지만 내가 한 얘기는 정말이었습니다."

"난 우리가 거짓말을 하고 있었던 것 같은 느낌이 듭니다." 그는 붉어진 눈두덩을 안경 속에서 두어 번 끔벅거리고 나서 말했다. "난 우리 또래의 친구를 새로 알게 되면 꼭 꿈틀거림에 대한 얘기를 하고 싶어집니다. 그래서 얘기를 합니다. 그렇지만 얘기는 5분도 안 돼서 끝나버립니다."

나는 그가 무슨 이야기를 하고 있는지 알 듯하기도 했고 모를 것 같기도 했다

"우리 다른 얘기합시다" 하고 그가 다시 말했다.

나는 심각한 얘기를 좋아하는 이 친구를 골려주기 위해서 그리고 한편으로는 자기의 음성을 자기가 들을 수 있는 취한 사람의 특권을 맛보고 싶어서 얘기를 시작했다.

"평화 시장 앞에서 줄지어 선 가로등들 중에서 동쪽으로부터 여덟 번째 등은 불이 켜 있지 않습니다……." 나는 그가 좀 어리둥절해하는 것을 보자 더욱 신이 나서 얘기를 계속했다.

"……그리고 화신백화점 6층의 창들 중에서는 그중 세 개에서만 불빛이 나오고 있었습니다……."

그러자 이번엔 내가 어리둥절해질 사태가 벌어졌다. 안의 얼굴에

놀라운 기쁨이 빛나기 시작했기 때문이다.

그가 빠른 말씨로 얘기하기 시작했다.

"서대문 버스 정거장에는 사람이 서른두 명 있는데 그중 여자가 열일곱 명이고 어린애는 다섯 명, 젊은이는 스물한 명, 노인이 여섯 명입니다."

"그건 언제 일이지요?"

"오늘 저녁 7시 15분 현재입니다."

"아" 하고 나는 잠깐 절망적인 기분이었다. 그 반작용인 듯 굉장히 기분이 좋아져서 털어놓기 시작했다.

"단성사 옆 골목의 첫 번째 쓰레기통에는 초콜릿 포장지가 두 장 있습니다."

"그건 언제?"

"지난 14일 저녁 9시 현재입니다."

"적십자병원 정문 앞에 있는 호두나무의 가지 하나는 부러져 있습니다."

"을지로 3가에 있는 간판 없는 한 술집에는 미자라는 이름을 가진 색시가 다섯 명 있는데, 그 집에 들어온 순서대로 큰 미자, 둘째 미자, 셋째 미자, 넷째 미자, 막내 미자라고들 합니다."

"그렇지만 그건 다른 사람들도 알고 있겠군요. 그 술집에 들어가본

사람은 꼭 김 형 하나뿐이 아닐 테니까요."

"아 참, 그렇군요. 난 미처 그걸 생각하지 못했는데. 난 그중에 큰 미자와 하룻저녁 같이 잤는데 그 여자는 다음 날 아침, 일수(日收)로 물건을 파는 여자가 왔을 때 내게 빤쓰 하나를 사주었습니다. 그런데 그 여자가 저금통으로 사용하고 있는 한 되들이 빈 술병에는 돈이 110원 들어 있었습니다."

"그건 얘기가 됩니다. 그 사실은 완전히 김 형의 소유입니다."

우리의 말투는 점점 서로를 존중해가고 있었다. "나는……" 하고 우리는 동시에 말을 시작하기도 했다. 그럴 때는 번갈아서 서로 양보했다.

"나는……" 이번에는 그가 말할 차례였다. "서대문 근처에서 서울역 쪽으로 가는 전차의 도로리가 내 시야 속에서 꼭 다섯 번 파란 불꽃을 튀기는 것을 보았습니다. 그건 오늘 밤 7시 15분에 거길 지나가는 전차였습니다."

"안 형은 오늘 저녁엔 서대문 근처에서 살고 있었군요."

"예, 서대문 근처에서 살고 있었군요."

"난, 종로 2가 쪽입니다. 영보빌딩 안에 있는 변소 문의 손잡이 조금 밑에는 약 2센티미터 가량의 손톱자국이 있습니다."

"하하하하" 하고 그는 소리 내어 웃었다.

"그건 김 형이 만들어놓은 자국이겠지요?"

나는 무안했지만 고개를 끄덕이지 않을 수 없었다. 그건 사실이었다.

"어떻게 아세요?" 하고 나는 그에게 물었다.

"나도 그런 경험이 있으니까요." 그가 대답했다. "그렇지만 별로 기분 좋은 기억이 못 되더군요. 역시 우리는 그냥 바라보고 발견하고 비밀히 간직해두는 편이 좋겠어요. 그런 짓을 하고 나서는 뒷맛이 좋지 않더군요."

"난 그런 짓을 많이 했습니다만 오히려 기분이 좋았…….." 좋았다고 말하려고 했는데, 갑자기 내가 했던 모든 그것에 대한 혐오감이 치밀어서 나는 말을 그치고 그의 의견에 동의하는 고갯짓을 해버렸다.

그러나 그때 나는 이상스럽다는 생각이 들었다. 내가 약 30분 전에 들은 말이 틀림없다면 지금 내 옆에서 안경을 번쩍이고 앉아 있는 친구는 틀림없는 부잣집 아들이고, 높은 공부를 한 청년이다. 그런데 왜 그가 이래야만 되는가?

"안 형이 부잣집 아들이라는 것은 사실이겠지요? 그리고 대학원생이라는 것도…….." 내가 물었다.

"부동산만 해도 대략 3,000만 원쯤 되면 부자가 아닐까요? 물론 내 아버지 재산이지만 말입니다. 그리고 대학원생이란 건 여기 학생증이 있으니까…….."

그러면서 그는 호주머니를 뒤적거려서 지갑을 꺼냈다.

"학생증까진 필요 없습니다. 실은 좀 의심스러운 게 있어서요. 안 형 같은 사람이 추운 밤에 싸구려 선술집에 앉아서 나 같은 친구나 간직할 만한 일에 대해서 얘기하고 있다는 것이 이상스럽다는 생각이 방금 들었습니다."

"그건…… 그건…….' 그는 좀 열띤 음성으로 말했다. "그건…… 그렇지만 먼저 물어보고 싶은 게 있는데요. 김 형이 추운 밤에 밤거리를 쏘다니는 이유는 무엇입니까?"

"습관은 아닙니다. 나 같은 가난뱅이는 호주머니에 돈이 좀 생겨야 밤거리에 나올 수 있으니까요."

"글쎄, 밤거리에 나오는 이유는 뭡니까?"

"하숙방에 들어앉아서 벽이나 쳐다보고 있는 것보다는 나으니까요."

"밤거리에 나오면 뭔가 좀 풍부해지는 느낌이 들지 않습니까?"

"뭐가요?"

"그 뭔가가. 그러니까 생(生)이라고 해도 좋겠지요. 난 김 형이 왜 그런 질문을 하는지 그 이유를 조금은 알 것 같습니다. 내 대답은 이렇습니다. 밤이 됩니다. 난 집에서 거리로 나옵니다. 난 모든 것에서 해방된 것을 느낍니다. 아니, 실제로는 그렇지 않을는지 모르지만 그렇게 느낀다는 말입니다. 김 형은 그렇게 안 느낍니까?"

"글쎄요."

"나는 사물의 틈에 끼어서가 아니라 사물을 멀리 두고 바라보게 됩니다. 안 그렇습니까?"

"글쎄요. 좀⋯⋯."

"아니, 어렵다고 말하지 마세요. 이를테면 낮엔 그저 스쳐 지나가던 모든 것이 밤이 되면 내 시선 앞에서 자기들의 벌거벗은 몸을 송두리째 드러내놓고 쩔쩔맨단 말입니다. 그런데 그게 의미가 없는 일일까요? 그런, 사물을 바라보며 즐거워한다는 일이 말입니다."

"의미요? 그게 무슨 의미가 있습니까? 난 무슨 의미가 있기 때문에 종로 2가에 있는 빌딩들의 벽돌 수를 헤아리는 일을 하는 게 아닙니다. 그냥⋯⋯."

"그렇죠? 무의미한 겁니다. 아니 사실은 의미가 있는지도 모르지만 난 아직 그걸 모릅니다. 김 형도 아직 모르는 모양인데 우리 한번 함께 그거나 찾아볼까요. 일부러 만들어 붙이지는 말고요."

"좀 어리둥절하군요. 그게 안 형의 대답입니까? 난 좀 어리둥절한데요. 갑자기 의미라는 말이 나오니까."

"아, 참, 미안합니다. 내 대답은 아마 이렇게 될 것 같군요. 그냥 뭔가 뿌듯해지는 느낌이 들기 때문에 밤거리로 나온다고." 그는 이번엔 목소리를 낮추어서 말했다. "김 형과 나는 서로 다른 길을 걸어서 같

210

은 지점에 온 것 같습니다. 만일 이 지점이 잘못된 지점이라고 해도 우리 탓은 아닐 거예요." 그는 이번엔 쾌활한 음성으로 말했다. "자, 여기서 이럴 게 아니라 어디 따뜻한 데 가서 정식으로 한잔씩 하고 헤어집시다. 난 한 바퀴 돌고 여관으로 갑니다. 가끔 이렇게 밤거리를 쏘다니는 밤엔 꼭 여관에서 자고 갑니다. 여관엘 찾아든다는 프로가 내게는 최고죠."

우리는 각기 계산하기 위해서 호주머니에 손을 넣었다. 그때 한 사내가 우리에게 말을 걸어왔다. 우리 곁에서 술잔을 받아놓고 연탄불에 손을 쬐고 있던 사내였는데, 술을 마시기 위해서 거기에 들어온 것이 아니라 불이 쬐고 싶어서 잠깐 들렀다는 꼴을 하고 있었다. 제법 깨끗한 코트를 입고 있었고 머리엔 기름도 얌전하게 발라서 카바이드 등의 불꽃이 너풀댈 때마다 머리 위의 하이라이트가 이리저리 움직이고 있었다. 그러나 어디선지는 분명하지 않았지만 가난뱅이 냄새가 나는 서른대여섯 살짜리 사내였다. 아마 빈약하게 생긴 턱 때문이었을까, 아니면 유난히 새빨간 눈시울 때문이었을까. 그 사내가 나나 안중의 어느 누구에게라고 할 것 없이 그냥 우리 쪽을 향하여 말을 걸어온 것이다.

"미안하지만 제가 함께 가도 괜찮을까요? 제게 돈은 얼마든지 있습니다만……"이라고 그 사내는 힘없는 음성으로 말했다.

그 힘없는 음성으로 봐서는 꼭 끼어달라는 건 아니라는 것 같았지만 한편으로는 우리와 함께 가고 싶은 생각이 간절하다는 것 같기도 했다. 나와 안은 잠깐 얼굴을 마주 보고 나서, "아저씨 술값만 있다면……"이라고 내가 말했다.

"함께 가시죠"라고 안도 내 말을 이었다.

"고맙습니다" 하고 그 사내는 여전히 힘없는 음성으로 말하면서 우리를 따라왔다.

안은 일이 좀 이상하게 되었다는 얼굴을 하고 있었고, 나 역시 유쾌한 예감이 들지는 않았다. 술좌석에서 알게 된 사람끼리는 의외로 재미있게 놀게 되는 것을 몇 번의 경험으로 알고 있었지만, 대개의 경우 이렇게 힘없는 목소리로 끼어드는 양반은 없었다. 즐거움이 넘치고 넘친다는 얼굴로 요란스럽게 끼어들어야만 일이 되는 것이었다. 우리는 갑자기 목적지를 잊은 사람들처럼 사방을 두리번거리면서 느릿느릿 걸어갔다. 전봇대에 붙은 약 광고판 속에서는 이쁜 여자가 '춥지만 할 수 있느냐'는 듯한 쓸쓸한 미소를 띠고 우리를 내려다보고 있었고, 어떤 빌딩의 옥상에서는 소주 광고의 네온사인이 열심히 명멸하고 있었고, 소주 광고 곁에서는 약 광고의 네온사인이 하마터면 잊어버릴 뻔했다는 듯이 황급히 꺼졌다간 다시 켜져서 오랫동안 빛나고 있었고, 이젠 완전히 얼어붙은 길 위에는 거지가 돌덩이처럼 여기저기 엎

드려 있었고, 그 돌덩이 앞을 사람들이 힘껏 웅크리고 빠르게 지나가고 있었다. 종이 한 장이 바람에 휙 날리어 거리의 저쪽에서 이쪽으로 날아오고 있었다. 그 종잇조각은 내 발밑에 떨어졌다. 나는 그 종잇조각을 집어 들었는데 그것은 '美姬 서비스, 特別廉價'라는 것을 강조한 어느 비어홀의 광고지였다.

"지금 몇 시쯤 되었습니까?" 하고 힘없는 아저씨가 안에게 물었다.

"9시 10분 전입니다"라고 잠시 후에 안이 대답했다.

"저녁들은 하셨습니까? 난 아직 저녁을 안 했는데, 제가 살 테니까 같이 가시겠어요?" 힘없는 아저씨가 이번엔 나와 안을 번갈아보며 말했다.

"먹었습니다" 하고 나와 안은 동시에 대답했다.

"혼자서 하시죠"라고 내가 말했다.

"감사합니다. 그럼……."

우리는 근처의 중국 요릿집으로 들어갔다. 방으로 들어가서 앉았을 때, 아저씨는 또 한 번 간곡하게 우리가 뭘 좀 들 것을 권했다. 우리는 또 한 번 사양했다. 그는 또 권했다.

"아주 비싼 걸 시켜도 괜찮겠습니까?"라고 나는 그의 권유를 철회시키기 위해서 말했다.

"네, 사양 마시고." 그가 처음으로 힘 있는 목소리로 말했다. "돈을

써버리기로 결심했으니까요."

나는 그 사내에게 어떤 꿍꿍이속이 있는 것만 같은 느낌이 들어서 좀 불안했지만, 통닭과 술을 시켜달라고 했다. 그는 자기가 주문한 것 외에 내가 말한 것도 사환에게 청했다. 안은 어처구니없는 얼굴로 나를 보았다. 나는 그때 마침 옆방에서 들려오고 있는 여자의 불그레한 신음 소리를 듣고만 있었다.

"이 형도 뭘 좀 드시죠"라고 아저씨가 안에게 말했다.

"아니 전⋯⋯." 안은 술이 다 깬다는 듯이 펄쩍 뛰고 사양했다.

우리는 조용히 옆방의 다급해져가는 신음 소리에 귀를 기울이고 있었다. 전차의 끽끽거리는 소리와 홍수 난 강물 소리 같은 자동차들의 달리는 소리도 희미하게 들려오고 있었고 가까운 곳에선 이따금 초인종 울리는 소리도 들렸다. 우리의 방은 어색한 침묵에 싸여 있었다.

"말씀드리고 싶은 게 있는데요." 마음씨 좋은 아저씨가 말하기 시작했다. "들어주셨으면 고맙겠습니다⋯⋯ 오늘 낮에 제 아내가 죽었습니다. 세브란스병원에 입원하고 있었는데⋯⋯." 그는 이젠 슬프지도 않다는 얼굴로 우리를 빤히 쳐다보며 말하고 있었다.

"네에에", "그거 안되셨군요"라고 안과 나는 각각 조의를 표했다.

"아내와 나는 참 재미있게 살았습니다. 아내가 어린애를 낳지 못하기 때문에 시간은 몽땅 우리 두 사람의 것이었습니다. 돈은 넉넉하진

못했습니다만 그래도 돈이 생기면 우리는 어디든지 같이 다니면서 재미있게 지냈습니다. 딸기철엔 수원에도 가고, 포도철엔 안양에도 가고, 여름이면 대천에도 가고, 가을엔 경주에도 가보고, 밤엔 함께 영화 구경, 쇼 구경 하러 열심히 극장에 쫓아다니기도 했습니다……."

"무슨 병환이셨던가요?" 하고 안이 조심스럽게 물었다.

"급성 뇌막염이라고 의사가 그랬습니다. 아내는 옛날에 급성 맹장염 수술을 받은 적도 있고, 급성 폐렴을 앓은 적도 있다고 했습니다만 모두 괜찮았었는데 이번의 급성엔 결국 죽고 말았습니다…… 죽고 말았습니다."

사내는 고개를 떨구고 한참 동안 무언지 입을 우물거리고 있었다. 안이 손가락으로 내 무릎을 찌르며 우리는 꺼지는 게 어떻겠느냐는 눈짓을 보냈다. 나 역시 동감이었지만 그때 그 사내가 다시 고개를 들고 말을 계속했기 때문에 우리는 눌러앉아 있을 수밖에 없었다.

"아내와는 재작년에 결혼했습니다. 우연히 알게 됐습니다. 친정이 대구 근처에 있다는 얘기만 했지 한 번도 친정과는 내왕이 없었습니다. 난 처갓집이 어딘지도 모릅니다. 그래서 할 수 없었어요." 그는 다시 고개를 떨구고 입을 우물거렸다.

"뭘 할 수 없었다는 말입니까?" 내가 물었다.

그는 내 말을 못 들은 것 같았다. 그러나 한참 후에 다시 고개를 들

고 마치 애원하는 듯한 눈빛으로 말을 이었다.

"아내의 시체를 병원에 팔았습니다. 할 수 없었습니다. 난 서적 월부판매 외교원에 지나지 않습니다. 할 수 없었습니다. 돈 4,000원을 주더군요. 난 두 분을 만나기 얼마 전까지도 세브란스병원 울타리 곁에 서 있었습니다. 아내가 누워 있을 시체실이 있는 건물을 알아보려고 했습니다만 어딘지 알 수 없었습니다. 그냥 울타리 곁에 앉아서 병원의 큰 굴뚝에서 나오는 희끄무레한 연기만 바라보고 있었습니다. 아내는 어떻게 될까요? 학생들이 해부 실습 하느라고 톱으로 머리를 가르고 칼로 배를 째고 한다는데 정말 그러겠지요?"

우리는 입을 다물고 있을 수밖에 없었다. 사환이 다꾸앙과 파가 담긴 접시를 갖다놓고 나갔다.

"기분 나쁜 얘길 해서 미안합니다. 다만 누구에게라도 얘기하지 않고서는 견딜 수 없었습니다. 한 가지만 의논해보고 싶은데, 이 돈을 어떻게 하면 좋을까요? 저는 오늘 저녁에 다 써버리고 싶은데요."

"쓰십시오." 안이 얼른 대답했다.

"이 돈이 다 없어질 때까지 함께 있어주시겠어요?" 사내가 말했다. 우리는 얼른 대답하지 못했다. "함께 있어주십시오." 사내가 말했다. 우리는 승낙했다.

"멋있게 한번 써봅시다"라고 사내는 우리와 만나 후 처음으로 웃으

면서 그러나 여전히 힘없는 음성으로 말했다.

중국집에서 거리로 나왔을 때는 우리는 모두 취해 있었고, 돈은 1,000원이 없어졌고 사내는 한쪽 눈으로는 울고 다른 쪽 눈으로는 웃고 있었고, 안은 도망갈 궁리를 하기에도 지쳐버렸다고 내게 말하고 있었고, 나는 "악센트 찍는 문제를 모두 틀려버렸단 말야, 악센트 말야"라고 중얼거리고 있었고, 거리는 영화에서 본 식민지의 거리처럼 춥고 한산했고, 그러나 여전히 소주 광고는 부지런히, 약 광고는 게으름을 피우며 반짝이고 있었고, 전봇대의 아가씨는 '그저 그래요'라고 웃고 있었다.

"이제 어디로 갈까?" 하고 아저씨가 말했다.

"어디로 갈까?" 안이 말하고

"어디로 갈까?"라고 나도 그들의 말을 흉내 냈다.

아무 데도 갈 데가 없었다. 방금 우리가 나온 중국집 곁에 양품점의 쇼윈도가 있었다. 사내가 그쪽을 가리키며 우리를 끌어당겼다. 우리는 양품점 안으로 들어갔다.

"넥타이를 하나 골라 가져. 내 아내가 사주는 거야." 사내가 호통을 쳤다.

우리는 알록달록한 넥타이를 하나씩 들었고, 돈은 600원이 없어져 버렸다. 우리는 양품점에서 나왔다.

"어디로 갈까?"라고 사내가 말했다.

갈 데는 계속해서 없었다. 양품점의 앞에는 귤 장수가 있었다.

"아내는 귤을 좋아했다"고 외치며 사내는 귤을 벌여놓은 수레 앞으로 돌진했다. 300원이 없어졌다. 우리는 이빨로 귤껍질을 벗기면서 그 부근에서 서성거렸다.

"택시!" 사내가 고함쳤다.

택시가 우리 앞에서 멎었다. 우리가 차에 오르자마자 사내는 "세브란스로!"라고 말했다.

"안 됩니다. 소용없습니다." 안이 재빠르게 외쳤다.

"안 될까?" 사내는 중얼거렸다. "그럼 어디로?"

아무도 대답하지 않았다.

"어디로 가시는 겁니까?"라고 운전수가 짜증난 음성으로 말했다. "갈 데가 없으면 빨리 내리쇼."

우리는 차에서 내렸다. 결국 우리는 중국집에서 스무 발짝도 더 벗어나지 못하고 있었다.

거리의 저쪽 끝에서 요란한 사이렌 소리가 나타나서 점점 가깝게 달려들었다. 소방차 두 대가 우리 앞을 빠르고 시끄럽게 지나쳐갔다.

"택시!" 사내가 고함쳤다.

택시가 우리 앞에 멎었다. 우리가 차에 오르자마자 사내는 "저 소방

차 뒤를 따라갑시다"라고 말했다.

나는 귤껍질을 세 개째 벗기고 있었다.

"지금 불구경하러 가고 있는 겁니까?"라고 안이 아저씨에게 말했다. "안 됩니다. 시간이 없습니다. 벌써 10시 반인데요. 좀 더 재미있게 지내야죠. 돈은 이제 얼마 남았습니까?"

아저씨는 호주머니를 뒤져서 돈을 모두 털어냈다. 그리고 그것을 안에게 건네줬다. 안과 나는 헤아려봤다. 1,900원하고 동전이 몇 개, 10원짜리가 몇 장이 있었다.

"됐습니다." 안은 다시 돈을 돌려주면서 말했다. "세상엔 다행히 여자의 특징만 중점적으로 내보이는 여자들이 있습니다."

"내 아내 얘깁니까?"라고 사내가 슬픈 음성으로 물었다. "내 아내의 특징은 잘 웃는다는 것이었습니다."

"아닙니다. 종삼(鐘三)으로 가자는 얘기였습니다." 안이 말했다.

사내는 안을 경멸하는 듯한 웃음을 띠며 고개를 돌려버렸다. 그러는 사이에 우리는 화재가 난 곳에 도착했다. 30원이 없어졌다. 화재가 난 곳은 아래층인 페인트 상점이었는데 지금은 미용학원 2층에서 불길이 창으로부터 뿜어 나오고 있었다. 경찰들의 호각 소리, 소방차들의 사이렌 소리, 불길 속에서 나는 탁탁 소리, 물줄기가 건물의 벽에 부딪쳐서 나는 소리. 그러나 사람들의 소리는 아무것도 나지 않았다.

사람들은 불빛에 비쳐 무안당한 사람들처럼 붉은 얼굴로, 정물처럼 서 있었다.

우리는 발밑에 굴러 있는 페인트 든 통을 하나씩 궁둥이 밑에 깔고 웅크리고 앉아서 불구경을 했다. 나는 불이 좀 더 오래 타기를 바랐다. 미용학원이라는 간판에 불이 붙고 있었다. '원'자에 불이 붙기 시작했다.

"김 형, 우리 얘기나 합시다" 하고 안이 말했다. "화재 같은 건 아무것도 아닙니다. 내일 아침 신문에서 볼 것을 오늘 밤에 미리 봤다는 차이밖에 없습니다. 저 화재는 김 형의 것도 아니고 내 것도 아니고 이 아저씨 것도 아닙니다. 그러기 때문에 난 화재엔 흥미가 없습니다. 김 형은 어떻게 생각하십니까?"

"동감입니다." 나는 아무렇게나 대답하며 이젠 '학' 자에 불이 붙고 있는 것을 보았다.

"아니, 난 방금 말을 잘못했습니다. 화재는 우리 모두의 것이 아니라 화재는 오로지 화재 자신의 것입니다. 화재에 대해서 우리는 아무것도 아닙니다. 그러기 때문에 난 화재에 흥미가 없습니다. 김 형은 어떻게 생각하십니까?"

"동감입니다."

물줄기 하나가 불타고 있는 '학'으로 달려들고 있었다. 물이 닿는

곳에서는 회색 연기가 피어올랐다. 힘없는 아저씨가 갑자기 힘차게 깡통으로부터 일어섰다.

"내 아냅니다" 하고 사내는 환한 불길 속을 손가락질하며 눈을 크게 뜨고 소리쳤다. "내 아내가 머리를 막 흔들고 있습니다. 골치가 깨질 듯이 아프다고 머리를 막 흔들고 있습니다. 여보……."

"골치가 깨질 듯이 아픈 게 뇌막염의 증세입니다. 그렇지만 저건 바람에 휘날리는 불길입니다. 앉으세요. 불 속에 아주머님이 계실 리가 있습니까?"라고 안이 아저씨를 끌어 앉히며 말했다. 그러고 나서 안은 나에게 나지막하게 속삭였다. "이 양반, 우릴 웃기는데요."

나는 꺼졌다고 생각하고 있던 '학'에 다시 불이 붙고 있는 것을 보았다. 물줄기가 다시 그곳으로 뻗어가고 있었다. 그러나 물줄기는 겨냥을 잘 잡지 못하고 이리저리 흔들리고 있었다. 불은 날쌔게 '용'을 핥고 있었다. 나는 '미'까지 어서 불붙기를 바라고 있었고 그리고 그 간판에 불이 붙은 과정을 그 많은 불구경꾼들 중에서 나 혼자만 알고 있기를 바랐다. 그러나 그때 문득 나는 불이 생명을 가진 것처럼 생각되어서, 내가 조금 전에 바라고 있던 것을 취소해버렸다.

무언가 하얀 것이 우리가 웅크리고 앉아 있는 곳에서 불타고 있는 건물 쪽으로 날아가는 것이 보였다. 그 비둘기는 불 속으로 떨어졌다.

"무엇이 불 속으로 날아들어갔지요?" 내가 안을 돌아다보며 물었다.

"예, 뭐가 날아갔습니다." 안은 나에게 대답하고 나서 이번엔 아저씨를 돌아다보며, "보셨어요?" 하고 그에게 물었다.

아저씨는 잠자코 앉아 있었다. 그때 순경 한 사람이 우리 쪽으로 달려왔다.

"당신이다"라고 순경은 아저씨를 한 손으로 붙잡으면서 말했다. "방금 무얼 불 속에 던졌소?"

"아무것도 안 던졌습니다."

"뭐라구요?" 순경은 때릴 듯한 시늉을 하며 아저씨에게 소리쳤다. "내가 던지는 걸 봤단 말요. 무얼 불 속에 던졌소?"

"돈입니다."

"돈?"

"돈과 돌을 손수건에 싸서 던졌습니다."

"정말이오?" 순경은 우리에게 물었다.

"예, 돈이었습니다. 이 아저씨는 불난 곳에 돈을 던지면 장사가 잘된다는 이상한 믿음을 가졌답니다. 말하자면 좀 돌았다고 할 수 있는 사람이지만 나쁜 것은 결코 하지 않는 장사꾼입니다." 안이 대답했다.

"돈은 얼마였소?"

"1원짜리 동전 한 개였습니다." 안이 다시 대답했다.

순경이 가고 났을 때 안이 사내에게 물었다.

"정말 돈을 던졌습니까?"

"예."

"모두?"

"예."

우리는 꽤 오랫동안 불꽃이 튀는 탁탁 소리에 귀를 기울이고 있었다. 한참 후에 안이 사내에게 말했다.

"결국 그 돈은 다 쓴 셈이군요……. 자, 이젠 약속이 끝났으니 우린 가겠습니다."

"안녕히 계십시오"라고 나도 아저씨에게 작별 인사를 했다.

안과 나는 돌아서서 걷기 시작했다. 사내가 우리를 쫓아와서 안과 나의 팔을 한쪽씩 붙잡았다.

"나 혼자 있기가 무섭습니다." 그는 벌벌 떨며 말했다.

"곧 통행금지 시간이 됩니다. 난 여관으로 가서 잘 작정입니다." 안이 말했다.

"난 집으로 갈 겁니다." 내가 말했다.

"함께 갈 수 없겠습니까? 오늘 밤만 같이 지내주십시오. 부탁합니다. 잠깐만 저를 따라와주십시오." 사내는 말하고 나서 나를 붙잡고 있는 자기의 팔을 부채질하듯이 흔들었다. 아마 안의 팔에 대해서도 그렇게 했으리라.

"어디로 가자는 겁니까?" 나는 아저씨에게 물었다.

"여관비를 구하러 잠깐 이 근처에 들렀다가 모두 함께 여관으로 갔으면 하는데요."

"여관에요?" 나는 내 호주머니 속에 든 돈을 손가락으로 계산해보며 말했다.

"여관비라면 내가 모두 내겠으니 그럼 함께 가시지요." 안이 나와 사내에게 말했다.

"아닙니다. 폐를 끼쳐드리고 싶지 않습니다. 잠깐만 절 따라와주십시오."

"돈을 빌리러 가는 겁니까?"

"아닙니다. 받아야 할 돈이 있습니다."

"이 근처에요?"

"예, 여기가 남영동이라면."

"아마 틀림없는 남영동인 것 같군요." 내가 말했다.

사내가 앞장을 서고 안과 내가 그 뒤를 쫓아서 우리는 화재로부터 멀어져갔다.

"빚 받으러 가기에는 시간이 너무 늦었습니다." 안이 사내에게 말했다.

"그렇지만 저는 받아야 합니다."

우리는 어느 어두운 골목길로 들어섰다. 골목의 모퉁이를 몇 개인
가 돌고 난 뒤에 사내는 대문 앞에 전등이 켜져 있는 집 앞에서 멈췄
다. 나와 안은 사내로부터 열 발짝쯤 떨어진 곳에서 멈췄다. 사내가 벨
을 눌렀다. 잠시 후에 대문이 열리고, 사내가 대문 안에 선 사람과 말
하는 소리가 들렸다.

"주인아저씨를 뵙고 싶은데요."

"주무시는데요."

"그럼 주인아주머니는……."

"주무시는데요."

"꼭 뵈어야겠는데요."

"기다려보세요."

대문이 다시 닫혔다. 안이 달려가서 사내의 팔을 잡아끌었다.

"그냥 가시죠?"

"괜찮습니다. 받아야 할 돈이니까요."

안이 다시 먼저 서 있던 곳으로 걸어왔다. 대문이 열렸다.

"밤늦게 죄송합니다." 사내가 대문을 향해서 고개를 숙이며 말했다.

"누구시죠?" 대문은 잠에 취한 여자의 음성을 냈다.

"죄송합니다. 이렇게 너무 늦게 찾아와서. 실은……."

"누구시죠? 술 취하신 것 같은데……."

"월부 책값 받으러 온 사람입니다" 하고 사내는 갑자기 비명 같은 높은 소리로 외쳤다. "월부 책값 받으러 온 사람입니다." 이번엔 사내는 문기둥에 두 손을 짚고 앞으로 뻗은 자기 팔 위에 얼굴을 파묻으며 울음을 터뜨렸다. "월부 책값 받으러 온 사람입니다. 월부 책값……." 사내는 계속해서 흐느꼈다.

"내일 낮에 오세요." 대문이 탁 닫혔다.

사내는 계속해서 울고 있었다. 사내는 가끔 '여보'라고 중얼거리며 오랫동안 울고 있었다. 우리는 여전히 열 발짝쯤 떨어진 곳에서 그가 울음을 그치기를 기다리고 있었다. 한참 후에 그가 우리 앞으로 비틀비틀 걸어왔다.

우리는 모두 고개를 숙이고 어두운 골목길을 걸어서 거리로 나왔다. 적막한 거리에는 찬바람이 세차게 불고 있었다.

"몹시 춥군요"라고 사내는 우리를 염려한다는 음성으로 말했다.

"추운데요. 빨리 여관으로 갑시다." 안이 말했다.

"방을 한 사람씩 따로 잡을까요?" 여관에 들어갔을 때 안이 우리에게 말했다. "그게 좋겠지요?"

"모두 한 방에 드는 게 좋겠어요"라고 나는 아저씨를 생각해서 말했다.

아저씨는 그저 우리 처분만 바란다는 듯한 태도로 또는 지금 자기

가 서 있는 곳이 어딘지도 모른다는 태도로 멍하니 서 있었다. 여관에 들어서자 우리는 모든 프로가 끝나버린 극장에서 나오는 때처럼 어찌할 바를 모르고 거북스럽기만 했다. 여관에 비한다면 거리가 우리에게는 더 좁았던 셈이었다. 벽으로 나누어진 방들, 그것이 우리가 들어가야 할 곳이었다.

"모두 같은 방에 들기로 하는 것이 어떻겠어요?" 내가 다시 말했다.

"난 지금 아주 피곤합니다." 안이 말했다. "방은 각각 하나씩 차지하고 자기로 하지요."

"혼자 있기가 싫습니다"라고 아저씨가 중얼거렸다.

"혼자 주무시는 게 편하실 거예요." 안이 말했다.

우리는 복도에서 헤어져서 사환이 지적해준, 나란히 붙은 방 세 개에 각각 한 사람씩 들어갔다.

"화투라도 사다가 놉시다." 헤어지기 전에 내가 말했지만

"난 아주 피곤합니다. 하시고 싶으면 두 분이나 하세요"라고 안은 말하고 나서 자기의 방으로 들어가버렸다.

"나도 피곤해죽겠습니다. 안녕히 주무세요"라고 나는 아저씨에게 말하고 나서 내 방으로 들어갔다. 숙박계엔 거짓 이름, 거짓 주소, 거짓 나이, 거짓 직업을 쓰고 나서 사환이 가져다놓은 자리끼를 마시고 나는 이불을 뒤집어썼다. 나는 꿈도 안 꾸고 잘 잤다.

다음 날 아침 일찍이 안이 나를 깨웠다.

"그 양반, 역시 죽어버렸습니다." 안이 내 귀에 입을 대고 그렇게 속삭였다.

"예?" 나는 잠이 깨끗이 깨어버렸다.

"방금 그 방에 들어가보았는데 역시 죽어버렸습니다."

"역시……." 나는 말했다. "사람들이 알고 있습니까?"

"아직까진 아무도 모르는 것 같습니다. 우린 빨리 도망해버리는 게 시끄럽지 않을 것 같습니다."

"자살이지요?"

"물론 그렇겠죠."

나는 급하게 옷을 주워 입었다. 개미 한 마리가 방바닥을 내 발이 있는 쪽으로 기어오고 있었다. 그 개미가 내 발을 붙잡으려고 하는 것 같은 느낌이 들어서 나는 얼른 자리를 옮겨 디디었다.

밖의 이른 아침에는 싸락눈이 내리고 있었다. 우리는 할 수 있는 한 빠른 걸음으로 여관에서 떨어져갔다.

"난 그 사람이 죽으리라는 것을 알고 있었습니다." 안이 말했다.

"난 짐작도 못 했습니다"라고 나는 사실대로 얘기했다.

"난 짐작하고 있었습니다." 그는 코트의 깃을 세우며 말했다. "그렇지만 어떻게 합니까?"

"그렇지요. 할 수 없지요. 난 짐작도 못 했는데……." 내가 말했다.

"짐작했다고 하면 어떻게 하겠어요?" 그가 내게 물었다.

"씨팔것, 어떻게 합니까? 그 양반 우리더러 어떡하라는 건지 ……."

"그러게 말입니다. 혼자 놓아두면 죽지 않을 줄 알았습니다. 그게 내가 생각해본 최선의 그리고 유일한 방법이었습니다."

"난 그 양반이 죽으리라고는 짐작도 못 했다니까요. 씨팔것, 약을 호주머니에 넣고 다녔던 모양이군요."

안은 눈을 맞고 있는 어느 앙상한 가로수 밑에서 멈췄다. 나도 그를 따라서 멈췄다. 그가 이상하다는 얼굴로 나에게 물었다.

"김 형, 우리는 분명히 스물다섯 살짜리죠?"

"난 분명히 그렇습니다."

"나두 그건 분명합니다." 그는 고개를 한 번 갸웃했다.

"두려워집니다."

"뭐가요?" 내가 물었다.

"그 뭔가가, 그러니까……." 그가 한숨 같은 음성으로 말했다. "우리가 너무 늙어버린 것 같지 않습니까?"

"우린 이제 겨우 스물다섯 살입니다." 나는 말했다.

"하여튼……" 하고 그가 내게 손을 내밀며 말했다.

"자, 여기서 헤어집시다. 재미 많이 보세요" 하고 나도 그의 손을 잡

으며 말했다.

우리는 헤어졌다. 나는 마침 버스가 막 도착한 길 건너편의 버스 정류장으로 달려갔다. 버스에 올라서 창으로 내다보니 안은 앙상한 나뭇가지 사이로 내리는 눈을 맞으며 무언지 곰곰이 생각하고 서 있었다.

(1965)

역사

서울에서 하숙을 하고 있는 사람들은 그 수도 꽤 많지만 경우도 가지가지인 모양이다. 그 사람들이 자기가 들어 있는 하숙집에서 보고 듣고 느낀 것을 모두 얘기한다면 신기하고 놀랍고 재미있는 얘기가 헤아릴 수 없이 많겠는데, 여기 옮겨놓는 얘기도 아마 그런 것들 중의 하나라고나 할까. 내가 언젠가 어느 공원의 벤치에 앉았다가 우연히 말을 주고받게 된, 머리털이 덥수룩한 한 젊은이에게서 들은 것으로서, 허풍도 좀 섞인 듯하고 그리고 얘기의 본론과 결론이 어긋나 있는 듯하기도 하지만 그런대로 뭐랄까 상징적인 데도 있는 것 같아서 여기에 들은 그대로를 옮겨보는 것이다.

내가 눈을 떴을 때 내 코는 벽에 거의 닿을 듯 말 듯했다. 낮잠을 자는 동안 나는 벽에 얼굴을 바싹 대고 있었던 모양이다. 벽은 하얀 회로 발라져 있었고, 지나치게 깨끗했다. 내 방은 이렇지 않은데 하고 나는 어리둥절했다. 남의 집에서 잠이 든 것이었을까, 혹은 '의식을 회복하고 보니 병원이더라'라는 경우 속에 있는 것일까 하고 나는 생각했다.

기억, 특히 어렸을 때의 기억이지만, 친척 집에 놀러 갔다가 자고 오지 않으면 안 되게 된 날 밤은 유난히 곧잘 한밤중에 잠이 깨는 것이고 말똥말똥한 눈으로 천장을 올려다보고 있노라면, 그 집 밖의 가등에 켜진 불빛이 창으로 스며 들어와 천장의 무늬들을 희미하게 떠올

리는 것이었는데 그러면, 아, 여긴 남의 집이다 하고 깨닫게 되고 우리 집 천장의 무늬를 누운 채 손가락으로 허공에 그려보며 지금 그 무늬 밑에서 잠들어 있을 집안 식구들의 생각에 잠을 이루지 못하고 있다가 동이 트자마자 살그머니 그 친척 집을 빠져나와서 집으로 달려와버리던 적이 많았었다. 그러나 그건 한밤중의 일이었지만 지금은 대낮이다. 그리고 그건 옛날, 어렸을 때의 일이었지만 지금은 청년이다. 그리고 그건 내 의식 속에서는 이미 추방돼버린 고향에서의 일이었지만 지금 여기는 서울이다.

나는 천천히 고개를 돌려 천장을 올려다보았다. 천장은 아무런 무늬도 없는 갈색 베니어로 되어 있었다. 무늬가 있다면 파문을 닮은 나뭇결이 겨우 알아볼 수 있을 정도인 것이다. 더구나 천장이 꽤 높았다. 나의 방은 이렇지 않은 것이다. 일어서면 머리를 숙여야 할 정도로 천장이 낮고 거기엔 육각형의 무늬 있는 도배지가 발라져 있는데 그것은 처음엔 푸른색이었던 모양이지만 지금은 빗물이 새어서 만들어진 얼룩 등으로 누렇게 변색되어 있다. 더구나 내 방의 천장은 지금 내가 누워서 보고 있는 천장처럼 팽팽하지도 않고 가운데 부분이 축 늘어져서 포물선을 이루고 있는 것이다. 빈민가의 집들에서만 볼 수 있는 천장. 그렇다, 나의 방은 동대문 곁에 있는 창신동 빈민가에 있는 것이다. 지구가 부서졌다가 다시 생겨난다 해도 그 나의 방은 지금의

이 방처럼 깨끗하지가 못하다. 나는 얼른 고개를 돌려서 좀 전에 내가 코를 대고 낮잠을 자던 하얀 벽을 살펴보았다. 이것이 내 방이라면, 신문지로써 도배된 벽에 볼펜 글씨의 이런 낙서가 분명히 있을 터이다.

―'창신동에 사는 사람들은 모두 개새끼들이외다.'

나는 그 낙서가 언제부터 거기에 있었는지 모르지만, 나처럼 전에 이 방에 하숙을 들어 있던 사람이, 밖에 비라도 오는 어느 날, 할 일 없이 누웠다가 누운 그 자세대로 손만을 들어서 적어놓은 것이라는 상상을 할 수는 있었다. 왜냐하면, 그 방이(그 방의 밖에서 들려오는 소음까지 포함해서) 그 방 속에 있는 사람들에게 주는 절망감이라든가 그리고 무엇보다도, 자기는 이 넓은 세계 속에서 더럽기 짝이 없는 이 방만을 겨우 차지할 수밖에 없느냐는 자기혐오에서 그 방 속에 든 사람은 누구나 그런 낙서를 하지 않고서는 배겨나지 못했을 것이기 때문이다. 다시 말해서 그 어떤 사람이 그 낙서를 하지 않았더라면 아마 내가 했을지도 모른다는 것이다. 그래서 나는 그 30년대식의 표현을 사랑했다. 그리고 대가의 문장처럼 믿음직스럽다고 생각하고 있었던 것이다. 지상에 있는 헤아릴 수 없이 많은 방들 중에서 내가 나의 방을 구별해낼 수가 있다면 그 낙서로써 그럴 수밖에 없을 것이다.

나는 내가 방금 잠이 깬 방의 하얀 회가 발라진 벽을 찬찬히 살펴보았다. 그러나 그 낙서는 없었다. 지나치게 깨끗했다. 그러자 나는 내가

누워 있는 방 전체를 보고 싶어져서 천천히— 내가 몸을 돌렸을 때 나는 방 가운데서 무서운 괴물이라도 보지 않을 수 없다는 듯이 천천히 몸을 반대편으로 돌렸다. 물론 괴물 같은 건 없었다. 내가 덮고 있던 홑이불 자락이 내 몸 밑으로 깔렸을 뿐이다.

나는 방 안을 찬찬스럽게 눈으로 더듬었다. 내 오른쪽 벽의 구석진 곳에 다색(茶色)의 나왕으로 된 방문이 있다. 내 맞은편 벽에 기대서 책들이 좀 무질서하게 줄을 지어 서 있다. 나를 향하고 있는 책등에 적혀진 그 책들의 표제를 나는 읽었다. 『연극개론』, 『비극론』, 『현대희극의 제문제』, 『현대연극의 대사』, 『HISTORY OF DRAMA』 등. 이것은 내 전공 부분의 책들, 바로 나의 책들이었다. 그리고 핀이 빠졌는지 캘린더가 벽에서 떨어져서 마치 단정치 못한 여자가 주저앉아 있는 듯한 모습으로 방바닥에 널려져 있고, 왼쪽 벽 구석 가까이에 잉크병, 노트들, 펜들, 나의 세면도구, 재떨이, 담배가 몇 개비 빈 '진달래', 찌그러진 성냥통 그리고 내 '기타'가 역시 무질서하게 놓여져 있었다. 모든 것이 나의 소유였다. 그러면 이건 나의 방이다라고 나는 생각했다. 그러나 방은, 여기저기 붙어 있어야 할 여자의 나체사진 한 장도 없이 이렇게 깨끗하고 아담할 리가 없는 것이다.

더구나 밖에서는 아무 소리도 들려오지 않는 것이다. 나는 방바닥에 풀어놓은 손목시계를 보았다. 4시였다.

오후 4시라면, 방에서 멀지 않은 시장에서 장사치 여자들이 떠들어대는 소리, 집 안에서 나는 수돗물 흐르는 소리, 옆방에서 무슨 내용인지는 모르나 들려오는 웅웅거림, 창밖으로 지나가는 자동차의 덜커덕거리는 궤음과 경적의 날카로운 소리가 들려와야 하는 것이다. 거대한 기계가 돌아가고 그 기계에 수많은 새들이 치어 죽어가는 경우를 상상할 때, 그런 경우에 곁에 서 있는 사람이 들을 수 있는 소리를 나는 듣고 있어야 하는 것이다. 그런데 조용하다. 아무 소리도 없는 것이 이상하다. 마치 여름날 숲 속에 들어앉아 있는 것처럼 조용하다니.

그러자 방 밖에서 마루를 가볍게 걷는 소리가 나고 잠시 후에 피아노 소리가 쾅 울려왔다. 바로 방문의 밖인 듯싶었다.

피아노 소리라니, 이 빈민굴에. 아, 그러자 나는 생각났다. 4시. 피아노 소리. 이 병원처럼 깨끗한 방. 나는 약 일주일 전에 창신동의 그 지저분한 방에서 이 깨끗한 양옥으로 하숙을 옮겼던 것이다.

들려오고 있는 곡은 〈엘리제를 위하여〉였다. 내가 옮아온 뒤의 약 일주일 동안 매일 오후 4시에 피아노가 울렸고 그 곡은 〈엘리제를 위하여〉였었다. 아마 내가 오기 전에도 4시에 피아노가 울렸고 그 곡은 〈엘리제를 위하여〉였었을 것이다.

나는 그제야 기지개를 켜고 일어나 앉았다. 생각하면 어처구니없는 기억의 단절이었다.

물론 무엇인가를 깜빡 잊어버리는 때가 흔히 있는 법이다. 우스운 얘기지만 심지어 오줌 누는 법을 잊어버린 때도 있었다. 언젠가 어느 다방에 가서(그 다방은 어느 건물의 2층에 있었는데 나는 무슨 생각엔가 잠겨서 계단을 느릿느릿 걸어 올라갔었다) 다방 문의 밖에 있는 화장실에 들렀을 때였다. 그때 나는 긴급한 생리적 필요에도 불구하고 어떻게 소변보는가를 깜빡 잊어버린 것이다. 나는 몹시 당황했었다. 잠시 후 곧 나는 우선 바지 단추를 끌러야 한다는 습관으로 되돌아올 수 있었지만 여간해서 있을 수 없는 습관의 단절조차 경험했던 건 확실한 얘기이다. 아무리 그렇지만 일주일이 방 하나와 친밀해지는 데는 충분한 시간이라고 나 역시 생각한다. 낮잠에서 깨어났을 때 내가 약 일주일 전에 이사 온 방에서 상당한 시간 동안 생소함을 느꼈던 것은 그 일주일이란 시간보다도 더 길게 나를 따라다니는 어떤 심리적인 원인 때문이 아니었을까?

내가 이 병원처럼 깨끗한 양옥으로 하숙을 들게 된 것은 나를 꽤 아껴주는 다정다감한 어느 친구의 호의에서 나온 권유 때문이었다.

언젠가, 밖에서는 비가 뿌리는 날, 창신동의 그 퀴퀴한 냄새가 하루 종일 가야 타블로이드판 크기의 창 하나로 들어오는, 한 움큼이나 될까 말까 한 햇빛을 아껴야 하는 내 하숙방에 앉아서, 마침 돈이 떨어져서 그리고 단골 술집엔 외상의 빚이 너무 많아서 또 외상을 달라는

염치도 없고 해서 옆방의 영자에게서 빌린 푼돈으로, 술 대신 에틸알코올을 사다가 물에 타서 홀짝홀짝 마시며 혼자 취해서 언젠가 내가 내동댕이쳐서 갈래갈래 금이 간 거울 앞에 얼굴을 갖다 대고 찡그려 보았다가 웃어보았다가, 제법 눈물도 흘려보고 있는데 그 다정한 친구가 찾아왔던 것이다. 그 친구는, 내 생활이 그래 가지고는 도저히 희망 없는 것이라고, 그리고 내 생활 태도에는 일부러 타락한 자의 그것을 닮으려는 점이 엿보인다고 진심으로 걱정해주며, 빈민가에서의 그렇게 무질서하고 퇴폐적인 생활과 질서가 잡히고 규칙적인 또 한쪽의 생활과의 비교도 재미있지 않겠느냐고 나를 타이르는 식으로 얘기하며, 자기 친척 중에서 퍽 가풍이 좋은 집안이 하나 있는데 거기에 자기가 나의 하숙을 부탁해보고 싶다는 것이었다. 고마운 얘기일 수밖에 없었다. 사실 나 자신도 나의 무궤도하고 부랑아 같은 생활 태도를 비록 내 천성의 게으름과 가난한 자들의 특징인 금전의 낭비벽, 그리고 이제는 돌아갈 고향도 없이 죽는 날까지 이 서울에서 내 힘으로 살아가야 한다는 절망감에다가 핑계를 대고 변명해보려 했지만 아직 젊다는 이유 하나만으로써도 내 생활 태도 개선의 가능은 충분하다는 점에 생각이 미치면 나도 나 자신의 기만을 인정치 않을 수 없곤 했던 참이라 그 친구의 의견을 고맙다고 할 수밖에 없었다. 그러나 그 무렵에 나는 돈에 퍽 쪼들리고 있었으므로 당장 그 친구의 의견을 좇을 수

는 없게 되었었다. 버스 탈 돈마저 떨어져서 매일 방에 들어박힌 채 희곡 습작이나 하고 있을 때였다.

그리고 오래 후, 다행히 어느 쇼 단에 촌극용 코미디 각본이 몇 편 팔리고 거기서 생긴 수입이 꽤 되었으므로 오랫동안 내심 일종의 간절한 욕망으로서 계획해오던 이주 건을 역시 그 친구의 권유를 따라서 실행한 것이 약 일주일 전인 것이었다. 그리고 매일 오후 4시가 되면 나는 「엘리제를 위하여」를 듣게 되었다. 피아노는 이 집의 며느리가 치는 것이었다. 이 집의 식구의 구성은 '할아버지'로 불리는 키가 작고 마른 편인 영감과 '할머니'로 불리는 역시 키가 작고 마른 편인 노파, 그리고 어느 대학에 물리학 강사로 나가는 아들과 그 부인인 '며느리', 대학 강사의 여동생인 여고생, 대학 강사의 세 살 난 딸, 식모로 되어 있었다. 할아버지는 나를 이 집으로 데려다준 친구의 큰아버지뻘이라고 했고 말하자면 나의 생활 태도를 바꾸어놓겠다는 책임을 진 분이었다.

나는 내가 이사를 온 첫날 저녁, 할아버지 앞에 불려 나가서 들은 얘기를 지금도 기억한다. 그것은 일종의 오리엔테이션이었다. 몇 가지 나의 가족 관계에 대해서 묻고 나서, 할아버지는 갑자기, 내가 6 · 25 때는 몇 살이었느냐고 물었다. 정확한 나이는 얼른 계산이 되지 않아서, 열 살이었던가요 하고 내가 우물쭈물 대답하자, 할아버지는 아

마 그럴 거라고 하며 사변이 남겨놓고 간 것이 무엇인 줄을 모르겠군 하고 말했다. 그래서 나는, 사변 전에 있었던 것에 대해서는 알 수가 없고, 있다고 해도 어린아이로서의 기억밖에는 가지고 있지 않으므로 무엇이 사변 후에 더 보태지고 없어진 것인지는 모르겠다고 솔직히 대답했다. 그러자 할아버지는 고개를 끄덕이고 나서 그것은 가정의 파괴라고 한마디로 얘기했다. 그렇게 말하는 투가 마치 내가 나쁜 일을 해서 책망이라도 한다는 것처럼 단호하고 험악했기 때문에 나는 정말 죄를 지은 기분이 되어 꿇고 앉았던 자세를 더욱 여미었다. 그리고 오랫동안, 정말로 오랫동안 나는 이사를 한다는 흥분과 긴장과 피로 속에서 하루를 보냈었기 때문에 졸음이 퍼붓는 걸 참아가며 할아버지의 관(觀)이랄까 주의랄까를 들었다.

그것은, 혼미 가운데서 들은 것을 두서가 없는 대로 요약한다면, 다음과 같았다. 가풍이 없는 가정은 인간들의 모임이 아니다. 가풍이란 질서 정신에 의해서 성립되어야 한다. 우리나라의 가정은 사변 때 식구들의 생사조차 서로 모를 정도로 파괴되었다. 그래서 더욱 가정의 귀중함을 알았지 않느냐. 그러니 질서 정신에 입각해서 각기 가정은 가풍을 만들어가야 한다. 그리하는 데 장애가 아주 많은 게 우리들이 처한 현실이다. 그럴수록 우리는 지나치다 할 정도로 자신들에게 엄격해야 한다. 대강 이런 것이었다.

가풍. 내게는 낯설기 짝이 없는 단어였지만 며칠 동안에 나는 그 말의 개념이 아니라 바로 그의 실체를 온몸에 느끼게 되었다. '규칙적인 생활 제일주의'가 맨 먼저 나를 휘감은 이 집의 가풍이었다.

아침 6시에 기상. (그러나 나의 경우는 자발적인 기상이 아니라 할아버지가 차를 끓여 가지고 손수 들고 와서 나를 깨우고 그 차를 마시게 하고 내가 무안함에 가슴을 두근거리며 황급히 옷을 주워 입으면 아침 산보를 시키는 것이었다. 그래서 나는 늘 수면 부족으로 좀 자유로운 낮에 늘 낮잠이었다. 그러나 그 집 식구들은 심지어 세 살 난 어린애마저도 그 규칙을 지키고 있는 모양이었다.) 아침 식사. 출근 혹은 등교. 할아버지도 어느 회사에 중역으로 나가고 있었으므로 집에 남는 건 할머니와 며느리, 어린애와 식모, 그리고 노곤한 몸을 주체하지 못하는 나뿐이었다. 그동안 나는 오전 10시경에 며느리와 할머니가 놀리는 미싱 소리를 쭉 듣게 되고, 12시경에 라디오에서 나오는 음악을 듣고, 오후 4시엔 「엘리제를 위하여」를 듣게 된다. 오후 6시 반까지는 모든 식구가 집에 와 있어야 하고 저녁 식사. 식사가 끝나면 10여 분 동안 잡담. 그게 끝나면 모두 자기 방으로 가서 공부 그리고 식모가 보리차가 든 주전자와 컵을 준비해서 대청마루 가운데 있는 탁자 위에 놓는 달그락 소리가 나면 그때 시간은 10시 오륙분 전. 그 소리가 그치면 여러 방의 문이 열리고 식구들이 모두 나와서 물 한 컵씩을 마시고 "안녕히 주무십시오"를

한차례 돌리고 잠자리로 들어간다. 세상에 이런 생활도 있었나 하고 나는 놀라지 않을 수 없었다. 식구 중 누구 한 사람 얼굴에 그늘이 있는 사람은 없었다. 나로서는 상상도 하지 못하던 세계에 온 것이었다. 동대문이 가까운 창신동 그 빈민가의 내가 들어 있었던 집의 식구들을 생각하지 않을 수 없는 이 정식(正式)의 생활.

내가 간혹 이 양옥의 식구들의 얼굴을 생각해보려 할 때면, 물론 대하는 시간이 적었던 탓도 있겠지만 그보다는 차라리 아마 낮잠에서 깨어났을 때 내가 지금 있는 방에 대해서 생소감을 느끼던 그런 알 수 없는 이유로써 나는 이 집 식구들의 얼굴을 덮어 누르고 보다 명료하게 떠오르는 창신동 식구들의 얼굴 때문에 적지 않게 괴로워했다.

내가 들어 있던 집은 판자를 얽어서 만든 형편없이 작은 집이었지만 방은 다섯 개나 되었다. 따라서 겨우 한두 사람이 들어가 누우면 꽉 차버리는 방들이란 건 말할 필요도 없다. 그중에서도 좀 넓고 채광도 좋다는 방을 주인 식구가 차지하고 있고 그 방보다는 못하지만 나머지 세 개에 비하면 빗물도 새지 않을 정도의 방은 방세 지불이 정확한 영자라는 창녀가 들어 있었다. 그리고 유리창이—그 유리창이란 게 금이 가고 종이가 오려 발라지고 더러웠지만 이 집에서는 유일한 유리창이었다—달린 방에는 50쯤 나 보이는 깡마르고 절름발이인 사내가 열 살 난, 열 살이라고는 하지만 영양실조 등으로 볼이 홀쭉하고

머리만 커다랗지 몸은 대여섯 살 난 애들보다 더 작고 말라비틀어진 딸을 데리고 살고 있었다. 나머지 방들 중에서 한 방을 40대의 막벌이 노동자 서씨가 그리고 한 방을 내가 차지하고 있었다.

내가 이 양옥으로 와서 그리고 이제는 진절머리가 나기 시작한「엘리제를 위하여」를 피아노로 치고 있는 며느리에 대한 이 집 할아버지의 배려에 관하여 알게 되었을 때 맨 먼저 생각난 것이 창신동 그 판잣집의 절름발이 사내와 그의 말라비틀어진 딸이었다.

할아버지는 피아노 소리를 무척 싫어하지만 그러나 여학교 시절에 피아노 치는 걸 배워두었다는 며느리의 손가락을 굳어버리게 할 수는 없다고 생각했었다. 굳어버리게 하다니. 그건 할아버지의 교양이 도저히 허락할 수 없는 것이었던 모양이다. 그래서 며느리가 피아노를 대할 수 있는 시간도 이 양옥의 규칙적인 생활 속에 끼일 수 있었던 것이다. 여고에 다니는 딸에 대해서도 비슷한 태도가 아닌가 하고 나는 생각했다. 저녁 식사 후, 공부 시간이 되면 그 여고생은 자기 방으로 간다. 그리고 10시가 되면 식모가 끓여다 놓은 보리차를 마시기 위해서 대청마루로 나온다. 그동안은 공부를 하고 있는 걸로 되어 있다.

그렇지만 저 창신동의 절름발이 사내는 어떻게 그의 딸을 교육시켰던가. 나는 그 절름발이 사내가 자기의 어린 딸을 꿇어앉혀놓고 있는 것을 그 방 앞을 지날 때마다 유리창을 통하여 볼 수 있었다. 내가 그

방 앞을 지나칠 때면 거의 항상 그 풍경을 볼 수 있기 때문에 그 빼빼 마른 계집애가 자기 아버지 앞에 꿇어앉아 있지 않은 시간은 언제인 지 알 수 없었다. 밥을 지으러 나올 때거나 수도에서 물을 길어 몸을 한쪽으로 기울이고 비척거리며 걸어갈 때 외에는 항상 꿇어앉아 있었 다고 보아야 할 것이다. 유리창이 막혀 있기 때문에 그 안에서 절름발 이는 무슨 얘기를 자기 딸에게 들려주고 있는지 모르지만 그는 쉴 새 없이 입을 놀려 말을 하고 있는 것이었다. 항상 종이와 연필이 계집애 앞에 놓여 있는 걸 보아서 아마 그건 수업 시간인 모양이었다. 절름발 이 곁에는 항상 긴 버드나무 회초리가 놓여 있었다. 그리고 그 회초리 의 매질이 계집애의 몸 위에 퍼부어지지 않는 날을 거의 볼 수가 없었 다. 절름발이는 미친 사람처럼 계집애에게 매를 내리는 것이었다. 그 러면 계집애는 이제 단련이 된 듯이 그 다섯 살짜리 아이들보다 가냘 픈 손으로 머리를 감싸기만 한 채 눈물 한 방울 흘리지 않고 입 한 번 벌리지 않은 채 묵묵히 자기 몸 위에 퍼부어지는 매를 견디어내고 있 는 것이었다. 물론 그 어둑신한 방 속에서 절름발이는 무엇을 가르쳤 고 그의 딸은 무엇을 배우고 있었는지 그 내용을 나는 끝내 알지 못하 고 말았다. 다만 나는 언젠가 밤이 깊어서, 내가 변소에 갔을 때 설사 병이 났는지 그 계집애가 변소에 앉아서 똥물을 좔좔 쏟고 있고 변소 문에 몸을 구부정하게 기대고 절름발이가 성냥을 계속해서 켜대며 근

심스런 얼굴로 그의 딸을 지켜보고 있던 광경으로 미루어 보아서 그 유리창이 달린 어둑신한 방에서 베풀어지던 교육이 결코 엉뚱한 것은 아니라는 생각만을 내 멋대로 할 수는 있었다.

내가 그 집 앞에 붙은 '하숙인 구함'이라는 종잇조각을 발견하고 주인을 만나러 들어갔을 때, 수도에서 발을 씻다가, 아줌마 하숙 구하는 사람 한 명 왔어요라고 안에다 대고 소리를 지르던 게 바로 영자였다.

그 집에 내가 하숙을 든 뒤부터, 얼굴이 둥글둥글하고 눈이 가느다란 영자는 자기 나이가 열아홉이라고 나를 오빠라 불렀었다. 내가 그 집에 하숙을 정한 후 며칠 사이에 영자의 선천적인 재능에 의해서 나도 금방 친밀감을 느낄 수가 있었다. 왼손 팔목에 있는 검붉은 색의 지렁이 같은 흉터를 내보이며, 이게 뭔 줄 아우 오빠? 하고 묻고 나서 한숨을 푹 쉬며, 옛날에 나 죽어버리려구 칼로 여길 끊었다우, 그런데 죽지 않고 요 고생이야 하며 눈물조차 살짝 비치던 영자에게 나는 담배를 얻어 피우는 등 은혜를 많이 입었었다. 영자는 내가 연극 공부를 하고 있다는 걸 알고 나서부터는 걸핏하면, 오빠가 유명한 사람이 되면 나도 배우로 써줘 응? 하고 어리광을 부려오곤 했었다. 언젠가 '미스코리아' 선발 대회가 있던 날 신문에서 화관을 머리에 얹고 이브닝 드레스를 입은 당선자들의 사진을 보고 나더니 나와 주인아주머니더러 심사 위원이 되어달라고 하며 자기 방에 들어가서, 아마 아껴 간직

해두었던 것인 듯싶은 분홍색의 한복을 단정하게 입고 나와서 그 집의 좁은 마당을 천천히 거닐며 한 손을 들고, 합격예요?라고 묻다가 갑자기 웃음을 터뜨리며, 난 미스가 아닌 걸요 네?라고 말하고 나서, 그날은 하루 종일 신경질을 부리던 영자. 또 언젠가는 어디서 알았는지, 광화문께에 엄청나게 잘 알아맞히는 성명철학자가 한 사람 있다는데 같이 가보지 않겠느냐고 나를 조르는 것이었다. 그런 건 다 엉터리 수작이라고 내가 얘기하자, 절대로 그렇지 않다고 화를 내며, 지금 가지고 있는 이름이 나쁘다고 판단되면 좋은 이름으로 고쳐도 준다고, 그러면 아주 행복한 사람이 될 수 있다고 마치 자기가 그 성명철학자인 것처럼 주장하는 것이었다. 여러 날을 두고 졸리던 끝에 할 수 없이 내가, 그럼 같이 가보자고 나서자 영자는 금방 시무룩해지며, 그렇지만 그 사람은 이름만 가지고도 지금의 신분을 딱 알아맞힌다는데 여러 사람이 있는 데서 갈보라고 해버리면 좀 얘기가 곤란해지겠다고 하며 발뺌을 하는 것이었다. 나도 그럴듯하게 생각되어서, 그럼 그만두자고 해버렸지만 미련은 남았는지 그 후로도 영자는 곧잘 그 성명철학자 얘기를 꺼내곤 했었다. 내가 이 양옥으로 이사를 한다는 날도 영자는, 오빠더러 내 이름을 가지고 가서 좀 알아봐달라고 부탁하려 했더니 하며 섭섭해하였었다.

「엘리제를 위하여」의 피아노 소리는 이제 며느리의 허밍까지 어울

려서 절정에 도달하고 있었다. 며느리의 허밍이 시작되었으니 잠시 후엔 피아노 소리도 그칠 것이다. 경험으로써 나는 그걸 알고 있었다. 나는 다시 몸을 눕혔다.

'창신동에 사는 사람들은 모두 개새끼들이외다'라는 30년대식 표현의 낙서가 적혀 있던 그 방, 그리고 그 집에 살던 사람들은 이 피아노가 둥둥거리는 집에서 생각하면 너무나 먼 곳에 있는 것이었다. 그곳은 버스 하나를 타면 곧장 갈 수 있다는 평범한 가능성마저를 송두리째 말살시켜버리는 간격의 저쪽에 있었다. 일주일이란 보수를 치르고도 여전히 이 하얀 방에 대하여 서먹서먹한 느낌이 드는 것은 그 측량할 길 없는 간격을 내가 아무런 준비도 하지 못한 채 갑자기 건너뛰었기 때문이 아니었을까. 나도 아주 어렸을 적엔 이런 생활 속에서 자라나고 있었던지 어쩐지는 모르지만 내 기억이 회답하는 한 이 양옥 속의 생활은 지나치게 낯선 것이었다.

창신동 그 집의 나머지 한 사람 서씨라는 중년 사내의 얼굴이 떠오를 때면 더욱 그러하였다.

빈민가에 저녁이 오면 공기는 더욱 탁해진다. 멀리 도시 중심부에 우뚝우뚝 솟은 빌딩들이 몸뚱이의 한편으로는 저녁 햇빛을 받고 다른 한편으로는 짙은 푸른색의 그림자를 길게 길게 눕힌다. 빈민가는 그

어두운 빌딩 그림자 속에서 숨 쉬고 있었다.

교과서의 직업 목록 속에서는 찾아볼 수 없는 가지가지의 일터에서 사람들이, 땀이 말라 끈적거리는 얼굴을 손으로 부비며 돌아오고 이 마을에 들어서면 그들의 굳어졌던 얼굴들이 풍선처럼 퍼진다. 웃통을 벗은 사내들은 모여 서서 쉴 새 없이 떠들고 아이들은 자기들 집과 집의 처마를 스칠 듯이 지나가는 기동차의 뒤를 쫓아 환호를 올리며 달린다. 아낙네들은 풍로를 밖으로 내놓고 그 위에 얹은 냄비 속에 요리책에는 없는, 그들의 그때그때의 사정이 허락하는 신기한 요리 재료를 끓인다. 이 냄비와 저 냄비 속에서 끓고 있는 음식은 나라와 나라 사이의 풍토보다도 더 다르다. 마치 마귀할멈이 냄비 속에 알지 못할 재료를 넣고 마약을 끓여내듯이 그네들도 가지가지의 마약을 끓이고 있는 것이다.

빈민가의 저녁은 소란하기만 하다. 취해서 돌아온 사내는, 기부운하고 비명 같은 소리를 지르고 자기가 번 그날의 품삯을 내보이며 친구들을 끌고 술집으로 간다. 그러면 그 뒤로 그 사내의 아낙이 쫓아와서 사내의 손에서 돈을 빼앗아 쥐고 주먹을 휘둘러 보이며 집 안으로 사라지고 그러면 뒤에 남은 사람들은 싱글싱글 웃으며 노해서 고래고래 소리 지르는 그 사내를 달랜다. 빈민가 가까이 있는 시장에서 생선의 비린 냄새가 물씬물씬 풍겨오고 도시의 중심부에서 바람에 불려

온 먼지가 내려앉고 여기저기의 노점에 가물가물 카바이드 불이 켜지는 시각이 되면 사내들은 마치 그것들을 피하기라도 하려는 듯이 자기들의 키보다 낮은 술집으로 몰려든다.

나도 그곳에 하숙을 정하고 나서부터 매일 저녁때면 술집으로 걸어 갔다. 흙탕물 속의 기포처럼 그 어수선한 마을에서 술집들만은 맑고 조용했다. 물론 사내들은 떠들며 얘기하고 혹은 코피를 흘리며 싸움들을 하곤 하는 것이지만 그것이 거리에서가 아니라 술집 안에서 일어나는 경우엔 왜 그렇게 맑은 것으로 보이는지 나는 알 수 없었다.

내가 단골처럼 드나든 곳은 '함흥집'이라는 함경도에서 왔다는 노파가 경영하는 술집이었다. 긴 의자의 한쪽 끝에 자리를 잡고 주모가 따라주는 술잔을 받아 마시며 나는 술보다는 그 술집의 분위기에 마음을 빼앗기고 있었다. 사람을 사귀려는 생각은 아예 없었으므로 나는 항상 혼자 그렇게 앉아 있었다. 꽤 오랜 시간이 지나고 술도 알맞게 취했다고 생각되면 나는 셈을 하고(외상으로 하는 날이 더 많았지만) 그 바라크 밖으로 나왔다. 그리고 고개를 쳐들면, 저만치서 관광객들을 위하여 형광의 조명을 한 동대문이 그의 훤한 모습을 밤하늘에 도사려 보이고 있는 것이었다. 지금도 눈앞에 보이는 듯하다, 밤의 동대문 모습이.

그곳에 자리 잡은 지 얼마 되지 않은 어느 날 저녁, 역시 내가 긴 의

자의 한쪽 끝을 차지하고 누런 술을 내려다보며 앉아 있는데 내 곁에 어떤 사람이 털썩 주저앉더니 주모에게 술을 청하고 나서 내 등을 툭 치며 말을 건네는 것이었다. 40쯤 나 보이는, 턱에 수염이 짙고 커다란 몸집에 해진 군용 작업복을 입고 있는 그 사내는, 영자가 있는 집에 새로 들어온 젊은이가 아니냐고 내게 묻는 것이었다. 그렇다고 했더니 그 사내는 퍽 사람 좋게 웃으면서 자기도 그 집에 방을 빌어 들고 있는 사람인데 인사가 그리 늦을 수가 있느냐고 하며 자기를 서씨라고 불러달라고 했다. 같은 집에 있으면서도 그 서씨가 아침 일찍 나가고 저녁에는 내가 늦게 들어가는 셈이었기 때문에 그때까지 나는 서씨라는 사람이 그 집에 들어 있다는 걸 알고 있지 못했지만 그는 용케 나를 보았고 그리고 기억해두고 있었던 모양이다. 서씨를 알게 된 것은 그렇게 해서였다. 술잔이 오고 가는 동안 나도 말이 하고 싶어져서, 고향이 어디십니까, 가족은 어디 계십니까, 무슨 일을 하고 계십니까 하고 좀 귀찮아할 정도로 서씨에게 물어대었다. 그러나 서씨는 별로 귀찮아하지도 않고 고향은 함경도, 6·25 때 단신 월남, 지금은 공사장 같은 데서 힘을 팔고 있다고 고분고분 들려주었다.

그 후로 나는 거의 매일 그 서씨와 함께 '함흥집'엘 드나들게 되었다. 그는 사귈수록 착한 사람의 전형이었다. 굵게 쌍꺼풀진 눈매는 가난한 사람답지 않게 빛나고 있어서 차라리 보는 사람에게 열등감을

줄 정도지만 그는 그 눈으로써 상대편에게 친밀감을 나타낼 줄도 알았다. 영리해 보이지는 않고 오히려 행동이며 머리 돌아가는 건 그 반대인 듯했다. 두꺼운 입술 사이를 비집고 나오는 듯한 그의 함경도 사람답지 않게 느린 말씨가 더욱 그것을 증명해주었다.

그는 주량이 놀라울 정도로 컸다. 그는 곧잘, 자기가 버는 돈은 아마 모두 이 술집으로 들어갈 거라고 하며 그건 좋은 일이 아니겠느냐고 말하며 너털웃음을 웃곤 했다. 그의 술버릇은 대단히 좋아서 취하면 떠들어대는 건, 서씨에겐 어린애로나밖에 보이지 않을 이쪽이었다. 술이 취해서 그와 어깨동무를 하고―그의 키가 아주 컸기 때문에 나는 그의 허리를 껴안은 셈이 되지만―비틀거리며 밖으로 나오면 그는 어두운 밤하늘을 배경으로 하고 훤한 모습으로 솟아 있는 동대문을 향하여 한 눈을 찡긋거려 눈짓을 보내곤 했다.

서씨는 밤에 보는 동대문이 좋으냐고 물으면, 아니 젊은이도 저 동대문을 좋아하느냐고 오히려 되물어왔다. 낮에는 거기서 귀신이라도 나올 것 같기 때문에 기분 나쁘지만 형광빛의 조명을 받고 있는 밤에는 참 아름다워서 좋다고 내가 대답하면, 자기는 좀 별다른 의미로 동대문을 사랑하고 있다고 말했다. 자기와 동대문은 퍽 친하다는 것이었다. 마치 어떤 살아 있는 사람과 친하듯이 친하다고 했다. 나는 그 말이 무엇을 의미하는지를 다음과 같이 하여 알게 되었다.

그날 밤도 술집에서 돌아와서 서씨는 자기 방으로 가고 나도 내 방으로 돌아와서 옷을 입은 채 이불 위에 쓰러져 잠이 들어 있는데, 몇 시쯤 됐을까, 누가 나를 흔들어 깨우는 것이었다. 서씨였다. 서씨의 입에서 여전히 단 냄새는 나고 있었으나 그래도 술은 깬 모양이었다. 나는, 지금 몇 시쯤 됐느냐고 물었더니, 자기도 잘 모르지만 아마 새벽 2시나 3시쯤 됐을 거라고 대답하며 보여줄 게 있으니 나더러 자기를 조용히 따라오라고 말했다. 마치 보물을 캐러 가는 소년들이 비밀을 얘기하는 속삭임과 같은 그런 말투였다. 나는 그의 그러한 기세에 눌려 오히려 내가 쉬쉬해가며 그를 따라서 밖으로 나섰다. 골목에는 가로등이 켜져 있었다. 우리는 일부러 어두운 곳만을 골라서 몸을 숨겨가며 걸었다. 도중에 내가 지금 우리는 어디로 가고 있느냐고 물었더니 그는 동대문이라고 대답했다. 통행금지가 되어 있는 이 시간에, 가로등만이 거리를 지키고 있는 이 시간에 서씨가 나와 함께 동대문에 갈 필요는 무엇인지. 나는 의혹과 불안에 눈알을 동글동글 굴리면서도 얌전하게 그를 따라서 고양이 걸음을 하고 있었다.

잠시 후에 우리는, 한길 저편에, 기왓장 하나하나까지도 셀 수 있을 만큼 밝은 조명을 받고 있는 동대문이 서 있는 곳까지 와서 골목에 몸을 숨겼다. 서씨는 사방을 두리번거리며 살펴보고 나서 우리 외에는 아무도 없다는 걸 알아내자 나에게, 이 골목에 가만히 숨어서 자기가

지금부터 하는 일을 구경해달라고 말했다. 내가 숨을 죽이고 침을 꿀 꺽 삼키면서 그러마고 고갯짓으로 대답하자 그는 히쭉 한 번 웃고 나서 재빠르게 이제까지 내가 알고 있던 사람이 아닌 전연 다른 사람처럼 날랜 몸짓으로 한길을 가로질러 달려가서 동대문 성벽 밑의 그늘에 일단 몸을 숨기고 좌우를 살피고 있었다.

동대문의 본 건물은 집채만 한 크기의 돌로 된 축대 위에 세워져 있는 것인데 축대의 높이는 6미터 남짓 되어 보이고 그 축대에서 시작되어 역시 커다란 돌이 쌓여 이루어진 성벽이 건물을 반원형으로 둘러싸고 있다. 그 성벽을 서씨는 마치 곡예단의 원숭이가 장대를 타고 올라가듯이 익숙하고 민첩한 솜씨로 올라갔다. 푸른 조명을 받으며 서씨가 성벽을 기어 올라가는 그 광경은 나로 하여금 신비한 나라에 와서 거대한 무대 위의 장엄함 연극을 보는 듯한 감동을 느끼게 하는 것이었다. 단 하나의 넓은 빛살이 펼쳐지고 그 빛에 의해서 풍경이 탄생하여 오만한 마음을 가진 양 흔들리지 않고 정립해 있는데 그것을 향하여 어쩌면 호소하는 듯한 어쩌면 도전하는 듯한 어쩌면 그것의 손짓에 응하는 듯한 몸짓으로 몸의 온갖 근육을 움직이며 성벽을 기어오르고 있는 그 사람은 문득 나에게 전율조차 느끼게 했다.

이윽고 서씨의 몸은 성벽의 저 너머로 사라져버렸다. 그리고 잠시 후에 나는 더욱 놀라운 광경을 보게 되었다. 서씨가 성벽 위에 몸을

나타내고 그리고 성벽을 이루고 있는 커다란 금고만 한 돌덩이를 그의 한 손에 하나씩 집어서 번쩍 자기의 머리 위로 추켜올린 것이었다. 지렛대나 도르래를 사용하지 않고서는 혹은 여러 사람이 달라붙지 않고서는 들어 올릴 수 없는 무게를 가진 돌을 그는 맨손으로 들어 올린 것이었다. 그는 나에게 보라는 듯이 방금 그 돌들이 있던 자리를 서로 바꾸어서 그 돌들을 곱게 내려놓았다.

나는 꿈속에 있는 기분이었다. 고담 같은 데서 등장하는 역사(力士)만은 나도 인정하고 있는 셈이지만 이 한밤중에 바로 내 앞에서 푸르게 빛나는 조명을 온몸에 받으며 성벽을 디디고 우뚝 솟아 있는 저 사내를 나는 무엇이라고 이름 붙여야 할지 몰랐다.

역사, 서씨는 역사다 하고 내가 별수 없이 인정하며 감탄이라기보다는 차라리 그 귀기에 찬 광경을 본 무서움에 떨고 있는 동안에 그는 어느새 돌아왔는지 유령처럼 내 앞에서 자랑스러운 웃음을 소리 없이 웃고 있었다.

서씨는 역사였다. 그날 밤 나는 집으로 돌아와서 이제까지 아무에게도 들려주지 않았다는 서씨의 얘기를 들었다.

그는 중국인 남자와 한국인 여자 사이에서 난 혼혈아였다. 그의 선조들은 대대로 중국에서 이름 있는 역사들이었다. 족보를 보면 헤아릴 수 없이 많은 장수(將帥)가 있다고 했다. 그네들이 가졌던 힘, 그것

이 그들의 존재 이유였고, 유일한 유물이었던 모양이었다. 그 무형의 재산은 가보로서 후손에게 전해졌다. 그것으로써 그들은 세상을 평안하게 할 수 있었고 자신들의 영광도 차지할 수 있었다. 그러나 이 서씨에 와서도 그 힘이 재산이 될 수는 없었다. 이제 와서 그 힘은 서씨로 하여금 공사장에서 남보다 약간 더 많은 보수를 받게 하는 기능밖에 가질 수가 없게 된 것이다. 결국 서씨는 그 약간 더 많은 보수를 거절하기로 했다. 남만큼만 벽돌을 날랐고 남만큼만 땅을 팠다. 선조의 영광은 그렇게 하여 보존될 수밖에 없었다. 그러나 서씨는 아무도 나다니지 않는 한밤중을 택하고 동대문의 성역에서 그 힘이 유지되고 있음을 명부(冥府)의 선조들에게 알리고 있다는 것이었다.

대낮에 서씨가, 동대문의 바로 곁에 서서 행인들 중 누구 한 사람도 성벽을 이루고 있는 돌 한 개의 위치 변화에 관심을 보내지 않고 지나다닐 때, 옮겨진 돌을 바라보며 빙그레 웃고 있는 그의 모습을 나는 쉽게 상상할 수 있었다. 그것이 서씨가 간직하고 있는 자기였고 내가 그와 접촉하면 할수록 빨려 들어갈 수 있었던 깊이였던 모양이었다.

그 집—그늘 많은 얼굴들이 살던 그 집에서 나는 나 자신 속에서 꿈틀거리는 안주(安住)에의 동경을 의식하지 않을 수 없었다. 그것은 그 사람들의 헤어날 길 없는 생활 속에 내가 휩쓸려 들어가게 되는 것이 무서웠기 때문이었던 모양이다. 그러나 그곳을 뚝 떠나서 이 한결같

은 곡이 한결같은 악기로 연주되는 집에 오자 그것은 견디어낼 수 없는 권태와 이 집에 대한 혐오증으로 형체를 바꾸는 것이었다. 나란 놈은 아마 알 수 없는 놈인가 보다.

피아노 소리가 그쳤다. 무의식중에 나는 방바닥에서 손목시계를 집어 올렸다. 내가 지금 무슨 행동을 했던가를 깨닫자 나는 쓴웃음이 나왔다. 피아노가 그친 시간을 재보려고 했던 것이다. 그리고 나는 내일도 그 피아노가 그친 시간을 재서 그 시간들을 비교하며 이 집에 대한 혐오증의 이유를 강화시키려고 했던 것이다. 나는 자신에 대해서 어이가 없음을 느꼈다. 이런 느낌이 드는 것은, 그것은 조금 전에 내가 서씨의 그 거짓 없는 행위를 회상했던 덕분이 아니었을까? 서씨가 내게 보여준 게 있다면 다소 몽상적인 의미에서의 성실이었고 그리고 그것은 이 양옥 속의 생활을 비판하는 데도 필수적으로 고려되어야 한다는 것이 아닌가 하고 내게 생각되는 것이었다. 그러나 이 집으로 옮아온 다음 날의 저녁, 식사 시간도 잡담 시간도 지나고 모든 사람들의 공부 시간이 되자 나는 홀로 내 방의 벽에 기대어 앉아서 기타를 퉁겨보기 시작했던 때의 일을 기억하고 있다. 불현듯이 기타를 켜고 싶어지는 때가 있는 법이다. 그것은 감정의 요구이지만 그렇다고 비난할 건 못 되지 않은가. 내가 줄을 고르며 음을 시험해보고 있는데 다색 나왕으로 된 내 방문이 열리며 할아버지가 들어왔다. 그리고 나

의 기타 켜는 시간은 오전 10시부터 한 시간 동안 할머니와 며느리가 미싱을 돌리는 같은 시각으로 배치되었던 것이다. 위대한 가풍이 내게 작용한 첫 번이었다. 그러나 그 이후 내가 내게 주어진 그 시간을 이용해본 적은 하루도 없었다. 흥이 나지 않아서였다고 하면 적당한 표현이 되겠다.

절망감이 마루 끝에도 마당 가운데서도 방마다에도 차서 감돌던 창신동의 그 집에서는 식구들에게 그들이 오래전에 잃어버렸던 형체 없는 감동 같은 것을 조금씩은 깨우치고 영혼의 안정에 얼마간은 공헌할 수 있었던 나의 기타는 그래서 노인들이 우연한 한마디에서 갑자기 자기의 늙음을 발견하듯이 낡아빠진 모습으로 방의 구석지에 기대어져 있지 않으면 안 되게 된 것이었다.

처음에 나는 이 집에 대하여 존경심을 가졌다. 그러나 나는 이내 그것이 처음 보는 경치에 보내는 감탄과 같은 성질의 것밖에는 되지 않음을 알았다. 이해와 감정은 별개의 문제라는 것을 발견한 것도 그때였다. 이 가족의 계획성 있는 움직임, 약간의 균열쯤은 금방 땜질해버릴 수도 있도록 훈련되어 있는 전진적 태도, 무엇인가 창조해내고 있다는 듯한 자부심이 만들어준 그늘 없는 표정—문화라는 말을 쓸 수 있는 사람들이 있다면 바로 이 사람들이었다. 그리고 이것이야말로 인간이 희구하는 것이 아니었던가. 이 사람들은 매일매일을 달리고

있는 것이었다. 따라서 어느 지점과의 거리를 단축시키고 있는 셈이었다. 이것이 나의 그들에 대한 이해였다.

그러나 그 어느 지점이 무한하게 먼 곳에 있을 때도 우리는 그들이 거리를 단축시키고 있다고 생각할 수 있을까? 더구나 나로 하여금 기타 켜는 시간의 제약까지를 주어가면서 말이다. 차라리 이 사람들의 태도야말로 자신들은 걷고 있다고 믿으면서 사실은 매일매일 제자리걸음을 하고 있는 바로 그것이 아닐까. 빈민가에 살던 사람들의 그 끝없는 공전 같아 뵈던 생활이 이곳보다는 오히려 더 알찬 것이 아니었을까. 이것이 나의 감정이었다. 그래서 마침내 어느 쪽인가 한 편이 틀려 있다는 생각이 나를 몹시 짓누르기 시작했다. 본질적으로는 두 쪽이 같지 않느냐는 의문이 나의 내부 한쪽에서 솟아 나오기도 했지만 그보다 더 강한 힘으로 나를 끌고 가는 '어느 쪽인가 한 편이 틀려 있다'라는 집념은 어디서 나온 것인지 나로서는 알 수 없었다. 그리고 마침내 그것은 발전하여, 미리 그러기로 되어 있었다는 듯이, 나는 이 양옥의 식구들 생활을 빈껍데기에 비유하고 있었다. 빈껍데기의 생활, 아니라면 적어도 방향이 틀린 생활, 습관적인 생활에 불과하다는 생각이 나를 끌고 갔다. 이 순간에 나는 꼭 무슨 행동을 해야만 할 것 같았다. 그리고 내가 한 행동이 누군가 좀 현명하고 인간을 잘 아는 사람에 의해서 심판받았으면 좋겠다고 생각했다.

꼭 무슨 행동이 필요하다는 충동이 그날 오후 내처 나를 쿡쿡 찔렀다. 나는 누운 채 천장을 올려다보았다. 무늬 없는 베니어로 된 갈색의 천장. 벽을 향하여 얼굴을 돌리면 병원의 그것처럼 깨끗한 벽.

그날 오후 식구들이 돌아올 무렵에 나는 밖으로 나섰다. 나는 지금 내가 계획하고 있는 것이 근본적으로는 이 집 식구들을 바꾸어 놓으리라고는 물론 생각하지 않았다. 그러나 무엇인가 해야만 한다는 의무감에 가까운 생각이 나로 하여금 느릿느릿 걸어서 어느 약방 앞에까지 가게 했다. 벌써 날이 어두워져가고 있었기 때문에 약방 안의 진열장 안에는 불이 밝게 켜져 있었다. 그래서 거기에 진열되어 있는 약병이나 상자들은 장난감처럼 귀여워 보였다. 나는 약방의 문턱에 서서 허리를 구부리고 진열장 안을 구경했다. 고개를 들어보니 아주머니 한 사람이 진열장의 저편에서 몸을 이쪽으로 내밀어 나를 굽어보고 있었다. 나는 아주머니를 향하여 히죽 웃어 보이고는 이제 마치 무엇을 찾고 있는 듯한 태도로 진열장 안을 기웃거렸다. 나는 머뭇거리고 있는 것이었다. 무얼 찾느냐고 아주머니가 친절한 음성으로 물었다. 나는 여전히 고개를 숙인 채 진열장을 두리번거리면서, 흥분제 있느냐고 대답했다. 얼마나 필요하냐고 아주머니가 물었다. 나는 속으로 그 집 식구들을 헤아려보았다. 할아버지, 할머니, 대학 강사, 며느리, 여고생, 식모, 손녀딸, 모두 일곱 사람이었다. 나는 한 사람의 7회

분을 달라고 했다. 그러면서 그제야 나는 고개를 똑바로 들었다. 아주머니는 필요 이상으로 엄숙한 표정을 지으면서 상점의 안쪽에 있는 진열장으로 가서 정제(錠劑)의 약을 하얀 종이에 싸서 가지고 나왔다.

셈을 하고 돌아서자 나는 아까와는 달리 내 기분이 싸늘해져 있음을 느꼈다. 안도와 같은 것이었다. 그리고 오래간만에 주위를 천천히 구경할 수 있는 여유를 갖게 되었다. 저녁을 맞으면서 내 주위에는 셀 수 없이 많은 양옥들이 줄을 지어 서 있었다. 집집의 창마다 밝은 불이 켜져 있고 옛날의 그 마을에서와는 달리 조용하였고 향긋한 음식 냄새가 새어 나오고 있었다. 그러자 나는 나 자신이 이 평온한, 부자유하게 평온한 마을을 해방시켜주러 온 악마라는 생각이 문득 들었고 어쩐지 그것이 나를 즐겁게 했다. 혹은 그 빈민가가 파견한 척후인지도 몰라라고 나는 생각하며 나는 그 빈민가에 대하여 요 며칠 동안 지니고 있던 죄의식 비슷한 것이 사라져 있음을 깨달았다. 일종의 비겁한 보상 행위라고 누가 곁에서 말했다면 나는 정말 즐거워져서 고개를 끄덕이며 웃었을 것이다.

내가 집으로 돌아왔을 때 식구들은 밥상을 받아놓은 채 내가 올 때까지 기다리고 있었다.

밤 10시 10분 전이었다. 이제 몇 분만 있으면 식모는 보리차가 든 주전자와 컵을 대청마루 가운데의 탁자 위에 올려놓을 것이다. 식구들이 나오기 전에 먼저 내가 그 음료수에 빻아놓은 가루약을 넣어야만 하는 것이었다. 나는 약봉지를 들고 내 방문에 몸을 대고 식모를 기다리고 있었다. 그리고 그때 나는 만일 내가 이 집 식구들의 음료수에 가루약을 타지 않고 지금 바로 그 빈민가로 돌아간다면 거기서 나는 무슨 행동을 할 것인가 하고 생각해보았다. 그러나 그것을 생각해낼 수가 없었다. 오히려 나는 내가 결코 그곳으로 돌아가지는 않으리라는 걸 잘 알고 있었다. 이 생각은 아까 저녁때 약방에 가기 전의 생각과는 좀 모순된다는 것도 깨닫고 있었다. 그렇다고 스스로 무의미하다고 인정하고 있는 이 계획을 중지하고 싶지도 않았다. 이것은 천박한 장난? 그렇지만 나는 기도하는 것처럼 엄숙했었다.

드디어 다른 식구들에 비해서 유난히 조용조용한 식모의 발자국 소리가 나고 주전자의 달그락거리는 소리가 났다. 식모가 문단속을 하러 나가는 소리가 난 뒤, 나는 조용히 방문을 열었다. 그리고 가루약은 성공적으로 음료수에 용해되었다.

나는 내 방으로 돌아와서 다소 들뜬 마음으로 기다리고 있었다. 얼마 후, 나는 모두들 그 물을 마시는 것을 분명히 보았고 그들이 각기 자기 방으로 돌아가는 것을 보았다. 그리고 그들의 방의 불도 꺼졌다.

그러나 그들이 과연 잠을 이루고 있을까. 나는 그들이 다시 자기들의 방에 불을 켜고 앉아서 왜 잠이 오지 않고 마음이 들뜨는가를 생각하고 있기 바랐다. 나는 조용히 문을 열고 대청마루로 나와서 의자 위에 앉았다. 나는 기다리고 있었다. 그들의 방마다 불이 켜지기를.

꽤 오랜 시간이 지났다. 아무 소식이 없었다. 그러자 나는 잠들지 못하고 몸을 이리저리 뒤척이고 있을 그들을 상상해보았다. 지금 그들은 잠든 체하고 있을 뿐인 것이다. 내가 이제라도 쾅 하고 피아노를 울리기 시작한다면 그들은 구원이라도 받은 듯이 뛰어나오리라. 물론 이 밤중에 무슨 소란이냐고 나를 나무란다는 대의명분으로써. 나는 피아노에 생각이 닿은 것이 기뻤다. 나는 피아노 앞으로 다가갔다. 그리고 뚜껑을 열었다. 건반들이 어둠 속에서 하얗게 웃고 있었다. 나의 손가락들이 건반 위에 놓여졌다. 이제 손에 힘만 주면 되었다. 물론 곡도 무엇도 아닌 광폭한 소리만이 이 집을 떠내려 보낼 것이다.

여기서 공원의 그 젊은이는 그의 얘기를 그치었다.

"그저 덧붙여서 한마디 더 한다면⋯⋯" 하고 그 젊은이는 잠시 후에 얘기했다. "그날 밤 피아노가 그토록 시끄럽게 울렸음에도 불구하고 나를 피아노 앞에서 떼어내기 위해서 방문을 열고 나온 사람은 단한 사람, 할아버지뿐이었습니다. 몇 개의 기침 소리를 들은 듯하기도

했습니다만."

피아노 앞에서 떨어져 나오면서 자기는 왜 그렇게 고독함을 느꼈고 그의 방으로 데려다주기 위하여 그의 손목을 잡고 있는 할아버지의 팔이 왜 그렇게도 억세게 느껴졌는지 알 수가 없었다고 말하고 나서 그 젊은이는 나를 빤히 쳐다보며 물었다.

"어느 쪽이 틀려 있었을까요?"

"글쎄요."

라고 나는 대답하며 생각했다. 나로서는 얼른 믿어지지 않는 얘기이다. 첫째, 그런 생활이 있을 것 같지 않고, 있다고 해도 어느 쪽이 반드시 틀렸다고 말할 수도 없고, 오히려 두 쪽 다 잔혹할 뿐이라는 점에서 똑같고, 어느 쪽이 틀렸다고 해도 그것은 그 젊은이가 이질적인 사실을 한눈에 동시에 보아버리려는 데서 생긴 무리(無理)이겠지라고.

"내가 틀려 있었을까요?"

라고 그 젊은이는 다시 내게 물었다.

"글쎄요."

라고 대답하며 다시 나는 생각했다.

그러고 보니 아무도 틀려 있는 사람은 없는 듯하다. 그렇지만 이것도 자신 있는 생각은 아니고 솔직히 말하면 나도 모르겠다. 알 수 있는 것은 다만, 그 젊은이가 보았다는 두 가지 생활이, 사실 바로 곁에

서 함께 있다고 하면 나도 좀 멍청해져버리지 않을 수 없으리라는 느
낌뿐이었다.

(1963)

염소는 힘이 세다

염소는 힘이 세다. 그러나 염소는 오늘 아침에 죽었다. 이제 우리 집에 힘센 것은 하나도 없다.

나는 때때로 홍수의 꿈을 꾼다. 오늘 아침에도 나는 홍수의 꿈을 꾸었다. 황톳빛 강물이 부글부글 끓듯이 거품을 일으키고 무서운 소리를 내며 빠르게 흐르고 있었다. 나는 강변에 있는 마을의 폐허 위에서 있었다. 간밤의 폭우 때문에 집들은 더러운 판자더미가 되어 있었고, 강물이 흐르며 내는 소리—그 무겁고 한순간도 휴지(休止)가 없는 쭈욱 이어서 들리는, 그래서 그 소리에 귀를 기울이고 있는 사람은 처음엔 그 소리가 끝날 때를 기다리지만 차츰 그 소리가 음악이나 사람의 울음소리와는 달라서 결코 언젠가 끝날 수 있는 소리가 아니라는 것을 확신하게 되고 그러자 그것이 생명과 의지를 가진 괴물처럼 생각되어 온몸에 식은땀이 흐르는 그러한 강물 소리가 울려서인지, 그 비에 젖어 시꺼멓게 된 판자더미는 덜덜덜 떨리고 있었다. 나는 그 소리로부터 도망치려고 몸을 돌렸다. 그때 판자더미 속에서 '매애애—' 하는 염소의 울음소리가 약하게 들려왔다. 나는 판자더미를 헤쳤다. 하얀 털을 가진 염소 새끼 한 마리가 그 속에 있었다. 나는 그놈을 가슴에 안았다. 새끼 염소에 정신이 팔려 있는 동안은 내 귀에 들리지 않던 무서운 강물 소리가 내가 그놈을 가슴에 안고, 어디서 이놈의 임자가 나타나지 않을까 하고 사방을 두리번거리는 동안에 다시, 나를

휩쓸고 갈 듯이 달려들었다. 나는 새끼 염소를 안은 채 도망쳤다. 그 무서운 강물 소리, 그것은 소리라기보다는 소리의 메아리라고나 하는 편이 좋을 만큼 귀신 같은 데가 있는데, 그 웅웅거림이 끝없이 나를 쫓아오고 있었고 그리고 내 가슴에 안긴 새끼 염소는 나의 달음박질을 독려하듯이 쉬임 없이 그 곱게 떨리는 소리로 울고 있었다. 나는 잠이 깨었고 눈을 떴다. 그것은 내가 우리 집의 염소를 처음 얻던 때의 바로 그 사정인 꿈이었다.

염소는 힘이 세다. 그러나 염소는 오늘 아침에 죽었다. 이제 우리 집에는 힘센 것은 하나도 없다. 나는 때때로 홍수의 꿈을 꾼다. 오늘 아침에도 나는 홍수의 꿈을 꾸었다.

꿈이 깼을 때 나는 자리에서 발딱 일어나 앉았다. 무서운 강물의 웅웅거림과 염소의 슬프고 끊임없는 울음소리는 꿈이 깨었음에도 여전히 내 귀에 들려오고 있었다.

내 할머니는 조금 귀머거리다. 그래서 할머니는 산골에서 살아도 무방하고 자동차들과 전차들이 잇달아 달리는 도시의 한길가에 살아도 별로 괴로움을 느끼지 않는다. 할머니는 이 집에서 살 자격이 충분히 있다. 그러나 내 어머니와 누나는 눈도 맑고 귀도 밝다. 그래서 항상 어머니는 이렇게 말한다. "아아, 깨끗하고 조용한 곳으로 이사 갔

으면! 저 찻소리들 때문에 난 죽고 말 거야." 그러면 "나두 그래, 엄마" 하고 누나가 말한다. 나는 어머니와 누나를 깨끗하고 조용한 곳으로 보내드리고 싶다. 그러나 나는 깨끗하고 조용한 곳이 어디 있는지를 모른다. 내가 알고 있는 곳으로서 깨끗하고 조용한 곳은 우리 학급 반장네 집의 변소뿐이다. 그러나 어머니와 누나를 남의 집 변소로 보내드릴 수는 없다. 나는 깨끗하고 조용한 곳이 어디 있는지도 모르지만 이사를 어떻게 하는지도 모른다. 나는 우리 집 앞 한길가에서 수레나 오토바이, 트럭이 살림살이를 잔뜩 싣고 달리는 것을 자주 본다. 내가 알고 있는 이사는 그것이다. 살림살이를 실은 차들이 유난히 많이 지나다니는 날엔 할머니는 "오늘이 손(損)이 없는 날인 모양이군" 하시곤 한다. "저 차들은 멀리 가?" 하고 내가 할머니에게 소리쳐서 묻는다. "아아니"라고 할머니는, 거리에서 곧장 집 안으로 날아오는 먼지들 때문에 항상 쉬어 있는 목소리로 대답하신다. "기껏해야 서울 시내겠지."

내 귀에 여전히 들려오고 있는 강물 소리가 집 바로 밖의 거리를 자동차들이 달리며 내는 소리의 혼합체인 것이 점점 뚜렷해졌다. 나는 집 밖의 거리 쪽으로 귀를 기울이며 꼼짝하지 않고 누워 있었다. 여러 소리들이 범벅이 되어 마치 범람하는 강물 소리 같은 그 소리 속에서 버스가 내는 소리와 택시가 내는 소리와 트럭이 내는 소리와 전차가

내는 소리를 나는 차츰 구별해낼 수가 있었다. 그러나 그러고도 여전히 내 귀에는 한 가지 이상한 소리가 남아 있었다. 그것은 염소의 슬픈 울음소리였다. 우리 집 뒤안에서 나야 할 소리가 거리에서 들려오고 있는 것이었다. "우리 집 염소 소리지?" 병들어 쭈욱 누워 계신 어머니가 근심스런 음성으로 말씀하셨다. 나는 자리에서 빠르게 일어나서 이른 아침인 밖으로 뛰어나갔다.

염소는 힘이 세다. 그러나 염소는 오늘 아침에 죽었다. 이제 우리 집에는 힘센 것은 하나도 없다. 나는 염소가 죽는 순간까지도 힘이 세었던 것을 보았다.

우리 집의 오른편으로는 시멘트 벽돌로 지은, 좀 길다는 느낌을 주는 단층집이 있다. 그 건물의 한길로 향하고 있는 면은 더러운 유리가 끼워져 있는 미닫이문과 커다란 간판으로만 이루어져 있다. 그 긴 건물이 세 칸으로 나누어져 있으므로 간판도 각각 다른 내용으로서 세 개다. 그중 한 개는 초록색의 길고 굵은 구렁이가 숲속을 헤치며 달리고 있는 그림이다. 그 간판이 달린 집에서는 미닫이문 밖의 인도에, 비 오는 날을 제외하고는 항상 화로를 내어놓고 그 위에 항상 김이 새어오르는 약단지를 올려놓고 있다. 그 화로는 겉은 쇠로 되어 있고 안은 황토를 두껍게 발라서 만든 크고 높은 것으로서, 그 안에는 수많은 뱀

들이 저주하기 위해서 혀를 날름거리는 듯한 연탄불의 작고 파란 불꽃이 수없이 있다. 그 불꽃 위에 올려진 약단지 속에는 진짜 뱀들이 담겨져 있고 끓는 물이 그 뱀들의 형체를 풀어헤치며 뱀 속에 있던 가지가지의 맛과 양분을 빨아들이고 있다. 새파란 불꽃과 끓는 물과 그 속에서 요동치다가 점점 형체가 녹아버리는 뱀 떼와. 그래서 내게는 그 화로 전체가 내가 상상할 수 있는 최악의 지옥이었고 그래서 그 화로의 무게는 나로서는 짐작도 안 되는 것이었다. 집 안이 들여다보이지 않도록 하얀 페인트칠을 해버린 유리창에 붉은 글씨로 '생사탕'이라고 써놓은 그 집에서, 지옥 바로 그것인 그 화로를 유리창의 안—집 안에 두지 않고 유리창 밖—행인들이 오고가는 한길에 내어놓고 있는 이유도 내게는 연탄가스 때문이라고는 조금도 생각되지 않고 오직 그 화로, 지옥의 무게를 감당해낼 수가 없어서인 것만 같다.

오늘 아침, 그 화로가 차도와 인도의 경계가 되는 곳에 굴러 넘어져 있었고 빨갛게 단 연탄은 산산조각이 되어 길 위에 흩어져 있었고 약단지는 금이 가서 김이 나는 물이 그 금 사이로 새어 나와 길바닥 위에 뱀처럼 기어가고 있었다. 그리고 생사탕집의 뚱뚱보 영감이 한 손으로는 우리 염소의 목걸이를 쥐고 기다란 나무토막을 쥔 다른 손으로는 염소의 머리를 사정없이 내리치고 있었다. 염소는 약하게 울고 있었다. 그것은 울음이 아니라 이젠 죽어가는 신음이었다. "우리 염소

예요. 왜 때려요?"하고 나는, 길에 굴러 넘어진 지옥의 주인인 그 영감의 팔에 매달리며 소리쳤다. 분노 때문에 나는 울먹거렸다. 나는 다시 집으로 달려가서 할머니를 끌고 나왔다. 염라대왕과 만나서 싸울 수 있는 것이, 우리 할머니라면 가능했다. 할머니는 비로소 사태를 아셨다. 우리 할머니는 비명 같은 고함을 지르며 염라대왕에게 달려들었다. 염라대왕이 염소를 때리던 매질을 멈추고 할머니를 상대하기 위해서 그가 쥐고 있던 목걸이에서 손을 떼자 염소는 맥없이 쓰러졌다. 나는 염소를 부둥켜안았다. 할머니와 염라대왕은 말다툼을 하고 있었다. "요 할미야, 고삐를 단단히 매어두지 않고 왜 풀어놨느냔 말야, 약단지값하고 뱀값을 물어내란 말야. 저놈의 염소 한 번만 더 밖에 나왔다간 봐라, 아주 죽여버릴 테니……." 그러나 염소는, 우리 식구들 모르게 고삐를 말뚝에서 슬쩍 떼어내고, 우리 집 뒤안 변소와 헛간이 붙은 판잣집 속에 있는 자기의 우리로부터 거리로 뛰어나올 기회를 영영 갖지 못하고 말았다. 벌써 숨이 넘어가버렸던 것이다.

염소는 힘이 세다. 그러나 염소는 오늘 아침에 죽었다. 이제 우리 집에는 힘센 것은 하나도 없다.

머리칼이 하얗고 입 속에는 어금니 세 개밖에 남아 있지 않은 귀머거리 할머니는 목소리를 제외하면 힘이 세지 않았다. 목소리는 아무

리 커도 힘이 될 수 없으니까 할머니는 완전히 힘이 세지 않았다. 달포 전까지는 종로 거리를 오락가락하며 꽃장사를 하다가 마지막 가을비가 내리던 날부터 쭈욱 끙끙 앓으며 이불을 둘러쓰고 누워 있는 어머니도 힘이 세지 않았고 그리고 누나—이젠 어머니 대신, 새벽 4시에 일어나서, 교외에서 수레에 꽃을 실어가지고 온 꽃 도매상에게서 꽃을 받으러 청계로로 갔다가 바구니에 두서너 종류의 꽃을 받아가지고 집으로 돌아와서 아침을 지어 먹고 다시 꽃바구니를 머리에 이고 종로의 어머니가 나가 앉아 있던 빌딩의 벽 밑, 빌딩과 빌딩 사이의 골목 속으로 가는 누나도 "열일곱 살이면 힘도 좀 쓰게 됐는데……" 하시는 할머니의 말씀만 없다면 힘이 세지 않았다. 그렇지만 나로서는 열일곱 살이 힘인지 아닌지를 분명히 모르니까 누나도 완전히 힘이 세지 않았고 그리고 여름철의 폭풍이 부는 밤이면 우리 집으로부터 떨어져나가버리고 싶다는 듯이 쿵쾅 소리를 내며 날뛰는 우리 집의 양철지붕도 힘이 세지 않았고 집 앞 한길에 교외의 도로포장 공사장으로 가는 불도저가 지나갈 때면 덜덜덜 떨고 있는 우리 집의 썩어가는 판자담과 판자로 된 쪽대문도 힘이 세지 않았고 염소가 그럴 생각만 있었으면 간단히 고삐를 떼고 거리로 도망칠 수 있었던 말뚝도 힘이 세지 않았고 미닫이를 사이에 둔 우리 집의 방 두 개도, 아무리 밝은 날에도 저녁때처럼 어두컴컴하기만 해서 힘이 세지 않았고 좁은

마당도 그것이 좁아서 힘이 세지 않았고 아니 우리 집 전체가, 그것이 날이 갈수록 키가 자라나는 벽돌 건물들 틈에 끼어 있기 때문에 힘이 세지 않았다. 그리고 나, 바로 나도 열두 살짜리의 힘없고 키 작은, "아유, 우리 예쁜 고추야!"일 뿐이었다.

염소는 힘이 세다. 그러나 염소는 오늘 아침에 죽었다. 이제 우리 집에 힘센 것은 하나도 없다. 힘센 것은 모두 우리 집의 밖에 있다.

아저씨는 우리 집에 살고 있지 않았다. 따라서 아저씨는 힘이 세었다. 할머니가 나에게 아저씨를 데려오라고 말씀하셨다. 아저씨는 키는 작지만 턱과 볼에 수염이 많고 매부리코를 가지고 있고 사람과 얘기할 때는 조그만 눈으로 상대방을 흘겨보며 얘기한다. 나는 상대방을 흘겨보면서 얘기하는 아저씨의 그 모습이 부러워서 나도 동무들과 얘기할 때는 상대방을 흘겨본다. 언젠가 나보다 힘이 센 아이가 진짜로 나를 흘겨보면서 말했다. "애, 넌 왜 날 째려보지?" "아아냐" 하고 나는 말했다. "째려보지 않았어." 그리고 나는 정말 그 애를 흘겨보지 않고 시선을 밑으로 떨구어버렸다. 그때 나는 서투르게도 아저씨 흉내를 낸 나 자신이 부끄러웠다. "염소가 죽었다? 염소를 파묻어달란 말이지? 알았어" 하고 아저씨는 이부자리 속에 누운 채 여전히 잠들어 있는 듯한 얼굴로 말했다. "이따가 가겠다구 할머니한테 말해. 제기럴, 파묻다니, 미련하게." 아저씨는 여전히 눈을 감고 누운 채 혀를

쯧쯧 찼다. "얘, 국수 한 그릇 먹고 가련?" 하고 아주머니가 말했다. 나는 고개를 저었다. 아저씨 집에서 파는 돼지기름 냄새나는 국수를 나는 싫어했다. 그것은 정말 비위에 거슬리는 냄새였다. 지게꾼들은 그러나 그 냄새 역겨운 국수를 맛있게 먹곤 했다. 지게꾼들은 힘이 세다. 아마 그 돼지기름 냄새가 나는 국수를 먹기 때문인지 모른다. 그러나 나는 정말 그 냄새가 싫다. 나는 고깃기름 냄새가 나는 거리를 지날 때면 항상 뜀박질을 했다. 나는 많은 거리를 뜀박질로 지나가야 한다. 서울엔 고깃기름 냄새가 나는 거리가 너무나 많다고 나는 생각한다. 그러나 나의 고깃기름에 대한 혐오감 속에는 그것에 대한 부러움도 섞여 있다. 고깃기름을 먹을 수 있으면 힘이 세어질지도 모른다는 생각이 늘 내 머릿속 한구석에 있기 때문이다.

염소는 힘이 세다. 그러나 염소는 며칠 전에 죽었다. 이제 우리 집에 힘센 것은 하나도 없다. 힘센 것은 모두 우리 집의 밖에 있다. 아저씨는 우리 집의 밖에서 살고 있다. 따라서 아저씨는 힘이 세다. 힘이 약한 사람은 힘이 센 사람에게 복종할 수밖에 없다.

아저씨는 말했다. "미련하게 염소를 왜 파묻어요? 그걸 이용해보도록 하세요. 꽃 파는 것보담야 훨씬 나을걸요." 할머니도, 병을 앓고 누워 계신 어머니도 아저씨의 의견에 고개를 끄덕거리셨다. 나는 어쩐

지 할머니와 어머니께서 고개를 끄덕거리시는 것이 조마조마했다. 고개를 끄덕거려서는 안 될 것처럼 문득 생각되었지만 아저씨의 의견이 눈에 보이는 일과 물건들로 나타나기 시작했을 때엔 명절날처럼 신나기만 하였다. 마당가 장독대 곁에 큰 가마솥이 놓여졌다. 우리 집의 죽어버린 힘센 염소가 털이 벗겨지고 여러 조각으로 잘려져서 그 가마솥 속에 들어가 앉았다. 부엌에 뚝배기가 많아졌고 누나는 추운 날씨임에도 불구하고 이마에 땀이 송글송글 돋을 만큼 뚝배기 속에서 뛰어다니지 않으면 안 된다. 어머니는 길 건너편에 있는 내과병원의 하꼬방 같은 입원실로 옮겨가셔서 그 입원실의 우리 집 쪽으로 향한 벽만 바라보며 누워 계신다. 할머니는 이따금 외치지 않으면 안 된다. "뭐요? 뭐라구요? 난 귀가 잘 안 들린다우. 뭐? 외상으로 하겠다구? 안 돼요. 안 돼. 자기 몸 좋아지라구 고깃국 먹구서 외상으로 하자니 말이 되나?" 나는 때때로 힘없이 썩어가는 우리 집의 판자담과 판자로 된 쪽대문에 '정력 보강 염소탕'이라는 광고지를 새로 써서 갖다 붙이곤 한다. 염소 고깃국에서는 돼지기름보다 더 고약한 냄새가 났다. 처음 며칠 동안 나는 매일 한 번씩 식구들 몰래 뒤안에 있는 변소에 가서 토했다. 그러나 그 고약한 냄새는 점점 더 부풀어서 마당을 채우고 마루를 채워버리고 두 방을 채워버리고 심지어 뒤안의 이젠 비어버린 염소 우리도 채워버렸다. 벽에서도 그 냄새가 났고 이불

에서도 그 냄새가 났고 누나의 옷에서도 할머니의 머리칼에서도 났고 밤늦게 방문을 안에서 잠그고 난 후 할머니와 누나와 내가 손가락에 침을 발라가며 차례차례 셈해보는 돈에서도 그 냄새가 났다. "아유, 기름 냄새!" 하며 내과병원의 여드름 많은 간호원은 내가 어머니를 만나기 위하여 병원 안에 들어서면 손바닥으로 코를 막았고 "고깃기름 냄새가 별로 좋지 않구나"라고 어머니도 그 하얗고 가죽만 남은 손으로 내 등을 쓰다듬으며 말씀하셨다. 그러나 그 냄새는 이젠 나조차도 휩싸버렸다. 이제 나는 그 냄새가 좋지도 않고 싫지도 않다.

염소는 힘이 세다. 그러나 우리 집 염소는 보름쯤 전에 죽어버렸다. 이제 우리 집에 힘센 것은 하나도 없다. 힘센 것은 모두 우리 집의 밖에 있다. 염소 고깃국을 사먹으러 오는 사람들은 모두 우리 집의 밖에서 우리 집으로 들어왔다. 따라서 그 사람들은 기운이 세다.

기운 센 사람들은 사흘 만에 염소 한 마리씩 삼켜버린다. "겨울철엔 뭐니 뭐니 해도 염소 고깃국이 제일이거든. 한 그릇 먹고 나면 얼굴이 불그스름해지고 사타구니가 뜨뜻해진단 말야." 손님 중의 한 사람이 말한다. "요즘 자네 마누라는 볼이 홀쭉해졌겠군" 하고 다른 사람이 말한다. "예끼, 이 사람. 아닌 게 아니라 마누라도 가끔 데려와서 이걸 먹여야겠어." "동네가 요란해지겠군." 그들은 난 알 듯 말 듯한 얘

기를 주고받으며 높은 소리로 웃어댄다. 나는 그들이 좀 더 기운이 세어서 염소를 하루에 한 마리씩 뱃속으로 삼켜버리기를 원한다. "염소 고기에 소주 한잔이 없어서 될쏘냐?" 하고 어떤 손님이 말했다. "할머니, 술도 좀 가져다놓구 파시라우요" 하고 그 손님이 외쳤다. 많은 손님들이 술을 찾았다. "손님들이 술을 팔라구 해요"라고 나는, 어머니의 저녁밥을 바구니에 넣고 병원에 갔을 때 어머니께 얘기했다. "얘, 그건 안 된다. 술은 팔지 말라구 꼭 할머니한테 말씀드려라." 어머니는 손까지 내저으며 성나신 음성으로 말씀하셨다. 나는 정말로 그래야 할 것 같았다. 할머니께 내가 말했다. "엄마가 술은 절대로 팔지 말라구 하셨어." "오냐오냐, 술은 팔지 말아야지. 너 이젠 엄마한테 그런 얘긴 하지 말아야 돼. 엄마 병이 더해진단다"라고 할머니는 말씀하셨다. 그러나 할머니는 푸른색의 작은 술병들을 부엌 선반에 줄지어 세워놓고 손님들에게 술을 판다. 나는 할머니와 어머니가 마치 싸움이라도 할 것 같아서 서러웁다. 나는 어머니에게 술을 팔고 있다는 얘기는 하지 않았다. 나만 알고 있기로 하였다.

"이젠 단골손님이 좀 생겼니?" 어머니가 내게 물으셨다. "조금씩 생기는 것 같아요." 내가 대답했다. "장사를 하려면 단골손님을 많이 가져야 한단다." 어머니는 내 손을 만지작거리며 말씀하셨다. "광화문에서 꽃을 팔 때 내게 오는 단골손님이 꽤 많았단다. 그중에서 거의 날

마다 내 꽃을 팔아주는 사람이 있었단다. 내가 그 앞에 꽃바구니를 놓고 앉아 있는 건물은 은행인데 그 사람은 그 은행에서 일하고 있는 젊은 남자였지. 머리를 깨끗이 빗어 넘기고 동그란 안경을 쓴 사람이었어……." "엄마, 나도 한 번 봤어" 하고 내가 말했다. "언제더라? 내가 엄마한테 학급비 타러 갔을 때 그 사람이 우리 앞을 지나가면서 엄마에게 절했잖어? 저 사람이 내 꽃을 많이 팔아준다구 그때 엄마가 그랬잖어?" "그랬던가?" 어머니는 말씀하셨다. "아마 그랬을지도 몰라. 내 앞을 지나갈 때 항상 인사를 했으니까. 난 한번 물었지, 꽃을 거의 날마다 사가지고 가서 어디에 쓰느냐구 말야. 그랬더니 자기 약혼자가 꽃을 아주 좋아한다는 거 아니겠니?" "약혼자는 색시지?" "맞았다. 결혼하기로 약속한 사람이란 뜻이야. 나도 한번 그분의 약혼자를 보았지. 아주 이쁘고 키가 날씬한 여자였단다. 한번은 그분의 심부름으로 어느 다방으로 그 여자를 만나러 간 적이 있지 않았겠니! 그 두 사람이 시간 약속을 했는데 남자에게 급한 일이 생겼기 때문에 내가 남자의 부탁으로 여자에게 간 거야. 1시간쯤 기다려줬으면 좋겠다고 내가 말하니까 그 여자가 방긋 웃으면서 말하더라. 아주머니, 몇 시간이고 기다리겠단다고 좀 전해주세요라고. 참 좋은 사람들이었어."

염소는 힘이 세다. 염소는 죽어서도 힘이 세다. 가마솥 속에서 끓여

지는 염소도 힘이 세다. 수염이 시커멓고 살갗이 시커멓고 가슴이 떡 벌어졌고 키가 크고 손이 큰 남자들도 가마솥 속의 염소에게 끌려서 우리 집으로 들어온다. 염소는 우락부락하게 생긴 사람만 일부러 골라서 우리 집으로 끌어들일 만큼 힘이 세다.

우리 집 쪽대문에서 스무 발짝쯤 떨어진 곳에 합승 정거장이 있다. 한 남자 어른이 항상 거기에 서 있다. 그 사람은 어떠한 합승이 올지라도 타지 않는다. 다만 그 사람은 항상 거기에 서서, 합승의 여차장이 내미는 종잇조각에 무언가 적어주고 있기만 한다. 그 사람은 합승 회사에서 내보낸 사람으로서 운전수들이 회사에서 정해준 시간을 잘 지키고 있나 없나 조사하러 나와 있는 사람이라고 한다. 마흔 살쯤 먹은 사람이다. 방한모자를 쓰고 있고 낡은 오버를 입고 있고 두껍고 커다란 가죽장갑을 끼고 있다. 코가 납작하고 턱이 뾰족하고 두터운 입술이 바나나만큼이나 크다. 그 사람도 우리 집 단골손님이다. 이젠 고깃국을 먹지 않더라도 틈틈이 우리 집에 들어와서 불을 쬐며 할머니와 큰 소리로 얘기를 주고받는다. "할머니, 영감님은 언제 돌아가셨소?" 하고 그 남자는 소리쳐서 묻고 낄낄댄다. "늙은이를 놀리면 죽어서 지옥에 가는 거야." 할머니가 외치신다. "술 한잔 주슈" 하고 그 남자가 외친다. "술값을 내야만 주지." 할머니가 외치신다. "아, 월급 나오면 어련히 드리겠수. 소주 한잔 살짝 덥혀서 줘요." "이 선생은 너

무 술을 좋아해서 망할 거야"라고 할머니는 말씀하시면서 술을 준다. 나는 그 남자가 기분 나쁘다. 그러나 그 남자는 내가 귀여운 모양인지 이따금 내 머리를 주먹으로 툭 치며 히이 웃는다. 내 누나의 엉덩이를 손바닥으로 탁 치기도 한다. 그럴 때 누나는 손에 들고 있던 것, 이를테면 물이 든 바가지라든가 국자라든가 연탄집게를 그 남자를 향하여 내던지며 소리 지른다. "제발 좀 그러지 마세요." 그러면 사내는 온몸에 물을 뒤집어쓰고도 끄떡없이 히이 웃으며, "선아 중매는 내가 서야지"라고 말한다. 눈이 많이 내려서 집 앞 한길을 달리는 차들이 바퀴에 쇠줄을 감고 찍찍거리며 달리던 날, 나는 뒤안에 있는 헛간—우리 집 염소가 살아 있을 때엔 염소의 우리로 쓰던 곳으로 갔다. 그곳으로 연탄을 가지러 간 누나가 오지 않아서 누나와 연탄을 가지러 갔던 것이다. 나는 헛간문 앞에서 갑자기 덜덜 떨리는 몸을 움직일 수가 없게 되어버렸다. 가마니로 문을 가린 헛간 속에서 끼익끼익 하는 무서운 소리가 났기 때문이다. "괜찮아, 괜찮아, 이러지 말아, 오오 귀엽지, 자아 자아……"라고 굵고 낮은 사내의 목소리가 들렸고 횃대에서 닭이 쥐를 보고 놀라서 푸다닥거리는 듯한 소리도 들렸다. 나는 누나에게 큰 변이 생긴 것을 직감했다. 그러나 무서워서 몸을 움직일 수가 없었다. 한참 만에야 겨우 몸을 움직여서 가마니와 헛간문의 기둥 틈으로 안을 들여다보았다. 합승 정거장의 사내가 아랫도리를 반쯤 벗

은 채 한 손으로 누나의 입을 틀어막고 누나의 몸 위에 엎드려져 있었다. 누나의 발이 힘없이 허공을 차고 있었다. 나는 어찌해야 좋을지 몰랐다. 할머니에게 알려야 한다는 생각밖에 들지 않아서, 뛰어서 방으로 들어왔다. 할머니는 이제 막 나간 손님들이 앉아 있던 식탁을 행주로 닦고 계셨다. 나는 할머니에게 어서 알려야 한다는 마음과는 반대로 입이 영 열리지 않았다. 목구멍 속이 뜨겁기만 했다. 결국 아무 소리도 못 하고 마루로 나와버렸다. 그때 합승 정거장의 사내가 집 모퉁이를 돌아 나오고 있었다. 나는 있는 힘을 모두 내 두 눈 속에 모으고 그놈을 쏘아보았다. 그놈은 핏발이 선 눈을 묘하게 오그리며 히이 웃고 아무 말 없이 대문 밖으로 나가버렸다. 나는 헛간으로 달려갔다. 누나는 더러운 짚더미에 머리를 처박고 어깨를 들먹이며 울고 있었다. 누나의 치마가 조금 걷어 올려져서 드러나 보이는 하얀 허벅다리에 피가 조금 묻어 있었다. "누나아!" 하고 나는 고함질렀다. 누나는 퍼뜩 고개를 들어 나를 올려다보았다. 온 얼굴이 눈물로써 범벅이 되어 있었다. 누나가 내 다리를 감싸 안으며 다시 소리를 죽여 울었다. 그놈은 그 후로도 뻔뻔스럽게 우리 집에 드나들었다. 매일 서너 차례씩 들렀다. 그놈이 대문으로 들어서기만 하면 누나는 얼른 부엌 속으로 들어가서 그놈이 다시 대문 밖으로 나갈 때까지 밖에 나오지 않았다. 나는 누나와의 약속대로 할머니에게도 병원에 누워 계신 어머니에게도 그

얘기는 하지 않는다. 나와 누나는 가끔 둘이서만 있게 되면 그놈을 어떻게 죽여버릴 수 있을까 하고 작은 소리로 의논하였다. 그러나 그 방법은 전연 생기지 않는다.

염소는 힘이 세다. 염소는 죽어서도 힘이 세다. 가마솥 속에서 끓여지는 염소도 힘이 세다. 수염이 시커멓고 살갗이 시커멓고 가슴이 떡 벌어졌고 키가 크고 손이 큰 남자들도 가마솥 속의 염소에게 끌려서 우리 집으로 들어온다. 염소는 우락부락하게 생긴 사람만 일부러 골라서 우리 집으로 끌어들인다.

그 사람은 키도 작고 우락부락하게 생기지도 않았지만 힘이 센 듯했다. 그 사람과 함께 온 검은 유니폼을 입은 순경보다 더 힘이 센 듯했다. 염소가 왜 그 사람조차 우리 집으로 끌어들였는지 모르겠다. 염소는 힘자랑이 몹시 하고 싶었던 모양이다. 그 사람이 할머니에게 말했다. "허가도 내지 않고 술을 팔고 음식을 팔면 어떻게 되는지 정말 몰랐단 말요." 할머니는 벌벌 떨며 말씀하셨다. "몰랐습니다. 정말 몰랐습니다. 허가를 어떻게 하면 내는 줄도 몰랐습니다." 누나는 부엌 속에서 떨고 있었고 나는 방 속에서 이불을 뒤집어쓰고 벌벌 떨고 있었다. "누가 이 집 주인이오?" 순경이 말했다. "우리 며느리가 주인입니다. 저두 주인이구……." "며느님은 어디 있어요?" 순경이 말했다.

"병을 앓아서 요 앞 병원에 입원해 있어요." "남자는 없어요?" 순경이 말했다. "왜, 있지요." "어디 갔어요?" 할머니가 방 안에 숨어 있는 나를 부르셨다. 나는 무서움에 질려서 비틀비틀 마루로 나갔다. "남자 어른 말예요, 어른" 하고 세무서에서 온 사람이 할머니 귀에 대고 소리쳤다. "어른은 없어요. 전쟁통에 모두 죽었어요." 할머니가 울먹거리며 대답하셨다. "며느님한테 갑시다." 순경이 말했다. "우리 며느리는 아무것도 몰라요. 제발 빕니다. 우리 며느리는 죽어요. 며느리한테는 가지 마세요." 할머니가 손을 비비며 말씀하셨다. 두 남자는 무어라고 수군거렸다. 한참 동안 수군거렸다. 그리고 할머니에게 순경이 말했다. "오늘부터 당장 그만두시오, 할머니. 그렇잖으면 징역 삽니다. 꼭 장사를 하시려면 구청에서 허가를 받구 해야 됩니다. 아시겠어요! 할머니?" 할머니는 고개를 여러 번 끄덕거리며 대답하셨다. "알았습니다, 나으리." 그 사람들은 돌아갔다. 누나와 나는 병원의 어머니한테로 달려갔다. "우리가 잘못한 거야"라고 어머니가 말씀하셨다. "이젠 그만 집어쳐요, 엄마. 우리 그 장사는 그만 집어쳐요"라고 말하면서 누나는 어머니 무릎에 얼굴을 대고 울었다. "무서워요. 무서워죽겠어요." 계속해서 누나가 말했다. "살기란 힘든 거란다." 어머니가 힘없이 말씀하셨다. 나는 아무 말도 하지 않았다. 할머니가 나를 아저씨에게 보내셨다. 아저씨는 말했다. "세금을 내면서 그 장사를 하려면 음

식값을 많이 받아야 한다. 음식값을 많이 받으면 누가 그걸 사먹으러 오겠니? 순경 말은 못 들은 체하구 그냥 계속하라구 할머니한테 그래라." 그러나 우리는 아저씨의 말을 따를 수가 없었다. 우리는 문을 닫았다. 어머니는 아직 덜 나으신 몸을 집으로 다시 옮겼다. 누나가 새벽 4시에 일어나서 청계로에 나가서 꽃을 받아왔다. 누나는 아침부터 꽃바구니를 들고 종로로 나갔고 어머니는 오후에 누나의 것보다는 작은 꽃바구니를 들고 소공동 쪽으로 나가셨다.

염소는 힘이 세다, 죽어버린 염소도 힘이 세다. 앓는 어머니를 소공동 쪽으로 밀어 보낼 만큼 힘이 세다.

나는 학교가 파하면 소공동으로 간다. 어머니 곁에 앉아서 책을 읽는다. 책을 읽다가 심심해지면 종로에 있는 누나에게로 간다. 누나는 자기 곁에 앉아 있는 사탕 장수 아주머니에게서 사탕 한 알을 얻어 나를 준다. 어느 날 누나가 말했다. "그놈이 오늘 점심때 나를 찾아왔어." 누나의 음성은 무서움으로 떨고 있는 듯했다. "뭐라구 그랬어?" 내가 물었다. "난 암말도 않고 있었어. 미안하다구 나한테 그러지 않겠어!" "그래서?" "암말두 안 했어. 그랬더니 나한테 점심 사줄 테니 따라오래." "그래서?" "난 안 따라갔어." "잘했어" 하고 내가 말했다. "그놈은 그냥 갔어?" "응, 그냥 갔어." "누나, 무섭지?" "응." 누나는 내

358

손을 꼬옥 쥐며 말했다. "내가 권총 한 개만 있으면 그놈을 그저……."
"그러면 감옥살이하니까 그건 안 돼." 누나는 근심스런 눈빛으로 나를 보며 말했다. 그런데 누나는 거짓말쟁이였다. 어느 일요일 오후에 나는 누나를 찾아갔다. 항상 앉아 있던 자리에 누나가 보이지 않았다. 사탕 장수 아주머니에게 물어보았지만 누나가 어디 갔는지 모른다고 그 아주머니는 대답했다. 나는 종로 2가에서 동대문까지 천천히 걸으며 누나를 찾았다. 길가의 장사꾼들 틈을 살펴보았지만, 땅콩 장수가 가장 많다는 사실밖에 발견하지 못했다. 건물과 건물 사이에 있는 지저분하고 좁은 골목들도 모두 살펴보았지만, 그 골목들 속엔 '여관'이라는 간판이 가장 많다는 것밖에 발견하지 못했다. 동대문을 지나서 저쪽으로 갔을 리는 없었다. 그쪽에 꽃을 살 만한 사람들은 없는 것이다. 그래도 혹시나 하고 나는 교통순경의 눈을 피하여 동대문의 쇠창살을 넘어 들어가서 돌계단을 밟고 올라가 숭인동 쪽 거리와 서울운동장 쪽 거리를 내려다보았다. 사람들이 너무 많아서 아무것도 보이지가 않는 형편이었다. 동대문 건물 속의 음산한 마루에만, 거기에 귀신이 숨어 있는 것 같은 느낌이 자꾸 들어서, 신경이 쓰였다. "이놈!" 하고 성벽 아래에서 누가 외쳤다. 내려다보니 교통순경이 나에게 내려오라는 손짓을 했다. 나는 겁이 나서 다른 쪽으로 도망갈 수가 없을까 하고 사방을 두리번거렸다. "빨리 내려오지 못해?" 순경이 다시 고

함을 질렀다. 도망갈 길은 아무 데도 없었다. 나는 후들거리는 다리를 간신히 가누며 밑으로 내려왔다. 순경이 따귀를 철썩 때렸다. 불이 번쩍하며 눈앞이 캄캄해졌고 바지에 오줌을 질금 싸버렸다. "이놈, 정신 차려. 다시는 올라가지 마, 알았어?" 순경이 말했다. "네" 하고 나는 울음이 터질 듯해서 입술을 깨물며 겨우 대답했다. "다시 한번 큰 소리로 대답해. 알았어?" "넷." 동대문까지 오던 길을 다시 거슬러가며 길가를 살폈지만 누나는 어디에도 없었다. 차라리 광화문 쪽으로 먼저 가볼 걸 잘못했다고 생각하면서도 나는 좌우로 눈을 열심히 돌렸다. 파고다공원 앞에 왔을 때 나는 길 건너 저쪽에 누나 같은 여자를 보았다. 걸음을 멈추고 자세히 보았더니 틀림없는 나의 누나였다. 그러나 놀랍게도 누나 곁에는 그놈이 붙어 서서 누나와 나란히 걷고 있었고 누나의 꽃바구니는 어디 있는지 보이지 않았다. 누나는 고개를 조금 숙여 길바닥을 내려다보며 걷고 있었고 그놈은 마치 자기 딸이라도 데리고 가는 듯이 거만한 걸음걸이로 걸어가고 있었다. 나는 그들이 혹시라도 나를 발견할까 봐 얼른 파고다공원 안으로 뛰어 들어갔다. 그리고 쇠창살 틈으로 길 저편의 그들을 바라보았다. 그놈이 누나에게 무어라고 말을 하는 모양이었다. 놀랍게도 누나는 웃는 얼굴로 그놈에게 무어라고 말을 했다. 그들의 모습이 건물에 가려진 내 시야의 밖으로 나가버렸다. 나는 쇠창살에 이마를 댄 채 오랫동안 가만

히 서 있었다. 쇠창살은 무척 차가워서 내 이마는 금방 꽁꽁 얼어버렸다. 이윽고 나는 느릿느릿 공원 밖으로 나섰다. 길의 어느 곳에서도 그들의 모습은 보이지 않았다. 나는 고개를 힘껏 숙이고 주먹으로 자꾸 샘솟는 눈물을 닦으며 천천히 걸었다. 내 가슴이 무섭게 뛰고 있는 것을 느꼈다. "정민아!" 하고 누가 내 이름을 부르는 소리가 들렸다. 누나의 목소리라는 것을 금방 알아채었다. 고개를 돌려보니 누나는 사탕 장수 아주머니의 옆 자기 자리에 꽃바구니를 천연스럽게 놓고 앉아서 나를 부르고 있는 것이었다. 나는 언젠가 그놈을 향하여 그랬었던 것처럼 온 힘을 두 눈에 모으고 입을 꼭 다물고 누나를 쏘아보며 서 있었다. 누나의 얼굴이 하얘지며 후다닥 자리에서 일어섰다. 그리고 나에게 빠른 걸음으로 걸어와서 말했다. "너 왜 그러니?" 누나의 입에서 짜장면 냄새가 풍겨 나왔다. "더러워" 하고 나는 말했다. "더러워, 저리 가!" 누나가 내 양쪽 어깨를 자기의 두 손으로 아플 만큼 눌러 쥐었다. "아무것도 아냐. 나도 취직할 수 있을 뿐인걸." 누나의 목소리는 떨고 있었다. 나는 힘차게 어깨를 흔들어 누나의 손을 뿌리쳤다. 그리고 사람들을 비켜가며 빨리빨리 걸었다.

누나가 타고 있는 합승이 처음으로 우리 집 앞을 지나는 날, 나는 집 앞의 길에서 누나의 차가 오기를 기다리고 서 있었다. 할머니도 쪽대문을 열고 밖으로 나오셔서 나에게 "아직 안 오니?" 하고 내게 물으

셨다. "아직 안 와요"라고 내가 대답하면 할머니는 다시 집 안으로 들어가셨다가 얼마 되지 않아서 또 나오셔서 "아직 안 오니?" 하시는 것이었다. 아무것도 모르는 할머니는 항상 합승 정거장에 서 있는 그놈에게 "고마워요, 이 선생" 하고 말하시지만 나는 그놈의 얼굴도 쳐다보지 않는다. 나는 우리 염소를 생각해본다. 그놈은 무척 힘이 세었다. 그놈이 죽어버리니까 우리 집에 힘센 것은 하나도 없게 되어버렸다. 그러나 염소는 죽어서도 힘이 세다. 어쨌든 누나를 힘세게 만들어주었다. 누나가 타고 있는 합승의 번호가 거리의 저쪽에 나타났다. 내 가슴은 갑자기 뛰기 시작했다. 얼굴이 아무리 그러지 않으려고 해도 뜨겁게 달아올랐다. 나는 길가에 서 있기가 힘들었다. 나는 집 안으로 뛰어 들어갔다. "할머니이" 하고 나는 집 안을 향하여 고함쳤다. "누나차가 왔어 빨리빨리—" 할머니는 어금니가 세 개밖에 남아 있지 않은 합죽한 입에 웃음을 가득 담고 허둥지둥 뛰어나오셨다. 나와 할머니는 썩어가는 우리 집의 판자담 틈에 눈을 붙였다. "오라잇!" 하고 누나의 목소리가 들린 듯했다. 분홍색 합승이 우리 집 쪽대문 앞 한길을 부르릉거리며 지나갔다. 차창 그 안에서 누나가 승객들을 향하여 무어라고 말하며 손짓을 하고 있는 게 보였다. "정민아!" 하고 할머니가 내게 말씀하셨다. 나지막하게 말씀하시려고 했던 모양이지만 그러나 우리 귀머거리 할머니의 음성은 항상 힘이 세다. "할머니!" 하고 나도

중얼거렸다. 누나의 차가 남기고 간 푸르스름한 연기가 길 위에서 어지럽게 감돌고 있었다.

(1966)

건

전날 저녁 산에 숨어 있던 빨치산들의 습격 때문에 아침에 살펴보니 시(市)는 엉망진창이 되어 있었다. 밖에 다녀온 아버지는 시 방위대가 다행히 일선의 전투 부대나 다를 바 없는 장비와 인원을 가지고 있었으므로 해가 뜰 무렵엔 빨치산들이 다시 산으로 도망쳐버렸지만 그러나 시가 입은 파괴는 엄청난 것이라고 퍽 흥분된 말투로 형과 내게 알려주는 것이었다.

우리 집은 비교적 높은 지대에 자리 잡고 있기 때문에 사방이 산으로 둘러싸이고 얼마 크지 않은 이 시를 대강 다 내려다볼 수가 있는데, 시내의 여기저기에서 아직도 불타고 있는 건물들이 보이고 더러는 완전히 타버린 빈터에서 푸른 연기가 안개처럼 피어오르고 있는 것이 보이기도 했다. 매일 아침 잠자리에서 일어나는 대로 곧장 마당가에 나서서 보면 저 아래 시가지의 중심부에서 떠오르는 아침 햇살을 받고 황금빛으로 번쩍이는 유리창들을 거느린, 그래서 그것이 찬란한 왕궁처럼 생각키우는 시립병원의 멋있는 모습도 그날 아침에는 사라져버리고 잘못 탄 숯덩이 모양이 되어 있었다. 시립병원보다 좀 더 북쪽에 자리 잡은 방위대 본부에서는 아직도 불길이 오르고 있는데 소방차 두 대가 소화 작업을 하고 있는 게 보였다. 이 시에 소방차는 두 대밖에 없으니 모든 소방 시설이 이 방위대 본부에 집결한 셈이었다.

방위대 본부는 옛날 어느 굉장한 부호가 살던 저택인데 넓기도 넓지만 우선 나무가 많아서 먼 곳에서 보면 마치 숲이 울창한 공원 같은 느낌이 드는 아름다운 곳이었다.

재작년, 6·25가 터져서 인민군이 진주했을 때 인민군들이 군사 본부로 사용하며 여러 가지 시설을 해놓았는데, 인민군이 쫓겨 가고 그 뒤에 시 방위대가 생겨서 그 본부로 사용하게 된 것이지만 그러나 6·25도 나기 전엔 그 집은 아무도 살고 있는 사람이 없어 썩어가는 빈집으로서 우리들 아이들의 놀이터가 되어주었었다. 온 시내에 있는 애들이 모두 들어와서 놀아도 좁지 않을 정도로 단순히 넓다기보다는 여러 가지로 재미있게 꾸며져 있는 곳이었다. 물이 말라버린 못에는 괴석(怪石)을 이리저리 얽어 붙여서 내 작은 몸뚱이가 들어가 숨을 수 있을 만큼의 동굴 따위가 여러 개 만들어져 있기도 하고, 문을 열면 또 문이 있고 그 문을 열면 또 문이 있고 이렇게 다섯 개의 문이 가지각색의 장식으로 꾸며져서 달려 있는 연회색의 커다란 창고가 있고 또 바람이 불어도 그 안에 세운 촛불이 꺼지지 않는다는 석등이 서양 사람처럼 큰 키로 서 있기도 하고, 그러나 내가 가장 잊을 수 없는 것은 그때는 이미 거의 썩어버린 다다미가 깔린 넓은 안방인 것이었다. 아니 안방이 아니라 안방의 동쪽 벽 아래에 깔린 다다미 한 장을 들어내면 나무로 된 마룻바닥이 드러나고 그 바닥엔 위로 들어 올리도록

된 문이 있는데 그것을 열면 그 밑에 나타나는 어두컴컴한 지하실인 것이다. 아아, 하루 종일 그 지하실에 틀어박혀 우리들은 얼마나 가슴 뛰는 놀이들을 하였던가.

애들 중에서 그림을 제일 잘 그리던 내가 그 지하실의 백회벽(白灰壁)에 크레용으로 그림을 그리면 한 아이는 초 동강이에 불을 켜서 들고 나의 손이 움직이는 방향으로 불빛을 보내주었고 그리고 나머지 아이들은 부러움과 감탄의 눈초리로 내가 그리는 그림을 바라보고 그 그림 속에서 많은 얘기를 끄집어내어서 지껄이며 떠들고 그 그림을 자기들이 그린 것처럼 아껴주고 다른 마을의 애들을 끌고 와서 자랑도 해주곤 했다. 그중에서도 미영이라는 계집애를 잊을 수가 없다. 내게 크레용을 갖다주기도 하고 학교에서는 연필이나 연필꽂이를 나누어주던 미영이. 1학년 때 어느 날이었던가, 이상스럽게도 둘만 그 지하실에 남게 되었을 때 나는 자신도 알지 못하는 사이에 불쑥 미영이를 꽉 껴안아버렸었다. 그러자 미영이는 깜짝 놀라서 울음을 왁 터뜨리더니 그만 무안해진 내가 손을 풀자 느닷없이 자기가 쥐고 있던 하얀색 크레용을—분명히 하얀색이었다—내게 내밀며, 이쁜 꽃 그려봐 하는 것이어서, 하얀색의 벽에 하얀색의 크레용으로 무슨 그림을 그리라는 말인지, 이번에는 내가 어리둥절해버린 적이 있었다. 두 볼이 유난히 빨갛던 미영이도 지금은 없다. 재작년 6·25때 피난을 아주

멀찌감치 일본으로 가버리고 아직도 돌아오지 않는 것이었다. 미영이네 집은 우리 집과 아주 가까운 곳에 있는데 지금은 그 집 대문에 '매가(賣家)'라는 글이 쓰인 더러운 종잇조각이 붙어 있는 빈집이 되어 있었다.

어느 날엔가 방위대도 물러가면 그때는 기어코 다시 그 지하실의 벽화들 앞에 마주 서보리라 마음먹고 있었는데 그날 아침 나는 절망 같은 걸 느끼지 않을 수 없었던 것이다.

사실은 그렇지 않은데도 내게는 온 시내가 푸른색의 짙은 안개 속에 잠겨 있는 것처럼 느껴졌다. 그 위를 엷은 햇살이 어루만지고 있어서, 전날 저녁의 그렇게도 소란스럽던 총소리, 수류탄 터지는 소리, 야포 소리들이 그리고 그날 아침의 살풍경한 시가지까지도 희미한 옛날의 기억일 뿐이라는 생각이 들었다. 그저, 그동안 못 느끼고 있었는데 갑자기 가을이 이 분지도시에 찾아와서 모든 것을 퇴색시켜놓았다는 느낌뿐이었다. 확실히 깊은 가을이었다.

아침밥을 먹으면서 아버지는 공비들이 산에서 겨울을 날 물자를 약탈하러 대담하게도 이 시까지 습격해온 것이었다고 설명해주었다. 형은 하필 엇저녁에 습격 올 게 뭐냐고 불평이 대단했다. 고등학교 2학년에 다니는 형은 벌써 몇 주일 전부터 자기 친구들과 함께 남해안으로 무전여행 떠날 계획을 세워왔는데, 그날이 바로 출발 예정일이었

던 것이기 때문에 형의 불평은 당연한 것이었다. 형의 어둑어둑한 방에 우글우글 모여앉아서 그들이, 오오 빛나는 남해여, 어쩌고 낯간지러운 몸짓들을 하면서 대단히 열성적인 태도로 계획을 짜온 것을 나는 알고 있었다.

"형, 정말 돈 한 푼 없이 여행하는 거야?"

하고 내가 물으면

"그럼, 청년의 꿈은 어디든지 여행할 수 있는 거다. 그렇지만 너 같은 빼빼는 아무리 자라도 이런 일을 못 한다. 저 방에 가서 염소 그림이나 그리고 엎드려 있어. 어서 가."

하며 나를 몰아내버리고 자기들끼리만 쑤군쑤군하곤 했었다.

형은 빨치산들의 습격이 있었으니 경비가 더 심해질 것이고 그렇게 되면 아무래도 장거리 여행은 불가능해진다는 걱정이었다. 아버지는, 망할 자식, 그러기에 내가 그런 짓은 아예 할 생각도 말라니까 자꾸 하더니 빨갱이들이 내려왔지 하며 엉뚱한 평계로 형의 기분을 더욱 상하게 해주었다.

학교에 가면 엊저녁의 일로 재미있는 얘기들이 많을 것이다. 나는 벌써부터 학급 애들이 쉬임 없이 종알대는 입들을 보는 듯싶어서 기쁨에 가슴이 두근거렸다. 나는 책보를 얼른 챙겨가지고 내리막길을 바쁘게 달려 내려갔다. 달려가다가 길이 굽어지는 곳에서 나는 윤희

누나를 만났다.

"너희 집은 아무 일 당하지 않았니?"

하고 윤희 누나가 먼저 인사를 했다. 나는 고개를 끄덕였다. 여고 교복을 입지 않고 한복 차림인 윤희 누나를 길에서 보는 것은 처음이었다. 우리 이웃에 살고 있기 때문에 나는 누나라고 부르지만 사실은 딴남인 것이었다. 언젠가 기막히게 심이 굵은 4B 도화 연필을 내게 준 적이 있는데 학교에서 그걸 그만 도둑맞았었기 때문에 그 누나를 대할 때마다 나는 뭔가 죄를 지은 기분으로 어깨가 움츠러드는 것이었다. 그러나 그날 아침, 내가 그 누나 앞에서 쭈뼛쭈뼛했던 것은 그런 죄의식 때문이 아니라 쓸쓸하도록 갑자기 찾아온 가을 속에서 윤희 누나가 그 한복 차림 때문에 물이 증발하듯이 어디론가 스르르 날아가버릴 것만 같은 느낌이 자꾸 들어서였다.

"우리 친척들도 다행히 아무 일 없었단다."

윤희 누나는 싱긋 웃으며 활발한 말투로 얘기했다. 친척들 집에 안부를 물으러 다녀오는 길인 모양이었다. 윤희 누나는 아직 완전한 어른이 아니지만 자기 식구라곤 어머니와 나보다 나이 어린 계집애 동생 하나뿐이기 때문에 자기 집에선 제법 어른 행세를 하였다.

나도 윤희 누나를 따라서 웃으며 또 고개를 끄덕였다. 그러자 누나는 엄청난 소식을 알려주는 것이었다.

"너 빨갱이 한 사람 죽은 거 아니?"

그것도 그때 내가 서 있는 곳에서 얼마 멀지 않은 곳에 있는 벽돌 공장에 총에 맞아 죽은 빨치산의 시체가 엎드려 있다는 것이었다.

"봤어?"

하고 나는 잠시 후, 내가 생각해도 가련할 정도로 자신 없는 목소리로 그러나 잔뜩 힐난하는 듯이 윤희 누나에게 물었다.

"응."

누나의 대답은 짤막했기 때문에 나는 누나의 얘기가 사실이라고 믿었다.

엎드려 죽어 있는 빨치산의 시체다. 나는 아직 보지 않았지만 내 눈앞에 그걸 또렷이 보는 듯싶었다. 그러자 전날 밤 총격전의 그 모든 것이, 찢어지는 듯한 음향들과 오늘 아침 흥분을 뒤덮으면서 찾아온 이상하도록 조용함이 쉽게 넘겨버려도 좋은 악몽 같은 것이 아니라, 내가 지금 감히 생생하게 상상되는 빨치산의 시체를 남겨주기 위한 것이었다는 현실감이 꿈틀거렸다.

"너 가볼래?"

윤희 누나는 근심스런 눈빛으로 내게 물었다. 나는 잠깐 고개를 들어서 누나를 보고 있었다. 예쁘게 생긴 코끝에 이슬 같은 땀이 송글송글 모여 있었다. 나는 얼른 시선을 비키며

"그거⋯⋯ 재미있어?"

하고 일부러 야비한 맛을 담뿍 섞은 말투로 되물었다.

"응, 재미있어."

윤희 누나는 분명히 얼결에 그렇게 대답을 해버렸다. 나는 픽 웃음이 나왔다. 누나도 멋쩍은 듯이 웃었다.

"가볼 테야."

하고 나는 누나에게 말하고 좀 더 빠른 속도로 곧장 학교로 달려갔다. 누나가 가르쳐주었다고 해서 금방 시체가 있는 벽돌 공장으로 달려간다는 것이 어쩐지 쑥스럽기도 했지만 그보다는 그때 나의 가슴을 후비고 드는 현실감을 조금씩 조금씩 시간을 끌며 맛보리라는 계산에서 나는 바로 학교로 향해버렸던 것이다. 내 책보 속에서 필갑(筆匣)이 찰그락거리는 소리가 울려나오는 것에 귀를 기울이며 나는 힘껏 달려갔다.

학교 교문에 닿았을 때는 숨이 차서 목구멍이 쌔애 쓰렸다. 예상했던 대로 애들은 교실 밖에서 벽에 등을 기대고 햇볕을 쬐며 전날 저녁에 일어난 여러 가지의 사건들을 얘기하고 있었다. 어떤 애들은 신주머니에 하나 가득히 탄피를 주워가지고 자랑을 하고 있었다. 모두들 몇 개씩의 탄피는 주워들고 있었다.

시립병원 근처에 살고 있는 애 하나는 시립병원이 불더미에 휩싸

였을 때, 아무래도 자기들 집에까지 불이 옮겨 붙을 것 같아서 살림살이를 밖으로 옮겨내는 데 저도 한몫 끼어서 혼자 힘으로 쌀 한 가마를 운반해내었다고, 아무래도 거짓말이 섞였을 얘기를 하고 있었다. 사정이 다급해지니까 자기도 알지 못할 힘이 솟아나더라고, 아주 어른스러운 말투였다. 그 얘기를 듣다가 나는 불현듯이 불타버린 시립병원이 보고 싶어졌다. 그러나 사실을 말하자면 방위대 본부인 그 저택, 내가 지금보다 더 어렸을 때 내 왕궁이던 그 저택의 타버린 모습이 보고 싶은 것이었지만 지금으로선 차마 처참한 모습으로 바뀌었을 그곳에 갈 용기가 없어서 나는 시립병원 쪽을 택한 것이었다. 나는 그 애에게 시립병원의 폐허를 함께 구경 가자고 손가락을 걸어 약속했다. 오후에 내가 그 애 집으로 찾아가기로 하고 나서 나는 여러 애들을 천천히 돌아보며 엄숙한 목소리로, 숨기고 싶은 생각이 보다 간절한 나의 중대한 뉴스를 꺼내었다. 내 솔직한 심정으로서는, 그 뉴스를 오직 나 혼자만이 간직하고 싶은 것이었지만 아무래도 그 뉴스가 몇 시간 후엔 전 시내에 파다하니 퍼져버릴 것은 뻔한 일이니 그럴 바에야 다른 사람보다 조금이라도 먼저 그걸 알고 있었다는 것만을 다행으로 여기고 얘기해버리는 게 영리한 일이었다.

"늬들, 빨갱이 죽은 거 아니?"

애들은 모두 입을 다물고 나를 돌아보았다. 다행이다. 아직 아무도

모르고 있었다. 그러나 그때에야 나는 깨달았다. 그걸 알고 있는 애들이라면 여기서 수업이 시작되기를 기다리며 거짓말이나 꾸며대고 있는 일 따위는 없으리라는 것을. 지금 그 시체를 삥 둘러싸고 있을 다른 애들을 생각하자 나는 안타까운 심정이 되었다.

"빨갱이 죽은 거 보고 싶으면 날 따라와라."

나는 아까 올 때보다 더 힘껏 달렸다. 내 뒤를 애들은 우 따라왔다. 애들은 기묘한 소리를 내지르기도 했다. 나는 이빨을 악물고, 애들의 맨 앞에 서서 달리는 것을 유지하기 위해서 힘껏 달렸다. 땀이 흘러서 내 입안으로 들어왔다. 나는 어지러움을 느꼈다. 학교에 오던 길을 거슬러가서, 나는 우리 집이 멀지 않은 벽돌 공장의 마당으로 뛰어 들어갔다. 벽돌 공장의 넓은 마당을 지나서 벽돌을 굽는 언덕 같은 가마를 삥잉 돌아서 우리는 구워진 벽돌을 쌓아놓은 곳으로 갔다. 그곳에 사람들이 모여 있었던 것이다. 우리는 이제 느린 걸음이 되어 개처럼 숨을 할딱거리며 그곳에 다가갔다. 나의 몸뚱이는 몹시 허청거렸다. 구역질이 날 것 같았다.

우리는 어른들의 틈 사이를 비집고 그 안을 들여다보았다. 한 사람이 땅바닥에 손발을 쭉 뻗고 엎드려 있었다. 얼굴은 이쪽으로 향하고 있고 땅바닥에 한쪽 볼이 처박혀 있는데 마치 정다운 사람과 얼굴을 비비는 형상이었다. 눈은 감겨져 있었다. 머리맡에 총이 떨어져 있고

허리에 찬 보따리가 풀어져서 그 속에 쌌던 밥이 흘러나와 땅에 흩어져 있었다. 가죽 끈으로 구두를 다리에 칭칭 얽어매어서 신을 신고 있다기보다는 신을 다리에 붙들어 매어놓은 듯했다. 길게 자란 수염과 헝클어진 머리칼, 그리고 다 해진 옷, 가슴에서 삐죽이 수첩이 내밀어져 있고 그 가슴에서 피가 흘러나와서 땅 속으로 스며들어 있었다. 아직 완전히 마르지 않은 피에서인지 짜릿한 냄새가 가볍게 공중으로 퍼지고 있었고 그렇다고 생각하고 있는 내게 그때 마침 불어오는 바람 때문에 시체의 머리카락이 살살 나부끼는 것이 보였다.

땅에 뿌려진 피와 머리맡의 총만 없었다면 그것은 영락없이 만취되어 길가에 쓰러진 한 거지의 꼬락서니였다. 그것은 간밤의 소란스럽던 총소리와 그날 아침의 황폐한 시가가 내게 상상을 떠맡기던 그런 거대한, 마치 탱크를 닮은 괴물도 아니고 그리고 그때 시체 주위에 둘러선 어른들이 어쩌면 자조까지 섞어서 속삭이던 돌덩이처럼 꽁꽁 뭉친 그런 신념덩어리도 아니었다. 땅에 얼굴을 비비고 약간 괴로운 표정으로 죽은 한 남자가 내 앞에 그의 조그만 시체를 던져주고 있을 뿐이었다.

"빨갱이 시체 구경도 한 이태 만에 하는군."

어느 영감이 그렇게 말하며 침을 탁 뱉더니 돌아서서 갔다. 몇 사람이 그 뒤를 이어 역시 땅에 침을 뱉고 가버렸다. 나도 그래야만 하

는 것처럼 땅바닥에 침을 뱉고 살그머니 사람들 틈을 빠져나왔다. 내가 몸을 돌렸을 때 두어 발짝 저편에 벽돌이 쌓여 있는 더미의 강렬한 색깔이 나의 눈을 찔렀다. 엉뚱하게도 나는 거기에서야 비로소 무시무시한 의지를 보는 듯싶었다. 적갈색과 자주색이 엉켜서 꺼끌꺼끌한 촉감의 피부를 가진 괴물이, 밤중에 한 남자가 몸을 비틀며 또는 고통을 목구멍으로 토하며 죽어가는 것을 바로 곁에서 묵묵히 팔짱을 끼고 보고 있다가 그 남자가 드디어 추잡한 시체가 되고 그리고 아침이 와서 시체를 구경하러 사람들이 몰려들었을 때, 나는 모든 걸 다 보았지 하며 구경꾼들 뒤에서 만족한 웃음을 웃고 있었다.

나는 고개를 얼른 돌려버렸다. 다시 시체가 있었다. 그리고 그 시체가 누운 거기에서 풀밭이 시작되었고 풀밭이 끝나는 곳에는 벽돌 만드는 흙을 파내오는 주황빛 언덕이 있었다. 그리고 그 언덕에서부터 까만색 레일이 잡초를 헤치고 뱀처럼 흐늘거리며 이쪽으로 뻗어오고 있었다. 아무래도 설명할 수 없는 감정을 던져주는 구도였다. 방금 잠깐 쑤시고 간 그 강렬한 색채들 때문에 나의 눈은 눈물이 나도록 쓰렸다. 나는 한 손으로 이마를 두드려 어지러움이 가시게 하며 휘청휘청 학교로 돌아왔다.

학교에서는 오전 수업만 했다. 그나마 우리 6학년은 간밤 전투로 몇 군데 허물어진 학교의 흙담을 고쳐 쌓느라고 수업을 1시간도 하지 않

았다. 냇가에서 굵은 돌을 날라다가 잘게 썬 짚을 버무린 묽은 흙덩이와 섞어서 담을 쌓기 때문에 우리의 옷과 손발은 흙투성이였다. 묽은 흙이 발라진 나의 손은 햇빛을 받고 마치 기름칠을 한 듯이 윤을 내면서 쉬임 없이 꼼지락거렸다. 담 고치는 일을 하는 동안 내처 애들의 화제는 주로 아침에 본 빨치산의 시체에 대한 것이었다. 그러나 나는 거기에 대해서 아무 말도 하지 않았다. 무엇을 얘기할 것인가? 내가 보았던 그 어설프고도 허망한 주황색 구도를 얘기할 것인가? 하지만 애들은 그걸 이해해줄 것인가? 그 빨치산의 옷차림이 마치 거지 같았다고? 그러나 빨치산이란 다 그런 거라고 애들은 툭 쏘아버릴 것이다. 그러면, 나는 그 시체가 갖고 싶었다는 얘기를 할 것인가? 그러나 그건 안 된다. 내가 그런 얘기를 입 밖에 내면 그런 생각은 눈곱만큼도 해보지 않은 애들까지 덩달아서, 나도 갖고 싶었다, 나도 나도, 할 터이니까. 그러면 무엇을 얘기할 것인지. 그렇다, 할 얘기란 없었다. 나는 그저 어지러움만을 느끼고 있었다. 학교가 파하자 애들은 불탄 곳들을 구경하러 가자고 나를 끌었다. 나는 시립병원 근처에 살고 있는 애에게만, 점심을 먹고 내가 그 애 집으로 찾아갈 것을 다시 한번 약속하고 집으로 돌아왔다.

형과 형의 친구들 몇 사람이 형의 방에 모여 있었다. 결국 무전여행은 연기되었나 보았다.

누군지가

"아침에 출발했으면 지금쯤은 벌써……."

하고 말을 꺼내자

"얘, 얘, 관둬. 시끄럽다."

하고 딴사람이 말을 막아버렸다.

그들은 비스듬히 누워 있기도 하고 벽에 등을 기대고 다리를 뻗고 앉아 있기도 하고 엎드려 있기도 하고, 자세가 가지각색이었다. 지난 얼마 동안 내가 보아왔던 그런 진지한—무릎을 서로서로 대고 뺑 둘러앉아서 얼굴에 미소를 띠던 그런 자세는 조금도 찾아볼 수 없었다. 무슨 크나큰 음모라도 꾸미듯이, 얘 넌 나가 있어, 하고 으스대던 형도 그날은 모로 누운 채 내겐 조금도 관심을 주지 않고 종이를 질겅질겅 씹다가 그것을 맞은편 벽에 탁 내뱉곤 하고 있었다. 그러자 어쩐지 그들의 우울이 내게도 전해지는 듯했다. 내게는 그들의 우울을 방해할 만한 무슨 기쁜 감정이라거나 하는 것은 처음부터 없었으므로 그것은 보다 쉽게 내게 전해올 수 있었다. 나는 꾸중을 듣고 나가는 것처럼 슬며시 형의 방문을 열고 밖으로 나와버렸다.

내 눈 아래로 시가지가 전개되고 있었다. 시가지 위에는 잔잔한 햇살이 내리쬐고 있었지만 그러나 시가지를 싸고 있는 대기는 아침에 보던 것보다 더 흐릿하기만 했다. 너무나 너무나 조용했다.

아버지와 형과 형의 친구들과 함께 점심을 먹고 있는데 반장이 찾아왔다. 반장은 아버지의 술친구였다.

"허어, 밥 먹고 있는 중이군."

반장은 무엇을 부탁하러 왔다는 눈치였다.

"무슨 일이 생겼어? 뭔가? 얘기해보게."

아버지가 물었다.

"어서 먹게. 식사 끝나면 얘기하지."

반장이 대답했다.

"괜찮아. 어서 얘기해."

아버지.

"좀 구역질나는 얘기가 되어서……."

반장.

"괜찮으니 어서 얘기해봐."

"그렇지만 이건…… 저 시체 말이야."

"시체?"

"응, 벽돌 공장에 뻗어 있는 놈 말일세."

"그런데?"

나는 벌써 숨을 죽이고 있었다.

반장의 얘기에 의하면, 시 당국에서는 그 시체의 처치를 시체가 있

는 장소를 관할하는 동회로 의탁했고 동회에서는 마찬가지 태도로서 반에 의탁해왔는데, 반장의 의견으로서는 시체를 처치하는 데 약간의 보수가 딸렸으니 이왕이면 아버지가 그 돈을 받아보라는 것이었다. 아버지의 직업이 비록 식육조합원이지만 하필 아버지에게 와서 그런 부탁을 하는 반장이 몹시 밉살스러웠다. 그러나 아버지는 의외로 선선한 대답을 하는 것이었다.

"그러지. 그런데 묏자리는 어디로 한다?"

"어디 이 근처 산에 갖다가 파묻기만 하면 돼."

하고 반장은 대답했다.

"점심 먹고 나서 나갈게."

아버지가 완전히 승낙을 하자 반장은 한시름 놓은 표정이 되어, 그럼 잘 부탁한다는 말을 남기고 갔다.

나는 이 모든 대화를 심장의 고동이 멈춘 듯이 창백하게 되어 듣고 있었다. 형과 형의 친구들은 불평 같은 것을 수군거리고 있었지만 그들의 말소리가 내겐 마치 꿈속에서 듣는 것처럼 아득하게 들렸다.

그 시체가 눈앞에 떠올랐다. 문득 애착이 가는 환상. 시체가 손발을 쭉 뻗고 엎드린 그 자세대로 공중에 둥둥 떠서 팔을 벌리고 서 있는 아버지에게로 날아오고 있다. 공중을 느릿느릿 비행해오는 시체는 가느다란 바람에도 흔들린다. 우선 시체의 머리카락이 쉬임 없이 흘

날리고 그럼으로써 시체는 그가 지니고 있던 모든 잡된 요소를 바람에 실어 보내버리고 이제야 태어나기 전의 사람, 아니 모든 것을 살았기 때문에 가장 가벼워져서, 마치 병아리의 노오란 한 개의 깃털처럼 가벼워져서, 공중을 나는 것이다. 그건, 부모나 친척이 아무도 없는 한 고아가 자기를 맡아주겠다고 나선 사람에게 약간 두려워하는 눈으로 한 걸음 한 걸음 다가오고 있는 어딘가 마음 한구석이 따뜻해오는 그런 환상이었다.

시체는 이제 괴로운 표정을 씻고 입가에 웃음을 싣고 있었다. 시체다. 시체가 우리의 차지가 된다. 우리의 손이 닿으면 시체는 웃음을 띤 채 살아날 것이다. 나는 아버지를 흘깃 올려다보았다. 아버지는 묵묵한 자세로 입에 밥을 퍼 넣고 있었다. 형들도 이제는 조용히 숟가락질을 계속하고 있었다. 나는 황급히 내 숟가락을 고쳐 쥐고 밥 먹기를 계속했다.

얼마 후 식사가 끝났을 때도 아버지는 시체 일 같은 건 다 잊어버렸다는 듯이 방바닥에 비스듬히 몸을 눕히고 담배를 피우기 시작했다. 나는 아버지의 동작 하나하나를 살피고 있었다. 아버지는 오랫동안 그처럼 태평스러운 몸가짐이었다. 그러나 이윽고, 끽연 때문에 누렇게 물든 손가락으로 콧구멍을 한번 후비고 나더니 이젠 자기 방에 가 있는 형을 우렁찬 목소리로 불렀다. 형이 우리가 있는 방으로 건너오

자 아버지는 대뜸

"너 이놈, 나하고 돈 벌러 가자."

하고 말하더니 두말 않고 자리에서 벌떡 일어나서 밖으로 성큼성큼 나가는 것이었다. 형의 얼떨떨한 표정, 그리고 안질 때문에 새빨간 아버지의 눈에 그림자처럼 살짝 스치고 가던 미소. 아아, 나는 얼마나 즐거웠던가. 한숨이 나오도록 유쾌했다. 아버지가 시체를 다루러 가는 모습이 몹시 우울하지나 않을까 하는 걱정을 약간 하고 있던 나는 무거운 책임을 벗은 듯한 기분이었다.

아버지가 지게에 괭이와 삽 등속을 지고 앞서 가고 내가 그 뒤를 그리고 형과 형의 친구들이 떠들썩하게 주절대며 내 뒤를 따라오고 있었다. 우리는 황토가 햇빛에 반짝이는 내리막길을 걸어 내려갔다. 형들의 높은 목소리들이 대기 속으로 멀리 메아리쳐가고 있었다.

그러나 막상 벽돌 공장 안에 있는 시체 곁에 서게 되자, 우리의 입은 모두 굳게 다물어져버렸다. 나로 말하자면 아침에 보았던 그 어설프고도 허망한 주황색 구도라고나 표현할 수밖에 없는 것이 똑같은 형태로 다시 나를 압박해옴을 느꼈다. 시체 곁에는 반장과 입회 순경과 그리고 그 시체의 고모가 된다는 노파 하나가 구경꾼들이 돌아가 주었으면 하는 표정들로 우두커니 서 있었다. 우리가 구경꾼들을 헤치고 들어갔을 때, 반장이 순경과 노파에게

"이분이 파묻어주시기로 됐습니다."

하고 아버지를 소개했다.

아버지는 묵묵히 시체를 내려다보고만 서 있었다. 노파가

"잘 부탁합니다……."

하고 말끝을 맺지 못하며 아버지에게 공손히 고개를 숙였다.

"저놈이 어디로 갔는가 했더니…… 글쎄 하필…… 빨갱이가 되어서…… 저 꼴로 돌아와서…… 폐를 끼쳐서 미안합니다."

노파는 아버지에게 다시 한번 고개를 숙였다. 나무로 짠 관이 준비되어 있었다. 아버지는 새끼로 대충 시체의 염을 하고 그것이 끝나자 시체를 관 속으로 집어넣었다. 형 친구 중의 하나가 아버지를 도왔다. 관 뚜껑을 닫기 전에 노파는 관 옆에 쭈그리고 앉아서 시체의 누런 얼굴을 손바닥으로 하염없이 쓸어주고 있었다. 노파의 가죽만 빼빼 남은 손이 느리나마 쉬지 않고 움직였고 그러고 있는 노파의 눈은 무겁게 감겨져 있었다. 반듯이 누운 시체 위에 관 모서리의 그림자와 바람이 하느적거리고 있었다.

산으로 가는 도중에는, 아버지가 지게에 짊어진 관이 규칙적인 사이를 두고 내는 덜커덕거리는 소리를 나는 듣고 있었다. 나뿐만 아니라 모두들 그 소리에 정신을 빼앗기고 있음이 분명했다. 아버지는 관이 퍽 무거운지 숨을 가쁘게 쉬고 있었다. 나도 어느새 아버지의 호흡

을 흉내 내고 있었다.

　산비탈에서 우리는 순경이 지시하는 곳에 관을 내려놓고 땅을 파기 시작했다. 형의 친구들이 주로 나섰다. 관 하나가 들어갈 수 있을 만큼의 깊은 구덩이가 파지자 아버지와 형들은 관을 그 구덩이 속에 내려놓았다. 관이 내려지는 동안 노파는 가늘게 떨리는 목소리로 아마 그 시체의 이름인 듯한 것을 몇 번이고 부르고 있었다. 우리는 구덩이 속으로 근방에서 긁어모은 돌을 던져 넣었다. 돌들은 거칠게 모가 나고 한결같이 바싹 말라 있었다. 우리가 던지는 돌들이 관에 가서 맞는 소리가 딱딱하게 울려왔다. 나는 처음의 돌 몇 개는 남들처럼 천천히 던져 넣었지만 그러나 나중엔 힘껏 마치 돌팔매질하듯이 던졌다. 내가 던지는 돌이 관에 맞는 소리는 딴 소리와 뚜렷이 구별되어 울렸다. 관 속에 누운 사람이 내가 던진 돌을 맞고 드디어 내지르는 비명이라는 환각을 나는 무진 애를 쓰며 참고 있었다.

　나는 힘껏 힘껏 던졌다. 나는 돌을 던지면서 힐끗 노파를 훔쳐보았는데 노파가 원망스러운 눈초리로 나를 주시하고 있음을 알았다. 나는 내 오른팔에 더욱 세찬 힘을 느끼며 던지기를 계속했다. 그러자 나를 꽉 붙잡는 손이 있었다. 아버지였다. 아버지는 나를 홱 밀어젖혀버렸다. 나는 엉덩방아를 찧으며 뒤로 나동그라졌다. 나는 목구멍을 욱하고 치받고 올라오는 울음을 간신히 삼키고 있었다. 가을이었다. 내

가 넘어지는 바람에 산갈대 몇 개가 부러져 있었다. 나는 부러진 갈대를 한 개 집어 들고 일어섰다. 나는 그것을 똑똑 부러뜨리며 이제는 삽으로 구덩이에 흙을 퍼 넣고 있는 사람들을 보고 있었다. 시체도 그리고 그것을 묻고 있는 사람들도 나는 밉기만 했다. 관은 이미 나의 시아에서 사라져버리고 없었다. 아버지는 삽을 내던지고 이마의 땀을 훔치고 있었다.

산을 내려오자 아버지와 순경과 반장은 노파가 이끄는 곳으로 따라가버리고 나는 형들과 함께 터벅터벅 집으로 향하였다. 시가지는 아주 조용했다. 지난 사변 때 생긴 탱크의 캐터필러 자국이 마치 뱀이 기어간 자리처럼 길게 남은 아스팔트길에는 가을 오후의 따가운 햇살이 번들거리고 있었다. 삽과 괭이를 질질 끌며 우리는 느릿느릿 걸었다.

형 친구들 중의 하나가

"제기럴, 지금쯤은 남해의 파도 소리를 듣고 있을 텐데……."

하고 중얼거렸다. 형도

"재수 더럽다. 시체나 치워야 할 날인 줄은 꿈에도 몰랐지."

하며 투덜거렸다. 그러자 몇 명이 더 투덜댔다. 그들은 검정색 고등학생 제복의 윗도리를 벗어서 어깨에 메고 있었다. 그들의 볼에는 땀이 마른 자국이 있었다. 나는 그런 차림새로 망망한 바닷가에 서 있는

그들을 상상해보았다. 파도가 밀려오고 그러면 그들은 마치 늑대들처럼 우 하고 고함을 지르겠지. 그러나 나는 그 이상은 상상할 수 없었다. 머리가 깨어질 듯이 아팠다. 실컷 자고 싶은 생각뿐이었다.

집으로 오는 중에 우리는 오르막길 골목의 입구에서 학교로부터 돌아오고 있는 윤희 누나를 만났다. 윤희 누나는 떼를 진 학생들을 만난 것에 당황했던지 얼굴이 빨개져서, 그러자 마침 내가 무슨 구원이라도 되는 듯이 나를 보고 생긋 웃었다. 누나 하고 부르고 싶은 충동을 나는 눌렀다. 웬일인지 여러 사람이 있는 곳에서 그런다면 부끄럽고 어색해질 것 같아서였다. 그러자 행동이 되지 못한 채로 그 충동은 나의 온몸 속에 강하게 남아 있었다. 나의 피로를 윤희 누나만은 풀어줄 수 있을 것 같았다. 지금 그 빨치산의 시체를 치우고 오는 길이야라고 말하고 싶었다. 아주 간단했어라고도. 나는 누나가 나를 불러서 데려가주었으면 하고 바라고 있었다. 어딘가 조용한 곳으로 날 데리고 가서 나의 뜨거운 이마에 손을 얹어주었으면. 누나가 준 그 굉장히 심이 굵은 도화 연필을 사실은 별로 써보지도 못하고 도둑맞아버렸노라고 오늘은 용감히 얘기할 수 있다. 그리고 어리광을 부리며, 나 그런 거 하나 더 받았으면 하고 말하리라, 나는 그런 생각을 하고 있었다. 그러나 그때 누나는 총총걸음으로 우리들의 훨씬 앞을 걸어가고 있었다. 나는 나도 모르는 사이에 내 입술이 삐죽이 비틀어지며 그 사이로 낮

은 웃음소리가 나는 것을 들었다.

"쟤가 이윤희란 애지?"

하고 형의 친구 하나가 말했다. 형이 고개를 끄덕였다.

"즈이 학교에서 1등이라지?"

그 친구가 또 말했다. 형이 또 고개를 끄덕였다.

잠시 후에 다른 친구 하나가

"몸 괜찮은데."

하고 말했다. 그러자 그들의 얼굴을 뒤덮고 오는 소리 없는 웃음을 나는 보았다. 나는 가늘게 몸이 떨렸다. 그만큼 그들의 웃음은 어둠과 음란의 냄새를 내뿜고 있었다.

"응, 정말 괜찮은데."

다른 사람이 그렇게 응수했다. 그리고 잠시 동안 그들은 무엇을 생각하는 듯이 조용히 걸어가고 있었다. 나는 막연하나마 대단히 필연적인 어떤 분위기를 느끼며 그 뒤에 올 것은 무엇인가 하고 거의 기다리고 있는 형편이 되어 있었다. 그런데 그것이 뜻밖에도 형의 입에서 튀어나왔던 것이다.

"저거…… 우리…… 먹을래?"

왁 하고 환호가 터졌다. 골목이 쩡 울렸다. 그러자 사태는 급속도로 발전해나갔다. 그들의 눈은 이미 생기를 되찾았고 삽들이 땅에 끌리

는 소리가 더욱 요란스러워졌다.

집으로 돌아오자 그들은 형의 방에 들어박혀 쑤군거리기 시작했다. 나는 아버지와 내가 거처하는 방에 드러누워서 이따금씩 웃음소리와 낮은 외침이 터져 나오는 것을 들을 수 있었다. 나는 온몸이 나른해지고 잠이 퍼붓는 걸 막아내려고 무진 애를 쓰고 있었다. 그러나 나는 잠이 깜박 들었나 보았다. 형이 나를 흔들어 깨워놓았다. 방문에 엷은 저녁 햇살이 하늘거리고 있었다. 내가 쓰린 눈을 비비며 일어나 앉자 형은 아주 다정한 목소리로

"너 윤희한테 심부름 좀 갔다 와, 응?"

하고 묻는 것이었다. 나는 얼결에

"응."

하고 대답해버렸다. 얼결에가 아니라 나는 벌써부터 그런 부탁을 기대하고 있었는지도 몰랐다. 형은 예상 외로 내 대답이 수월함에 놀래었던지 잠시 눈을 둥그렇게 떠 보이고 나서

"너, 윤희한테 가서 이렇게 좀 전해줘, 응?"

하며, 형은 오늘 저녁 9시에 윤희 누나가 미영이네가 살던 그 빈집으로 나와주기를 기다리겠다는 부탁을 얘기했다.

바야흐로 나는 무서운 음모에 가담하고 있었다. 간단한 말을 전해주는 그런 책임이 희박한 행위로써 가담하는 것이 아니었다. 자, 미영

아, 너의 집을 제공하라고 한다. 매가(賣家)라는 글이 적힌 너털너털한 종잇조각이 붙은 너의 집 대문 앞을 지나칠 때마다 그러나 나는 그 집이 빈집이라는 생각을 해본 적이 한 번도 없었다. 적어도 그런 생각을 해본 적이 없었다고 고집하고 싶다. 미영아 하고 부르면 곧 네가 뛰어나올 것 같았었다. 아니라면, 어느 날엔가는 아름다운 일본의 크레용을 내게 대한 선물로 가지고 돌아와서 네가 다시 그 집에 살게 되리라는 기대를 간직하고 있었다. 너의 빈집이 내게는 용궁처럼 신비스러운 곳이었다. 나는 온갖 화려한 공상을 그곳에서 끄집어낼 수 있었다. 그런데 자, 미영아, 나는 이제 몇 분 안으로 이러한 모든 것 위에 먹칠을 해버리려고 하는 것이다.

아아, 모든 것이 항상 그렇지 않았더냐. 하나를 따르기 위해서 다른 여러 개 위에 먹칠을 해버리려 할 때, 그것이 옳고 그르고를 따지기보다 훨씬 앞서 맛보는 섭섭함. 하기야 그것이 '자라난다'는 것인지도 모른다. 미영아, 내게 응원을 보내라. 형들의 음모에 가담한다는 건 아주 간단한 일이다. 미영아, 내게 응원을 보내라. 그건 뭐 간단한 일이다. 마치 시체를 파묻듯이 그건 아주 간단한 일이다. 뭐 난 잘해낼 것이다.

"형 혼자서 기다리는 것처럼 얘기할까?"

내가 물었다.

"물론 그래야지"

형은 나의 그런 질문이 아주 대견스럽다는 듯이 히죽 웃었다.

나는 방바닥을 보고 있었다. 나는 장판이 해진 곳을 손가락으로 비집고 그 속에 있는 흙을 긁어내고 있었다.

"무엇 때문에 만나자 하느냐고 물으면 무어라고 대답할까?"

나는 손가락 끝에 묻어나오는 흙을 바라보며 형에게 물었다.

"그건 말이지……."

물론 형들은 그런 질문에 대한 대답을 준비해놓았을 것이다. 그러나 나는 그것을 듣기가 무서웠다. 나는 얼른 형의 대답을 가로채서

"학교 일로 만나자고 하면 될 거야. 뭐 윤희 누나는 형을 믿고 있으니까…… 틀림없이 나올 거야."

라고 말했다. 나는 '윤희 누나는 형을 믿고 있으니까'라는 말에 힘을 주고 싶었다. 그러나 내 생각에도 너무나 무심히 지나쳐버린 말이 되고 말았다.

"그러면 될까?"

형은 미심쩍다는 듯이 그러나 나의 완전한 협조에 아주 만족한 태도로 내게 되물었다.

"그럼 되고말고."

나는 자리에서 벌떡 일어났다.

섬돌 위에 놓인 신발을 신고 있을 때 형의 목소리가 내 등 뒤에서 들려왔다. 불안이 형의 목소리를 지배하고 있었다.

"너 정말 잘할 수 있겠니?"

그럼, 잘할 수 있고말고, 나는 속으로 나 자신에게 다짐하고 있었다. 싸리문을 밀고 나서다가 문득 고개를 돌려보니 형의 친구들이 방문을 열어놓고 나를 바라보고 있었다. 나와 시선이 마주친 어떤 형 친구는 격려한다는 뜻으로 주먹 쥔 팔을 올렸다 내렸다 하고 있었다. 그들은 내게 웃음을 보내주고 있었다. 나는 웃지 않았다.

하낫둘, 하낫둘. 나는 입속에서 구호를 붙여가며 골목길을 뛰어갔다. 골목에는 갈색의 그림자들이 누워 있었다. 하늘은 물빛이군. 나무는? 갈색. 지붕은? 보나마나 보라색이겠지. 나의 머릿속에 준비된 도화지는 중유(重油)처럼 진한 색으로 채워지고 있었다.

윤희 누나 앞에 서자, 나는 온 세상이 빙글빙글 도는 듯이 어지러워서 몸을 잘 가눌 수가 없었다. 억울한 일로 선생님한테서 꾸중을 들을 때 나는 그런 기분을 느껴본 적이 있었다. 누나는 아침에 보았던 그런 한복 차림을 하고 있었다. 나의 전언을 듣고 나서 누나는 아주 명료한 음성으로 간단히 승낙했다. 바보 바보 바보. 그러나 또 어느새 나는 형에게 유리한 구실을 덧붙이고 있는 자신을 발견했다.

"아마 굉장히 중대한 학교 일인가 봐. 아무도 모르게 누나 혼자만

와야 한대."

나는 눈을 감았다. 내 귀에 윤희 누나의 고맙다는 그리고 틀림없이 그 빈집으로 가겠다고 전해달라는 말소리가 먼 하늘의 우렛소리처럼 웅웅거렸다. 끝났다. 아주 쉽게 끝났다. 돌아오는 길에 나는 미영이네 집 앞에서 걸음을 멈추었다. 회색의 대문에 누렇게 빛이 바랜 종잇조 각은 여전히 붙어 있었다. 거미가 한 마리 그 종이 곁을 지나서 빠르 게 위로 올라가고 있었다. 대문을 한 손으로 밀어보았다. 안으로 잠겨 있는지 열리지 않았다. 대문이 열리지 않자 집 안을 보고 싶은 생각이 더욱 끓어올랐다. 별로 높지 않은 흙담 위로 나는 올라갔다. 내가 기 어 올라가는 서슬에 담 위의 기와가 몇 장 땅으로 떨어져서 깨어졌다. 나는 담 위에 마치 말 타듯 걸터앉아서 집 안을 내려다보았다. 황폐 한 빈집을 초록색의 공기가 휩싸고 있었다. 마당가에 딸린 조그만 밭 에는 누가 심었었던 가지나무가 있고 시들은 가지나무 잎 밑에 누런 색으로 찌그러든 가지가 몇 개씩 달려 있는 게 보였다. 그것들은 정말 볼품없이 말라 있었다. 누가 빼어갔는지 창에는 유리가 한 장도 없었 다. 나의 가슴은 한없이 조용하게 뛰고 있었다. 문득 내 동무와 시립병 원의 폐허를 구경 가기로 한 약속이 생각났다. 그러나 이젠 그럴 필요 는 없어졌다. 방위대 본부인 그 저택으로 가봐야겠다고 나는 생각하 고 있었다. 새까맣게 되어 있겠지, 아침까지도 그렇게 불길이 오르고

있었으니. 나는 담 위에서 골목으로 뛰어내렸다.

(1962)

서울의 달빛 0장

형님한테서 전화가 왔다.

"너, 차를 샀다면서?"

이(李) 기사한테서 들었을 게 틀림없다. 고용인으로서 몇 시간이나마 자리를 비우려면 외출 이유를 주인에게 말하지 않을 수도 없었을 것이다. 주문했던 차가 오늘 공장에서 나오기로 되어 있었고 나는 형님의 운전사인 이 기사에게 인수해다주기를 부탁해놓고 있었던 것이다. 나는 운전에는 자신이 있었지만 아직 차가 내는 미세한 이상음을 판별할 만큼 차에 익숙해 있지는 않았다. 나에게 운전을 가르쳐준 이 기사는 차를 느낄 줄 알았다. 운전석에 엉덩이를 대는 순간 타이어의 탄력을 잴 수 있었고 내게는 정상적으로 들리는 엔진 소리에서 실린더의 이상을 발견하곤 했다. "그런 것쯤은 한 차만 쭈욱 몰면 금방 알게 되니까요." 이 기사는 그렇게 말하지만 솔직히 말해서 나는 차에 대하여 그렇게 자질구레한 신경을 쓰게 되는 것은 싫었다. 항상 완전하여 그냥 몰아대기만 하면 되는 차가 내가 바라는 차였다. "그런 차가 어디 있겠어요? 쇠로 되고 바퀴가 달렸다 뿐이지 살아 있는 말이라고 생각해야 돼요. 좋은 사료를 먹여주고 과로시키지 말고 병이 났나 살펴봐주고 외양도 항상 깨끗하게 해줘야 되고……."

이 기사는 말에다 비유하며 말하고 있었지만 나는 여자에다 비유하며 들었다. 문득, 결국 나는 여자를 필요로 하고 있었던가 하는 생각이

들었다. 뚜렷이 내세울 만한 용도도 없이 어쩐지 자꾸만 차가 갖고 싶더라니 생각하며 나는 픽 웃었다. 8개월 동안 내 아내였던 여자는 우리가 살던 아파트만이라도 위자료로서 자기한테 줬으면 하고 기대하는 눈치였고, 나 역시 재산 따위 모두 처먹어라 하고 아내에게 던져줘 버리고 싶었지만 물론 아내는 위자료 같은 걸 입 밖에 내어 요구할 처지가 아니었고, 한편 결혼 선물로 그 아파트를 사준 어머니는 내가 이혼하는 여자한테 1원 한 푼 줄까 봐 독이 오른 눈으로 감시하고 있었다. 결혼 때 해준 패물들도 모두 돌려받으라는 게 어머니의 고집이었지만 그것만은 나는 못 들은 체해버렸다. 돌려받을 수도 없었다. 아내는 벌써 그 패물들을 팔아서 이혼 후에 자기가 살 조그만 아파트를 사놓고 있었던 것이다. 친정집으로 들어가 살 줄로만 생각하고 있었던 나는 아파트에서 혼자 살 계획을 하고 있는 아내에 대하여, 이혼에 임박하자 나를 사로잡기 시작한 그 여자에 대한 연민이 사라져버리며, 이전 어느 때보다도 강한 증오, 여러 경우의 여러 증오를 모두 묶어놓은 것보다 더 강한 증오를 느꼈다. 그동안 나를 조롱한, 나로서는 얼굴도 모르는 수많은 사내들이 이제부터 그 여자 혼자 살 아파트를 맘 놓고 드나들 거라는 상상 때문에 나는 차라리 아내를 죽여버리고 싶다는 충동에 시달렸다. 그러나 아내가 나에게 위자료 청구를 할 수 없듯 내가 아내의 미래에 참견할 권리는 없는 것이었다. 가장 침착한 얼굴

로, 가지고 나갈 짐을 차근차근 정리하고 있는 아내를 나는 다만 핏발선 눈으로 바라보기만 할 뿐이었다. 그 여자가 떠나버린 아파트에서 혼자 살 수도 있었다. 어머니와 형수가 재빨리 옷장이니 찬장이니 침대, 화장대 따위를 사들여 빈자리를 메워 마치 여자와 함께 살고 있는 집인 듯 꾸며주었다. 그 가구와 집기 따위가 주로 형수의 취향과 안목에 따라 골라진 것들이었기 때문에 나는 마치 새로운 여자와 함께 살게 된 듯한 느낌을 받았다. 새로운 도배질. 새로운 가구들은 실내에서 아내에 대한 어떤 기억을 몰아내는 데 확실히 효과가 있었다. 그러나 결과는 더 나빴다. 그 여자가 가장 주부다웠던 집 안에서의 세세한 기억들만 몰아내버린 것이었다. 그 기억들은 그 여자를 위해서가 아니라 나 자신을 위해서 간직해두고 싶었던 기억들이었다. 그것들이 아내에 대한 증오를 중화시켜주는 건 결코 아니지만 가령 길에서 스쳐지나가는 어린이의 얼굴에서 밝은 웃음을 볼 때 얻어질 수 있는 무용(無用)한 윤기의 노릇을 나한테 할 수 있었을 것이다. 그런데 그 여자는 그야말로 그 집 밖으로 나가버린 것이었다. 바깥에서의 그 여자란 나를 의혹과 질투와 증오, 썩은 감정의 늪 속으로 밀어 넣는 요물에 지나지 않았던 것이다. 그러나 그 때문에 그 아파트를 팔아버린 것은 아니었다. 팔아서 내 마음대로 할 테다 하는 충동으로 팔아버렸던 것이다. 나는 모든 타인들에게 그들이 나의 타인임을 분명히 해두고 싶

었다. 아니 그들이 내가 자기네의 타인임을 분명히 밝히고 있었다. 아내는 말할 것도 없고, 어머니와 형님까지도 나로서는 타인이 아닐 수 없었다. 한 여자와 결혼을 하면서부터 내가 그들로부터 분리되는 것을 나는 온몸으로 느꼈다. 그들은 얼마간의 재산과 함께 나를 자기들로부터 떼어버린 것이었다. 결혼 이후 그들이 나에게 묻는 것은 돈과 관계된 것만이었다. 내 얼굴에 버짐이 피더라도 그건 이제 나 자신과 아내가 책임질 일이지 어머니나 형님이 걱정해선 안 될 일이었다. 내가 아내와 이혼할 결심과 그 이유를 얘기했을 때야 나는 옛날처럼 나의 마음 세세한 움직임까지 알아두지 못해 안달하는 어머니와 형님을 다시 만날 수 있었다. 그러나 찢어진 종이처럼 그들과 나를 다시 연결시킨 것은 이혼이라는 풀칠이라는 걸 나는 알고 있었다. 나는 그들과 한마디 의논도 없이 아파트를 팔았고 그 판돈의 일부로 작은 아파트를 샀고 자동차를 주문했고 나머지를 아내였던 여자한테 주기 위해 예금통장으로 만들어가지고 있었다. 내 맘대로 할 테다라고 한 것은 결국 어머니와 형님이 싫어하는 짓을 하겠다는 것이라고 해야 할 것이다. 자동차는 나한테 가장 불필요한 물건들 중의 하나일 것이고 불필요한 물건을 사는 데 적지 않은 돈을 쓰는 일은 어머니와 형님이 가장 싫어하는 것이었다. 나는 아무 일도 안 하기로 작정한 사람이었다. 이혼하자마자 대학의 교양학부 국어 강사 자리도 집어치웠다. 어머니

가 내 소유로 해준, 영등포구에 있는 중국 음식점에서 들어오는 수입으로 생계는 충분할 것이고 그동안 지키려고 애쓰고 있던 학문의 사명감 같은 것은 깨끗이 사라져버렸다. 운전을 열심히 배웠던 이유는 아내를 방송국까지 태워다주고 데리러 가고 싶다는 꿈 때문이었지 나 자신을 위해서는 아니었다. 나한테 왜 자동차가 필요할 것인가! 그런데 이 기사의 이야기를 들으며 자동차를 여자에 비유해보고 있으려니, 그 구매 동기를 무작정이라고 스스로 여기고 있던 차가 실은 아내의 대체물이라고 문득 깨달아지며 내 속에 굴을 파고 둥우리를 틀어 앉아버린 여자라는 독충에 대하여 짓이겨주고 싶은 혐오감이 드는 것이었다. 기껏해야 어머니와 형님이 펄펄 뛰며 싫어할 것이기 때문이라고 이유를 만들 수 있다고 생각한 통장 건은 그렇다면 무슨 벌레가 마음의 어느 굴속에서 나왔기 때문인가? 나는 알 수 없었다.

"너한테 차가 왜 필요하니?"

"그냥…… 자동차로 지방 여행이나 다녀볼까 하구요."

대답하며 나는, 이 기사에게 차를 인수해다줄 것을 부탁했을 때 무의식중에 내가 차를 산 사실을 이 기사를 통하여 형님에게 알리고 싶어 했었던 것인지 모른다고 생각했다.

"시골 좀 가는 데 레코드 신품이 왜 필요해, 인마. 값싸고 쓸 만한 중고차가 얼마나 많은데 하필이면 제일 비싼 차를…… 너, 레코드 한

대 굴리는 데 얼마 드는지나 알아? 세금도 그렇고 기름값만 해도 다른 차 갑절은 먹혀. 네가 무슨 재벌이냐? 지방 다니려면 고속도로 통행료만 해도 얼마나 드는지 알구 있어? 지방 갈 때는 나두 고속버스 타고 다녀 인마. 그리고 차를 사고 싶으면 어머니한테라두 미리 상의를 해야지. 너, 어머니가 얼마나 화나신 줄 알아? 너한테 맡겨뒀다간 엉뚱한 짓 하느라고 다 까먹겠다구 식당도 명의를 내 앞으로 바꿔놓자고 야단이셔."

"차는 형님 차하고 바꿔도 좋아요. 뭐 꼭 레코드라야겠는 건 아니니까……."

"인마, 나도 레코드 좋은 줄 몰라서 안 굴리는 줄 아니? 유지비가 많이 들어서 그러는 거야. 어차피 물릴 수는 없는 거구, 내가 임자 찾아볼 테니까 그건 팔아치우고 꼭 차가 있어야겠으면 중고차 중에서 쓸 만한 걸 골라줄 테니까…… 그리구 어머니한테서 전화가 갈 거야. 돈도 돈이지만, 너 차 사고로 무슨 일 낼까 봐 펄펄 뛰시니까, 마음이 울적해서 샀는데 며칠만 타보구 팔아치우겠다구 말해, 알았어?"

아닌 게 아니라 형님의 전화가 끝나기 무섭게 어머니한테서 전화가 걸려왔다. 아직 점심시간도 아닌 땐데 "갈비탕 합이 셋!" 따위의 소리가 어머니의 말 마디마디 사이로 배어 나오고 있었다. 카운터에 앉아서 한 손으로는 종업원에게 전표를 떼주면서 전화를 걸고 있는 모습

442

이 선히 보이는 것 같았다.

"엄마 태우고 관광여행이나 다니려구요."

"넋 빠진 소리 말구 오늘 당장 형한테 맡겨서 팔아치워요. 네가 운전을 언제 해봤다구…… 사람이나 덜컥 치어놔봐라. 천천히 망하려면 아편을 하구 빨리 망하려면 차를 사라구 했어. 그리구 너 은행에 넣었다는 돈 얼마 남았니? 차 사고도 많이 남았을 텐데 ……."

"없어요, 한 푼도."

"없다니?"

"다 써버렸어요, 친구들하구 술 마시느라고……."

계획했던 것도 아닌데 불쑥 거짓말을 하고 말았다. 술보다는 지난 3개월 동안 수많은 여자를 사는 데 돈을 쓴 건 사실이지만 그 액수란 100만 원 이내였고, 그것도 주로 중국 음식점에서 나온 수입으로였다. 400만 원은 아내였던 여자에게 주기 위해 그 여자 이름으로 예금통장을 만들어 내가 가지고 있었던 것이다. 어머니가 물어올 경우에 대비한 대답은, 물론 내가 그렇게 말할 수 있을지 스스로 의심했지만, 그것은 "영숙이 줘버렸어요"라는 것이었다. 왜 줬느냐고 물으면 대답할 말을 준비하지 못한 채, 아마 "그냥요"라는 말이 내 입에서 튀어나오리라고만 막연히 생각해왔다. 그런데 전연 거짓말이 튀어나왔던 것이다.

444

"안 되겠다. 너 당장 이리 좀 오너라. 내가 자리를 비울 수는 없구. 엄마한테 지금 좀 와."

"오후에 들를게요. 어젯밤 꼬박 새우고 지금 자고 있었던 거예요. 잠 좀 자구 나갈게요."

그건 거짓말이 아니었다.

"뭘 하느라구 밤을 새? 또 고등학교 동창생이냐?"

"예, 두수라구 나두 새카맣게 잊어버리고 있던 친군데 소식을 들었다구 전화가 와서……."

"어떤 녀석이 나발을 불고 다닌대니? 이혼이 무슨 잔치 났다구 동창들한테 방을 돌리구 지랄들이라니? 결혼식 때는 코빼기도 안 내밀던 녀석들…… 철딱서니 없는 것들…… 그럼 밤새도록 술을 마셨단 말이냐?"

"네, 그 친구 집에 가서 옛날이야기하며……."

이건 거짓말이었다. 비어홀이 끝나자 두수라는 녀석과 함께 술자리에서 짝이었던 호스티스들을 데리고 여관으로 갔었던 것이다.

이혼 이후, 생활은 전연 상상도 하지 않았던 방향에서 이상한 틀을 들고 나한테 덮쳐 나를 그 틀 속에 집어넣고 틀 모양대로 일그러뜨렸다. 상투적인 매일이었다. 이젠 이름조차 잊어가고 있는 고등학교 동창생으로부터의 갑작스런 전화. 비어홀. 여자 얘기 또는 돈벌이 얘기.

그리고 여자를 사서 호텔로 간다. 또는 호텔에 가서 여자를 산다. 마치 내가 이혼하기를 사방에서 기다리고 있었다는 듯 전화가 지긋지긋하게 많이 걸려왔다. 나 두수야, 생각 안 나니? 하긴 졸업하고 첨이니까. 아냐, 우리 훈련소에서 한 번 만났잖아! 벌써 8년이 됐구나. 자아식, 이제 생각나니? 영진이한테서 네 소식은 자주 듣고 있지. 너 뭐 이혼했다며? 나와라, 술 한잔 살게. 그리고 호기롭게 문지기가 알아주기를 기대하며, 그쪽에서 알아모시지 않으면 자기 쪽에서 문지기의 어깨를 두드리며, 잘 있었어? 앞장서 들어가는 술집들도, 자기네 딴에서 마음을 써 일류로 데려가준 때문인지 그게 그거다. 엠파이어, 월드컵, 코스모스, 오비타운, 그리고 관광호텔들의 나이트클럽들……. 어제 저녁엔 딴 녀석과 밴드석 바로 앞자리에서 마셨는데 오늘은 이 녀석과 구석자리에서 마신다. 무대에서는 텔레비전에서 본 가수들이 무식의 악취를 풍기며 슬픈 노래도 백치처럼 싱글싱글 웃으며 부르고 있고, 개그맨들은 어젯밤과 똑같은 대사를 똑같은 표정으로 씨부렁거리고 있다. 운동 부족과 영양 과다로 비만증에 걸려 있는 사내들은 넥타이 매듭과 허리띠를 헐겁게 풀어놓고 헐떡이며 맥주를 들이켜고 나서 한 손으로는 옆에 붙어 앉아 있는 호스티스의 허리를, 한 손으로는 자기의 튀어나온 배를 슬슬 어루만지고 있다. 간신히 엉덩이까지만 내려오는 원피스 유니폼을 입은 호스티스들은 자기 사내가 술잔에서 입

을 뗄 때마다 땅콩이나 북어포 조각을 사내 입에 넣어주고, 가수의 노래가 끝날 때마다 눈은 딴 곳을 향한 채 무대 쪽으로 손만 내밀어 맥빠진 박수를 친다. 사내의 손은 탁자 밑에서 아가씨의 사타구니를 더듬고, 아이, 남들이 보잖아요, 빼내는 손끝에 묻어오는 것은 냉증 특유의 썩은 냄새일 게 틀림없다. 썩은 냄새. 썩은 음부. 아내의 사타구니에서 풍겨오던 부패 그 자체. 허연 거품을 떠올리는 노랗게 썩은 술. 가슴 복판에서 시작하여 독사처럼 외줄기로 목구멍까지 치달려오는 통증마저도 상투적이다. 썩은 술이 빠르게 침투하며 상투적으로 모든 신경세포를 들쑤시고 머리, 가슴, 불알, 무릎 관절의 모든 조직을 썩인다. 썩은 술에 의해 썩어가는 사고, 썩은 사고에 의한 썩은 감정. 상투적으로 끓어오르는 상투적인 증오. 혈관 속의 피는 검은색으로 변하고 있으리라. 인간은 행복할 자격이 있는가? 먹을 것이 부족하던 시절에는 생선 시장의 개들처럼 꼬리를 뒷다리 사이에 감아 넣고 눈을 슬프게 치켜뜨고 다니다가 형편이 좀 나아지면 발정한 개들처럼 닥치는 대로 붙을 자리만 찾아다닌다. 사람들이 결국 바라는 건 필요 이상의 음식, 필요 이상의 교미. 섹스의 가수요(假需要), 부잣집 며느리 여름철에 연탄 사 모으듯, 남의 아내건 남의 아내가 될 여자건 닥치는 대로 붙는다. 남의 사랑을 위한 빈자리를 남겨두지 않는다. 물처럼, 공기처럼, 여력만 있으면 빈자리를 메우려 든다. 인간은 자연인가? 메

우고 썩힌다. 썩은 사타구니에서 쏟아지는 썩은 감정. 자리를 찾지 못한 자들의 증오. 평화가 만든 여유. 여유가 만든 가수요. 가수요가 만든 부패. 부패가 만드는 증오. 부패는 이미 시작되었으며 남은 일은 증오의 누적, 그리하여 전쟁. 전쟁은 필연적이다. 전쟁으로 모두 빼앗기고 다시 시작. 인간은 행복할 자격이 있는가? 그게 아녜요. 형편이 나아져서가 아녜요. 아내가 말한다. 그럼 뭐야. 그렇군, 형편이 더 나빠져서군. 돈 때문이니까. 우리를 지배하고 있는 건 돈이니까. 아녜요. 슬픔 때문예요. 종말에 대한 슬픔이 섹스를 만든 거예요. 마찬가지로 우리 모두를 지배하고 있는 슬픔이 우리들의 섹스를 만들어요. 사람들은 슬퍼하고 있어요. 당신이 바라고 있는 그 전쟁 때문예요. 정부에서도 신문에서도 전쟁에 대비하라고 야단들이잖아요? 내가 얘기하는 건 그런 전쟁이 아냐. 전쟁은 다 마찬가지예요. 전쟁이 나면 이번엔 아무 데도 도망갈 데가 없다는 걸 어린애까지도 알고 있어요. 지난번 전쟁보다 더 끔찍하리라는 것도 모두 알고 있어요. 우리를 지배하고 있는 것은 자본주의도 정치권력도 아녜요. 종말에 대한 불안이에요. 적개심을 돋운다고 하지만 그건 전쟁 이후에도 살아남을 수 있는 사람들을 위해서죠. 집은 불타고 자기는 죽고 아이들은 고아원으로 간다는 것쯤 누구나 알고 있어요. 슬픔이 적개심을 휩싸서 녹여버려요. 우리가 기대할 수 있는 건 적개심에 대해서가 아니라 우리의 적들에게

도 불탈 집이 있고 고아원으로 갈 아이들이 있어서 우리처럼 슬퍼하고 있는지 하는 사실에 대해서뿐예요. 희망을 거는 건 인간이 독하지 못하다는 사실에 대해서뿐이죠. 그렇지만 그런 희망이 얼마나 허망한 결과로 나타나는지는 정부에서 설명 안 해줘도 누구나 알고 있어요. 그래요, 모두를 지배하고 있는 것은 슬픔예요. 그 슬픔은 특히 남자들을 사로잡고 있어요. 그 슬픔이 남자들의 윤리를 허물어뜨려요. 윤리란 미래적인 거죠. 우리에겐 미래가 없는 거예요. 그리고 허물어진 남자들이 여자를 지배하고 있구요. 그래서 모두 슬픈 거예요. 악귀 붙은 년, 악귀 붙어 미친 년. 네 주둥아리를 빌어서 아는 체 떠들고 있는 도깨비는 어떤 놈이냐? 방송극의 유치한 대사로만 꽉 들어찬 네 대가리에서 나올 수 있는 말이 아니다. 왜 화제를 나한테로 돌리세요? 옳아, 이제 보니 그동안 쭈욱 날 우습게 보고 있었군요? 가장 위해주는 체하면서, 사랑하는 체하면서. 그래 우습게 보고 있었다. 그런 줄 알고, 네 몸에 미친 놈 도깨비가 붙은 줄 알아보고 우습게 보고 있었다. 누구냐? 네 입을 빌어서 떠들고 있는 놈. 그따위 말로 널 유혹했단 말이지? 그따위 말로 내 자리를 빼앗았단 말이지? 여자의 자물쇠는 그따위 말로 열린단 말이지? 열리자마자 문 안으로 정액을 쏟아 넣어 그 말을 네 자궁 속에 단단히 풀칠해놓았단 말이지? 우린 이제 모두 죽게 될 테니까, 하며 슬픈 얼굴을 짓고 사내들이 다가오면 네 문은 스

스로 열린단 말이지? 누구냐? 이름을 대란 말야. 네 주둥아리를 통해서 말하고 있는 그놈. 아직도 네 자궁 속에 살아서 까불어대고 있는 놈. 개 같은 욕망에 시대의 구실을 붙여 널 유혹한 놈. 이름을 대. 모두 이름을 대. 몇 놈이냐? 모두 이름을 대. 개새끼야, 미친 건 네놈이야. 이젠 싫증났으면 그냥 싫다고 해. 내가 언제 처녀랬어? 내가 언제 결혼해달라구 했어? 결혼하자구 찾아다닌 건 네놈이잖아! 그냥 나가달래도 얼마든지 나갈 수 있어. 그래, 미쳤는지도 모른다. 네 자궁 속에 붙어서 아무한테나 문을 열어주는 도깨비한테 물려서 나도 미친 모양이다. 어서 이름만 대. 악귀는 제 이름을 부르면 도망치는 거다. 널 쫓아내고 싶어서가 아니다. 네 몸속의 도깨비를 쫓아내고 싶어서다. 왜 감추느냐, 왜 도깨비를 감싸고 내놓지 않느냐. 부끄러워서냐. 작은 부끄러움을 지키려고 큰 사랑을 거절하는 거냐. 널 마음대로 휘두르고 있는 건 네 몸에 붙은 도깨비야. 도깨비가 지배하고 있는 널 내가 어떻게 믿고 사랑할 수 있느냐. 토해버려라, 도깨비를 토해버려, 네 자궁 속의 도깨비를 입으로 토해버려. 널 사랑하고 싶어서 그러는 거야. 개새끼야. 진짜로 미친놈은 네놈이야. 없는 도깨비를 억지로 만들어서 날 쫓아내려구. 좋아, 나갈게. 네놈 아니면 남자 없을 줄 알구. 개 같은 년. 허연 거품을 떠올리는 누렇게 썩은 술.

아내를 처음 알게 된 것은 결혼하기 반년쯤 전, 4월 어느 일요일 오

후, 부산에서 서울로 오는 비행기 안에서였다. 그 전날 오후, 부산에서 고등학교 교편을 잡고 있는 대학 동창의 결혼식이 있었다. 오전에 태종대를 구경하고 그 바닷가 바위 위에서 마신 소주 때문에 아직도 새빨간 얼굴을 해가지고 비행기에 올라 자리에 앉아 있는데 어쩐지 내 옆자리에 예쁜 여자가 앉아줄 것 같은 예감이 들었다. 예감은 기대로 바뀌어 만일 예쁜 여자가 아닌 사람이 앉는다면 나는 몹시 불쾌해질 것 같았다. 그래서 승강구 쪽에서 내 쪽을 향해 다가오는 사업가 차림의 사내들에게 나는 갑자기 날카로운 적의를 느끼며 조마조마한 마음으로 기다리고 있었다. 오르고 있는 여자라고는 대부분 남편 동반의 기름진 중년 여인들이었고 그나마도 몇 명 되지 않았다. 잠시 후에 여자대학 배지를 옷깃에 단 아가씨 두 명이 올랐으나 너무 어려 보였고 예쁘지도 않았다. 다행히 그 두 아가씨는 다른 자리에 나란히 앉았다. 그리고 잠시 후에 기다리던 여자가 나타났다. 몸매가 가늘고 얼굴 생김이 뚜렷한 스무서너 살로 보이는 여자였다. 옷차림이 다소 지나치게 화려해 보였으나 그건 휴일날 유원지에서라면 얼마든지 볼 수 있을 정도였다. 저 여자라면 하고 기대하고 있는데 다른 사람들 눈에도 예뻐 보이는지 그 여자가 통로를 걸어와 좌석번호를 확인하고 내 옆에 앉을 때까지 그 여자를 보기 위해 고개를 돌리고 있는 사람들이 여기저기 보였다. 특히 중년 여인들이 그랬다. 다른 사람들도 나처럼 자

기 옆자리에 예쁜 여자가 앉기를 바라고 있었구나 생각하며 일정한 조건 속에선 사람들의 심리가 어슷비슷하다는 바로 그 점이 사람들을 결속시키는 것이라고 잠깐 엉뚱한 생각을 하고 있었다. 그 여자 뒤로도 몇 명의 젊은 여자가 올랐으나 그 여자만큼 예쁜 여자는 없었다. 모두가 나를 부러워하고 있는 것 같아서 나는 무표정하려고 애써도 참을 수 없이 웃는 얼굴이 되었다. 문득 많은 사람들 앞에서 발가벗고 선 것처럼 부끄러워서 웃음을 삼키려고 어금니를 깨물려 창밖 풍경을 구경하는 체했다. 비행기가 이륙하여 저녁 햇살을 받아 명암이 뚜렷한 산들이 아득히 내려다보이자, 나는 그 명암이 뚜렷한 산들과 허공에 떠 있는 몇십 명의 사람이 그려진 초현실주의 화풍의 그림을 상상으로 보고 있었다. 그리고 비행기의 실종을 상상했다. 어딘가 무인도에 내려 이 비행기를 타고 있는 사람들끼리만 한 사회를 이루고 살아야 한다면, 가만있자 남자가 몇 명이고 여자가 몇 명이지? 고개를 쭉 뽑고 그래도 안 되어 엉덩이까지 들어 올려 기내의 남자와 여자 숫자를 눈으로 세어보고 있는 나를 내 옆의 여자는 이상하다는 눈으로 보고 있었다. 남자 일곱 명에 여자 하나의 비율이라는 계산이 나왔다. 결국 나는 이 여자를 다른 남자 여섯 명과 함께 가질 수밖에 없다. 아냐, 젊고 가장 예쁜 여자니까 모든 남자가 다 가지고 싶어 할 것이다. 물론 나는, 비행기에서 앉았던 대로, 운명대로 짝을 지읍시다고 주장하

겠지만 보아하니 비행기 안에 앉아 있는 대부분 남자들은, 넥타이를 끄르고 양복만 벗어버리면 씨름꾼이라고 해도 정확할 만큼 정력적으로들 생겼다. 그런 주장을 하다간 우르르 달려들어 우선 나부터 처치해놓고 볼 인상들이다. 나는 아내와의 운명을 그때 벌써 예감하고 있었던가 보았다. 아니 만일 하나의 이미지가 그 이후의 운명을 유도한다면 그 비행기 속에서의 망령된 공상이 그 이후 아내를 대하는 나의 자세로 굳어졌던 것일 수도 있다.

스튜어디스가 통로를 지나가며 나의 여자에게 "안녕하세요?" 상냥하게 인사를 했을 때야 나는 말 붙일 구실을 잡을 수 있었다. "비행기를 자주 타시는 모양이죠?" 나의 여자는 긍정도 부정도 아닌 미소만 지어 보였다. "전 비행기 타보는 거, 이번이 두 번째입니다. 작년 여름방학 때 제주도 가면서 한 번 타보구선……." "학생이시군요?" 학생이라면 동생처럼 여기고 말상대를 해주겠다는 듯 얼굴을 풀며 말하는 그 여자의 입에서 담배 냄새가 풍겨왔다. "학생은 아니지만 대학에 나가고 있습니다." "어머, 그럼…… 교수님이신가요?" "아녜요. 아직 시간강사예요, 헤헤……." 교수는 그만두고 전임강사도 아닌 자신이, 그리고 백치처럼 말꼬리에 싱거운 웃음을 흘리고 만 자신이 혐오스러웠다. "학생이세요?" 이번엔 내가 물었다. 화장이 짙은 걸로 봐서 학생은 아니라고 확신하면서, 그러나 '졸업했어요' 정도의 대답은 기대하

면서. 그 여자는 눈이 부신 듯 깜박이며 나를 잠깐 응시했다. 이해할 수 없는 사태나 사람과 갑자기 부딪쳤을 때 그 여자의 눈은 그렇게 떨리고 그렇게 맑아지는가 보았다. 어쨌든 속눈썹을 떨며 내 눈을 응시하던 그 여자의 눈길은 내 운명을 결정했다. 그 순간에 나는 그 여자를 사랑해버린 것이었다. 마음과 마음의 가장 빠른 지름길은 마주치는 눈길이었구나고 생각하며 나의 술 마셔 붉은 얼굴은 더욱 붉어지며 이마로 진땀이 배어 나오기 시작했다. 그 여자의 얼굴에 갑자기 장난꾸러기 같은 미소가 번지면서 "제가 대학생 같아 보이세요?" 물어왔다. 마치 대학생 같아 보이기를 기대하는 듯. "글쎄요, 4학년쯤······ 아니, 졸업하셨죠?" 가만히 손을 올려 웃는 입을 감추며 그 여자는 재빠른 시선으로 그동안 그 여자를 곁눈질로 훔쳐보고 있던 통로 저쪽의 중년 남자를 보고 나서, 표정을 다시 의젓하게 정리했다. 그다음부터는 마지못해하는 듯 내 질문에 반응했다. "댁이 부산이세요?" "아니, 서울예요." "책 많이 읽으세요?" "······네." "주로 어떤 책을······ 소설 같은 거요?" "소설도 보구요······." "또?" "닥치는 대로 보죠 뭐. 그렇지만 워낙 시간이 없어서 많이는 못 봐요." "뭘 하시는데 시간이 없으세요? 공부하시느라고요? 역시 학생이군. 어느 학교 다니세요?" 그 여자는 이번엔 냉담한 얼굴로 잠깐 나를 돌아보았을 뿐이었다. 나는 머쓱해지지 않을 수 없었다. "미안합니다. 실은 미인이셔서 자꾸

말이 하고 싶네요." 그제야 미소를 띠고 얼굴은 앞을 향한 채 상반신만 내 쪽으로 약간 기울려 "저 방송국에 나가고 있어요." 남이 들을까 꺼리는 듯 속삭이는 음성이었다.

그 은근한 속삭임 때문에 나는 그 여자한테서 모든 것을 허락받은 듯한 기쁨을 느꼈다. 그러나 나는 여전히 그 여자에 대해서는 모른 채였다. 방송국에 나간다는 말을 다만 직장이 방송국이라는 뜻으로만 들었다.

"방송국에서 뭘 하세요? 아, 아나운서군요?"

"……그 비슷한 거예요."

그때 내 앞자리의 중년 여자가 의자 등받이 너머로 얼굴을 내밀고 나에게 웃음 머금은 사투리로 말했다. "보소, 듣자 듣자 하니 너무한데이. 유명한 텔레비 탤런트 한영숙 씨도 모르나, 이 답답한 양반아." 중년 여자의 말이 끝나기도 전에 주위에 왁 웃음이 터지는 걸로 보아 그동안 내가 나의 여자와 주고받은 말을 그들은 흥미 있게 듣고 있던 모양이었다. 내가 목덜미까지 새빨개진 것은, 남들이 다 알고 있는 유명한 여자를 몰라봤다는 부끄러움 때문이 아니라 우리의 은밀한 대화를 남들에게 들켰다는 창피함 때문이었다. 텔레비전이라야 휴일날 방영해주는 외국 영화나 가끔 보는 데 지나지 않아서 나는 그 여자가 텔레비전 드라마에 출연하는 여배우란 건 전연 상상도 안 했었다. "공

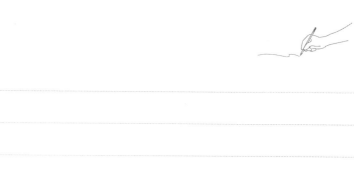

부만 열심히 하시는 모양이네요. 텔레비 같은 건 안 보시구⋯⋯." "예, 앞으론 열심히 보겠습니다."

사실 그 후 며칠 동안 나는 그 여자의 얼굴을 보기 위해서 그 여자가 출연하는 드라마 시간이 되면 텔레비전 수상기 앞에 앉곤 하였다. 역할을 위한 분장 탓인지 화면 속의 그 여자는 내가 본 그 여자와는 다른 것 같아서 안타까움을 느꼈다. 국민학교 때 아동극에 출연한 같은 반 계집애가 야단스런 화장을 했을 때 느낀 그 서먹서먹함과 앙증스럽게 귀엽던 기억이 났다. 비행기 안에서 그 여자를 돌아보던 사람들의 표정이 이제 보니 아동극의 소녀를 바라보던 국민학교 때의 나의 표정이었다는 걸 깨달았다. 관심을 갖고 보니 여배우들의 사생활에 대한 소문도 내 귀에 많이 들어왔고, 사람들의 화제를 대부분 차지하고 있는 것이 뜻밖에도 바로 여배우들의 사생활에 관한 것이라는 것을 알았고, 그리고 그것은 스캔들을 취급하는 신문이니 잡지들이 사회적 존경을 유지시킬 필요가 있는 직업이나 계층의 사람들의 스캔들을 취급할 힘을 바로 그 사람들에 의해서 빼앗기고 있고 또 그 사람들이 오직 단 하나의 문, 여배우나 가수 등 대중의 휴식에 봉사하는 계층의 스캔들을 취급할 수 있는 문만 그 여론 도구에게 열어주고 있기 때문이라는 것을 알게 되었고, 그리고 사람들이 여배우의 스캔들에 관심을 갖는 것은 그 여배우 자신에 대한 호기심 때문이 아니라

그 여배우를 통해서나 엿볼 수 있을 것 같은 자기 시대의 감춰져 있는 부분에 대해서라는 것도 알게 되었다. 그러나 아무것도, 화면 속의 그 여자도 여배우들에 대한 해괴한 소문도 내 속에 들어와 박혀 있는 그 여자의 눈을 빼내지는 못했다. 숨결이 내 뺨에 와 닿을 만큼 가까운 거리에서 어리둥절해서 깜박이며 내 눈을 빤히 들여다보던 그 눈. 그 눈이 어딜 가나 나를 따라다녔다. 어느 날 나는 문득 내가 그 여자에게 결혼 신청을 해볼 수도 있다는 아주 간단한 사실을 깨달았다. 그러자 그 여자가 승낙하리라는 확신이 들었다. 왜냐하면 그것은 운명이니까. 지금 그 여자에게 결혼하기로 약속한 남자가 있다고 하더라도 그 여자가 그 약속을 취소하고 나와 결혼할 것이 틀림없다. 왜냐하면 운명이니까. 그런 생각이 든 다음 날 나는 방송국 근처의 다방에서 그 여자에게 전화를 했다. "녹화중이어서요"라고 말하는 그 여자의 얼굴은 분장 때문에 진짜 아동극의 소녀 같아서 나는 웃음이 나왔다. 그 자리에서 나는 우리 집에서 한번 저녁 대접을 하고 싶다고 말하고 사흘 후에 오겠다는 약속을 받았다. 우리 집이란 어머니와 나와 가정부가 쓰고 있는 살림집을 말함이었다. 음식은 어머니가 경영하는 식당에서 준비를 해가지고 종업원이 차로 날라왔다. 형님 집에서 형수와 조카들이 여배우 구경을 하러 왔다. 저녁 식사 후 내 서재에서 나는 내가 느끼고 있는 그 여자와 나와의 운명에 대해서 얘기했다. 결혼

은 아직 생각해본 적이 없다는 대답이었다. 지금 자기 머릿속을 차지하고 있는 것은 여배우로서의 성공뿐이라는 것이었다. 누군가 그 여자로 하여금 한 남자만의 소유가 되는 것을 가로막고 있다는 것을 그 여자의 말 속에서 나는 느낄 수 있었다. 그 누군가는 자기의 꿈이라고 그 여자는 말했지만 수녀가 되는 여자들에게도 천주(天主)에 봉사하기를 부추기는 사람이 있는 것이다. 마침내 그 여자는 그것이 자기 집의 가난이라고 실토했다. 아버지, 어머니, 네 명의 동생들이 그 여자 수입에 의존하고 있는 것이었다. 결혼을 해줄 수 없지만 좋은 친구는 돼주겠다고 그 여자는 말했다. 내가 그 여자에게 결혼 신청을 했다는 사실을 나중에 알고 어머니와 형님은 어처구니없다는 표정이었다. 형수만이 그럴 수도 있는 거죠 뭐 하고 말했다. 결국 나는 그 여자의 친구로 지낼 수밖에 없다고 각오하게 되었고 그러나 남자와 여자 사이의 친구란 아무것도 아니란 걸 깨닫고, 이젠 방송국 근처 다방에도 그만 나가겠다고 생각할 무렵 갑자기 그 여자가 결혼을 승낙했다. "욕심쟁이!" 나에 대한 그 여자의 그 말이 나와 결혼할 것을 결심한 이유라는 것이었다. 나는 무슨 뜻인 줄 몰랐다. 나는 나의 그 여자에 대한 전인격적 사랑을, 완전한 소유욕을 그 여자가 그렇게 표현한 것이라고만 생각하고 자랑스럽게 웃었다. 다른 남자들이 그 여자의 음부만으로 만족하고 그 여자의 나머지는 그 여자 자신의 소유로 인정해버리

는 데 비교된 표현이라고는 생각하지 못했다. 그 여자가 말하는 '친구'라는 것이, 가방을 든 채 어슬렁어슬렁 방송국 근처 다방으로 가서 차를 시켜놓고 그 여자를 기다리는 동안 남의 웃음거리나 되는 것이 아니라는 걸 몰랐다. 결혼식 때까지도 나는 그 여자에게 처녀막이 있는지 없는지에 대해서는 한 번도 생각해보지 않았다. 결혼을 안 한 여자니까 처녀일 것은 당연했다. 갑자기 닥친 결혼식을 앞두고 허둥지둥 병원으로 달려가 정충 검사를 해본 것은 나였다. 군대 시절, 부대 근처 마을의 한 술집 아가씨와 다섯 번 성교를 했는데 그때 성병에 걸렸던 것이었다. 부대의 의무실에 입원까지 해가며 치료를 받아 완치된 줄은 알고 있지만 막상 결혼을 앞두고 보니 그 악독한 병균이 혹시 미세한 하나라도 내 몸속에 남아 있을까 봐 불안해서 견딜 수 없었다. 아내 이전에 여자 경험이라고는 병을 옮겨준 그 아가씨가 유일한 것이었지만 그마저도 나는 아내 될 여자에게 죄스러웠다. 결혼식만 치르고 나면 기회를 보아 그 일을 고백하고 용서를 구하리라고 작정하고 있었다. 서귀포의 호텔에서의 첫날밤 신부가 처녀가 아니기 때에 당황한 것은 아내가 아니라 나였다. 처녀가 아닌 점에 대해서는 아내는 한마디 설명도 없었다. 거짓으로라도 아픈 체해줬더라면 좋았을 것이다. 아니 아픈 체해보려고 시도는 하는 것 같았다. 그러나 스스로 멋쩍었던지 금방 그런 거짓 표정을 지워버렸다. 아내와의 최초의 행

위가 끝났을 때 나는 내가 신부의 비처녀(非處女)를 전연 알아채지 못한 듯 구느라고 소란을 피웠다. "아팠지? 처음엔 되게 아프다던데?" 이마, 뺨, 닥치는 대로 키스를 해대고 손으로 아내의 배를 쓸어주고 하며 고통을 위로해주는 듯 호들갑을 떨었다. 실제로 나는 그토록 소원했던 여자와 알몸으로 껴안고 있게 된 기쁨에만 휩싸여 있었다. 처녀가 아니기 때문에 당황했을 뿐이지 아직 실망하거나 화가 나지는 않았다. 호들갑을 떨고 있는 나를 그 여자가 내가 잊을 수 없는 그 눈으로 꽤 오랫동안 보고 있었다. 어리둥절하여 깜박이며 내 눈을 빤히 들여다보는 그 눈. 나중에야 나는 그 여자에게 고백시켜 그 여자를 정화시킬 수 있었던 기회는 바로 그때였다고 깨닫게 되었지만 어떻든 그 눈 표정이 바뀌었을 때 그 여자의 자궁 속에서 나갈까 말까 망설이던 도깨비는 도로 자궁 속 깊이 들어가버린 것이었다. 그 눈앞에서 고백을 시작한 건 오히려 나였다. 부대 근처 마을의 술집, 염소처럼 눈동자가 노랗던 아가씨, 성병, 결혼식을 앞두고 대학병원에서 완전무결하다는 진단을 받았다는 얘기까지 했다. 성병이라는 얘기를 할 때 그 여자는 치가 떨리는 듯 몸을 웅크리며 돌아누우려 했다. 황급히 어깨를 끌어안아 내 쪽으로 돌려놓고 아내를 안심시키기 위해서 부대 의무실에서의 치료 과정을 기억나는 한 상세하게 설명했다.

"용서해줘, 용서해줄 수 없어?" 용서한다는 듯 아내는 내 목을 끌어

안았다. 그리고 욕실에 가서 아랫도리를 다시 씻고 오라고 했다. 욕실에서 돌아오자 나를 침대 위에 반듯이 눕게 하고 아내는 엎드려서 나의 벌레처럼 줄어든 남성을 입에 넣고 애무하기 시작했다. 내 남성은 그 어느 때보다도 크게 발기되고 있었지만 그러나 내 몸을 적시기 시작하는 것은 관능의 쾌감이 아니라 슬픔이었다. 아내는 아직 용서받은 것이 아니었다. 그런데도 그 여자는 모두 용서받은 듯이 굴고 있는 것이었다. 성기에 입을 대는 것이 성병에 걸렸던 나를 용서한다는 의식이라고 그 여자는 생각했는지 모르지만 나는 외국에 다녀온 친구가 언젠가 슬그머니 보여주던 포르노 사진의 그 비속(卑俗)의 극치를 기억하고 그런 대담한 행위를 첫날밤에 보여줌으로써 아내가 자신의 추잡한 과거를 인정하도록 나에게 강요하고 있는 것이라고 생각했다. 나는 인정할 수가 없었다. 아내가 잠든 후 나는 이불을 걷고 아내의 음부를 들여다보았다. 난생 처음 보는 음부의 추악한 모습에 나는 구토증을 느꼈다. 그것은 악마에게 강요당하여 아내가 할 수 없이 몸에 차고 다니는 주머니인 것만 같았다. 4박 5일의 신혼여행을 끝내고 서울로 돌아왔을 때 나는 성기에서 이따금 찌르는 듯 스치고 가는 통증을 느꼈다. 병원에 가보니 잡균의 침입으로 생긴 요도염이었다. 이것만은 모른 체해도 좋은 일이 아니었다. 아내는 자신은 아무렇지 않다고 했다. 냉증은 어느 여자에게나 있는 것이라고 했다. 나의 성병이 재

발했을 것이라고 우기며 새삼스럽게 구토증을 느끼는 듯 목줄기에 손을 대고 침을 뱉어내었다. 어쨌든 아내와 나는 사이좋은 유치원 아이들처럼 나란히 병원엘 다녔다. 그렇다. 부부란 함께 병을 고치기 위해 만난 남자와 여자다. 나는 그렇게 생각했다. 그러나 변기에 앉아 핏덩어리를 쏟고 있는 아내를 병원으로 데려가, 태아의 자연유산임과 의사의 입에서 아내의 인공유산의 경험이 많음을 알고 났을 때 이제부터 아내는 나에게 도깨비들이 실컷 뜯어먹다 싫증이 나서 던져준 썩은 고깃덩이에 지나지 않았다. 그렇다고는 하지만 늦지는 않았었다. 그 여자가 입으로 그 도깨비들을 토해줬더라면. 그러나 아내는 드라큘라에게 목덜미를 물린 여자였다. 지방에서 양조업을 하고 있는 고등학교 동창생이 오랜만에 서울에 온 김에 친했던 몇 명의 친구를 불러 근사하게 한잔 사겠다고 간 후암동의 어느 은밀한 방에서, 캘린더 촬영 때문에 늦겠다고 전화했던 아내가 다른 호스티스들과 함께 들어왔을 때 나는 이제껏 그 여자가 빠져나오지 못하고 있는 세계의 두꺼움을 감히 짐작조차 할 수 없었다.

거품처럼 끓어오르는 증오. 너 이런 데 왜 나왔어? 돈 때문이죠. 돈은 누가 주지? 돈 가진 남자가 주지 누가 줘요. 남자는 왜 너한테 돈을 주지? 즐겁게 해줬으니까 주지 왜 줘요. 즐겁다는 반대말은 슬프다. 역시 그런가? 갖가지 친구들의 갖가지 충고. 그러니까 일찍일찍 하나

라도 많이 주워먹는 거야. 여편네는 어차피 처녀가 아닐 테니까. 나라고 가만히 있을 수 있니? 자기가 터뜨린 처녀가 하나만 있어도 좋아. 여편네 생각하고 화가 날 때 나도 처녀 하나 먹었으니까 하면 되니까. 많이 먹을수록 좋아. 그 기억만으로 충분히 위로받을 수 있어. 여편네의 용도는 어차피 다른 거니까. 인간은 도대체 행복을 바라고 있기나 한가? 개새끼들. 너희들이다, 아내의 자궁 속에 달라붙어 있는 슬픈 얼굴의 도깨비는. 다시 만나 살라구. 이혼한 여자는 불쌍한 거야. 여자란 처녀인 체 속일 수 있는 동안 꼿꼿할 수 있는 거야. 속일 수도 없게 됐다는 점 때문에 이혼한 여자는 절망하는 거지. 여자가 한번 절망하면 얼마나 자기를 더럽게 내돌리는지 넌 모르지? 불쌍하지도 않니? 개새끼들. 불쌍하다는 말 속에서 축축한 욕망이 엿보인다. 그래, 이혼한 여자란 처녀가 아니다. 처녀가 아니니까 외설스럽다. 길에서 내 아내였던 여자를 만나게 되면 너희들은 그 여자의 아랫배부터 볼 게 틀림없다. 난 처음부터 그럴 줄 알았어. 네가 여배우하고 결혼했다는 소문을 들었을 때부터 앞날이 훤히 보이더군. 우선 여배우란 직업은 일종의 사업이야. 가정이란 것도 하나의 사업이구. 한꺼번에 두 가지 사업을 둘 다 잘 경영한다는 건 힘든 거야. 결혼할 때 그 직업은 그만두게 해야 했어. 네 와이프는 화가지? 달라, 여배우란 특수한 직업이야. 그 육체 자체가 대중의 소유야. 여배우 자신이 그걸 잘 알고 있어. 대

중의 소유물을 너 혼자 독점하려면 대중들이 그 여자에게 줄 수 있는 것 이상을 네가 줄 수 있어야 해. 대중들이 부러워할 명예라든가 어마어마한 돈이라든가 그 여자가 무슨 짓을 하든지 얼마든지 용서할 수 있는 사랑이라든가. 비싼 창녀란 말이군. 남편은 기생의 기둥서방이 되란 거구. 여자 중의 여자란 말이지. 모든 여자란 규모가 크고 작을 뿐 다 그런 거야. 만족의 한계가 좁달 뿐 아무리 평범한 여자도 다른 남자가 주는 것 이상을 줄 때 독점할 수 있는 거야. 남녀 관계란 근본적으로 경제적 관계야. 남자끼리의 관계만 사상적 관계지. 부자와 가난뱅이도 같은 취미로써 친구로 지내거든. 말 잘했다. 내가 증오하는 것은 너희 남자들 그 경제 구조를 엉망으로 만드는 사상 구조. 아이를 빨리 만들지 그랬니? 아이란 우리들의 신이야. 인간적인 사랑이란 삼각형의 관계 형식 속에서만 가능하다구 생각해. 한 꼭지점에는 남자, 또 한 꼭지점엔 여자 그리고 또 한 꼭지점엔 신이 있어야 하는 거야. 남자와 여자가 함께 바라보는 신이 있을 때 추잡한 거래 관계를 벗어날 수 있는 거야. 신이 없는 두 꼭지점만의 남자와 여자의 사랑이란 이기적으로 무한히 탐욕적인 동물적인 사랑에 지나지 않아. 어느 한편이 상대를 잡아먹고서야 끝나는 투쟁에 지나지 않아. 끝나도 괴로운 투쟁이지. 왜냐하면 상대를 잡아먹어버렸으니 남은 건 고독한 자기란 말야. 신이 있으면 달라. 신에게는 남자도 여자도 다 있어줘야 한

다는 걸 알고 남자와 여자는 진실로 평등하게 상대를 존중하게 되지. 서양 사람들에게는 그 신이 있지만 신이 없는 우리들에겐 자식이 그 신 노릇을 하는 거야. 물론 그 신이 불변하고 영원한 하나의 신이 아니라 변하고 일시적이고 수많은 신이기 때문에 우리가 만드는 삼각형은 불완전한 삼각형이고 너무나 많아서 충동하기 쉬운 다신교라고 해야 하겠지만 어쨌든 남자와 여자 사이에 추잡한 동물적 사랑이 아닌 숭고한 인간적 사랑을 최소한이나마 가능하게 해주는 거야. 신이 인간을 구제한다면 아이들이 우리를 구제해주고 있는 거야. 아이를 빨리 낳았더라면 네 부부가 파경을 당하진 않았을 거야. 네 부인도 달라졌을 거구. 그랬을지도 모르지. 그러나 도깨비가 붙어 있는 것은 자궁. 유산 경험이 많으시군요. 습관성 유산입니다. 전쟁이 나면 고아원에나 가게 될 아이, 안 낳으면 어때요? 나의 자리를 오염시킨 놈들은 누구냐. 철저히 불완전하고 위선적인 삼각형. 바로 너의 논리에 의하여 부정당해야 할 너의 주장. 아이는 신이 될 수 없다. 아이는 언제까지나 아이로 있는 게 아니다. 아이를 갖지 않은 어른들, 아이를 잃어버린 어른들이 된다. 내 것이어야 할 아내의 처녀를 도둑질한 놈은 20대 미혼 청년이었고 아내를 돈으로 유혹한 놈들은 장성해버려 이젠 자식이라고 하기 어려운 자식을 가진 50대 사내들이었다. 부모에겐 신이 되고 스스로는 악마인 두 가지 얼굴의 신은 신이 아니다. 탐욕적인 청춘, 이

기적인 중년, 발기되는 노년들이 물처럼 공기처럼 빈자리를 메우려 드는 세계. 우리의 삼각형은 그들 틈에 우글쭈글 뒤틀려 잠시 끼어 있을 뿐. 상투적인 저녁이었다. 이름조차 잊어가고 있던 동창생으로부터 갑작스런 전화. 소문 들었다. 술 살게 나와라. 여자 얘기 또 돈벌이 얘기. 인마, 마셔, 마시고 잊어버려. 버스하구 여자는 5분만 기다리면 오는 거야. 야, 오늘 저녁 너 이 손님 잘 모셔. 내가 왜 돈 벌려고 악착 떠는 줄 아니? 이런 친구 위로해주려구 그러는 거야. 너 팁, 평생 잊지 못하도록 줄 테니까 잘 모셔야 해. 이 친구, 너무 순진해서 여편네한테 구박받은 몸이니까 네가 인생 공부 좀 잘 시켜드려. 어머, 탤런트 한영숙이 남편이에요? 야, 너 여편네 덕 단단히 보는구나. 나중엔 이혼할 망정 나두 탤런트하구 결혼할걸. 맙소사.

이혼 이후, 이혼의 충격으로 멍해 있을 때 생활은 엉뚱한 방향에서 이상한 틀을 가지고 나를 덮쳐 나를 그 틀 속으로 밀어 넣었다. 곡마단의 객석에서 무대 위로, 술의 늪으로, 음모(陰毛)의 숲으로 나는 그것들의 부력(浮力)에 나의 존재를 떠받치도록 맡기고 있었고 그래서 나라고 내가 생각하고 있던 이전의 나로부터 점점 멀어져갔다. 물론 이건 내가 아니라고 생각했지만 그전에도 항상 이건 내가 아니라고 생각하며 살았었다. 이건 내가 아니고 이전의 내가 나라고 한다면 이전의 나는 그 이전의 나를, 그 이전의 나는 그 이전의 나를…… 그리

하여 나는 무(無)이어야 할 것이다. 그러므로 이건 내가 아니라고 하는 바로 내가 나임을 나는 안다. 어느 때가 돼야만 이건 나라고 할 수 있을 것인가! 그건 꿈속의 꿈임을 나는 안다. 나는 이전의 나로부터 멀어져감으로써 아내 쪽으로 가까워지리라 기대하고 있었다. 그러나 아무리 떠내려가도 가까워지는 것은 아무것도 없었다. 아내나 친구나 그리고 내가 알고 있던 모든 사람들과 이전의 나는 그때의 그 관계대로 어느 시점에서 영화의 정지된 화면처럼 멈춰서 지나가버린 시간의 땅 위에 남겨진 채로 나 자신에게조차 전연 낯선 나만이 낯선 여자들과 함께 가까워질 아무것도 발견하지 못한 채 캄캄한 바다로 떠내려가고 있었다. 그 어두운 바다는 전연 다른 법칙으로서 역시 상투적이었다. 타인끼리만 지키는 캄캄한 법칙의 바다였다. 그런 바다에서 어떤 변화를 기대하거나 시도하는 것은 위험했다. 육지에서 변화를 기대하는 자는 잠시 얕은 바다에 뛰어들면 되지만, 되돌아가고 싶은 육지도 없이 바다의 부력에만 존재를 맡기고 떠내려가는 자가 변화를 시도하려면 물속 깊이 빠져버리는 수밖에 없다. 바다 밑에서 딴 세계가 기다리고 있을지도 모른다. 그러나 거의 그것은 죽음일 것이다. 캄캄한 부력은 그런 위험한 시도로부터도 나를 떠받치고 있었다.

그리하여 나는 지난 3개월 동안 60명 이상의 여자와 관계했다. 세면(洗面)이 일과의 하나이듯 성교 역시 일과의 하나였다. 매번 다른 여

자라는 사실은 매일 낯선 지방으로 여행하는 것과 흡사했다. 빨리 통과해버리고 싶은 여자가 있었고 며칠이고 머물고 싶은 여자가 있었다. 그렇다. 그것은 여행이었다. 가는 곳마다 고향과 비교해보듯 여자마다 아내와 비교해보곤 했다. 그러나 모두가 고향과 닮았으나 아무 데도 고향은 아니듯 모두가 아내를 닮았으나 아내는 아니었다. 실제로 며칠이고 머물고 싶어 붙잡은 여자도 마침내는 비용만 축낼 뿐 어느 순간에선가 역시 타향이라는 깨달음만 안겨주는 것이었다. 나의 타향을 자기의 고향으로 가진 사람들이 있듯 나에겐 타인인 그 여자들을 고향으로 갖고 있는 남자들이 있다는 사실도 알 수 있었다. 몇 개의 마을을 지나치는 동안 배치가 다르고 가꿈이 다르고 규모가 다를 뿐 결국 모든 곳이 집과 길과 숲과 냇물 등으로 이루어져 있음을 알게 되듯 그 마을의 생활 속으로 들어갈 수 없고 또 뻔해서 들어가기도 싫은 여행자에게는 여행의 시작에 느꼈던 기대와 흥분도 이내 잃어버리고 지저분하나마 익숙한 고향 거리에 대한 향수만 짙어갈 뿐이었다. 마침내 향수의 고통으로써 허전한 여행자는 아무리 잘 꾸민 도시에서도 지저분한 고향의 모습과 닮은 구석을 발견했을 때만 우두커니 발길을 멈춘다. 마을마다 역사가 다르듯 살아온 얘기가 다르고 마을마다 주민이 다르듯 사소하나 친밀한 생활을 함께하는 사람들을 따로 갖고 있는 그 모든 여자들과 나의 아내가 공통되는 것은 오직 음부

뿐이었다. 첫날밤 아내가 잠든 후에 살그머니 들여다보고 그 부분만은 악마의 솜씨로 만들어졌다고 생각하며 구토증을 느꼈던 그 음부만이 이제는 가장 사랑스럽고 가장 소중한 고향의 모습이었다. 눈만 뜨면 내 사고의 초점은, 강력한 모터로 움직이는 기계처럼 아무리 멋게 하려 해도 억센 힘으로 내 의지를 밀쳐내버리며 자동적으로 한 점으로만 집중하며 나를 목마르게 하는 나날이 시작되었다. 여자의 음부로만, 오직 여자의 음부로만. 눈만 뜨면 내 앞에 마주 서는 이미지는 여자의 육체에서 떨어져 나와 혼자서 꿈틀거리고 느끼고 생각하고 울고 잠드는, 알맞은 볼륨을 가진 생명체, 음부였다. 그 이미지와 함께 있는 동안만 나는 살아 있었다. 그 밖의 모든 일과 시간, 책을 보는 것도 친구와 만나는 것도 물건을 사는 것도 나에게는 무의미한 것이었다. 그 이미지의 실체를 만나려 나는 여자를 불렀다. 그러나 그때마다 만나는 것은 자기의 소중한 음부를 더러운 노예처럼 학대하며 사타구니에 차고 다니는 잔인할 만큼 이기적인 타인들뿐이었다. 음부를 제거하고 나면 여자란 정말 경멸할 만큼 하잘것없는 것이다. 아아! 저 훌륭한 생명체가 왜 여자들의 노예로서 끌려다녀야 하는 것인가! 여자가 떠나간 다음에야 그 생명체는 서서히 여자로부터 분리되어 확대되면서, 내 앞에 마주 서는 것이었고 다시 나를 안타깝도록 목마르게 하는 것이었고 그래서 나로 하여금 또 여자를 부르게 하는 것이었다.

하루에 여섯 명의 여자를 차례차례 데려오게 한 날도 있었다. 이제 나는 알고 있었다. 아내가 나의 아내인 동안에 다른 사내들이 내 아내한 테서 얻을 수 있었던 것은 음부를 더러운 노예처럼 학대하는 노예 상인의 잔인한 얼굴뿐이었다는 것을. 또한 나는 이제 알고 있었다. 음부란 물론 그 자체로서 소중한 것이긴 하지만 아내와는 아무런 관련이 있을 수 없는 독립된 생명체라는 것을. 음부는 아내가 아니었다. 다만 아내가 내 곁에 있을 때 항상 데리고 있으면 충분한 그 무엇이었다. 그런데 아내는 항상 내 곁에 있었던가? 그렇다. 아내는 나를 속이면서까지 항상 내 곁에 있으려고 했었다. 이제 나는 물체(物體)의 세계를 들여다본다. 중요한 것은 '있다'는 것이다. 의혹과 질투의 고통은 '있지 않다'는 것에 비하면 하잘것없는 것이다. 그러므로 그 여자가 나의 아내로 있는 동안 '친정집을 도와주기 위하여' 나 모르게 저질렀던 매음 행위는 무시해도 좋으리라. 그것이 법률이나 사회 윤리에 저촉되는 짓이라고 비난하지는 말자. 법률이나 사회 윤리 같은 건 개나 처먹어라. 그것은 만화 속의 경찰처럼 도둑이 아니라 쫓고 있는 피해자를 소란 피운다고 쫓고 있을 뿐이다. 그렇다고는 하지만 지금도 여전히 그 여자가 내 곁에 있지 않았었다는 믿음이 씻어지지 않는 것은 무엇 때문인가? 왜 나는 첫날밤부터 그 여자가 내 곁에 있지 않다고 믿어버렸던가? 내가 그 여자에게 바랐던 것은 무엇이었는가? 그것은 아

무래도 가장 단순하고 가장 불가능한 것, 내가 그 여자의 최초의 남자가 아니라는 것뿐이다. 그 여자의 나와 알기 이전의 과거까지 소유하고 싶은, 불가능한 욕망 때문에, 음부와 그 여자를 분리시켜봐도 여전히 그 여자는 부재(不在)인 것이다. 그러나 과거를 소유한다는 것이 과연 불가능한 것일까. 결혼하는 남자와 여자가 서로 가져가는 것은 결코 가구나 패물만이 아니다. 자기들의 모든 과거를 짊어지고 만나는 것이다. 친정 식구들마저도 그 여자의 과거로서 남편에게 가져가는 것이다. 이미 돌아가신 할아버지 할머니마저도 얘기라는 수단으로써 짊어지고 가는 것이다. 마땅히 아내는 과거의 연장인 처녀막을 가지고 오든지 아니면 죽은 할아버지처럼 과거의 남자를 구화(口話)를 통해서 데려다놔야 할 것이다. 그런데 하고 나는 고개를 갸웃거린다. 밤의 파도 위에서 만난 수많은 여자들에게 나는 그 여자들이 최초의 처녀를 상실했을 때의 사정을, 상대 남자를, 때와 장소를, 그 일이 그 여자에 끼친 영향 등을 묻곤 했다. 그리고 망설이면서 또는 거리낌 없이 그 여자들이 묻는 대로 자세히 얘기를 할 때 나는 과연 그 여자들이 과거를 짊어지고 나한테 왔다는 느낌이 들었던가? 오히려 반대로, 얘기를 하고 있는 동안 그 여자들이 당당한 걸음걸이로 과거를 향해 떠나버리는 것을 보지 않았던가! 그 여자의 과거는 내 손에 잡았지만 그 여자 자신은 내 손에서 빠져나가버리곤 하지 않았던가. '있다'는 것이

중요한 물체의 세계와 과거마저 소유하고 싶은 욕망은 동시에 성취될 수 있는 것인가? 아무래도 그것은 내 소유욕을 유발시키는 과거가 아내에게 없었어야 했고, 그것은 불가능한 것이었다.

차가 도착한 것은 오후 3시쯤이었다. 차임벨 소리에 현관문을 열어보니 이 기사가,

"백마가 아주 늘씬합니다. 고분고분 말귀도 잘 알아듣구요."

나는 흰색으로 주문해놓고 있었던 것이다. 이빨을 닦던 중이라 칫솔을 입에 문 채 베란다로 나가서 차를 굽어봤다. 하얀 차체가 눈에 들어오는 순간 나는 현기증을 느끼며 비틀거렸다. 고등학생일 때 공중목욕탕에서 칸막이 사이로 우연히 눈에 뜨인 여자의 알몸을 보았을 때도 머릿속의 모든 것이 기화(氣化)하여 순식간에 새어나가버리는 듯한 현기증을 느꼈었다.

"자, 어서 한번 밟아보세요."

이 기사의 재촉에도 불구하고 나는 우두커니 차를 내려다보고 있었다. 아니 차를 보고 있는 게 아니라 내 앞에서 자꾸만 확대되고 있는 공간과 시간을 넋 놓고 바라보고 있었다. 그것은 허공처럼 무색(無色)으로 확장되며 나에게 묻고 있었다. 넌 도대체 이 차를 가지고 어쩌겠다는 거냐? 무얼로써 이 공간과 시간을 채우겠다는 거냐?

어쩌겠다는 계획이라고는 하나밖에 없었다. 차를 가지게 된 날 준

비해뒀던 예금통장을 아내였던 여자에게 갖다주겠다는 것이었다. 우리의 재산을 공평하게 분배함으로써 비로소 나는 아내였던 여자에게 마음의 빚을 갖지 않을 수 있다고 생각했다. 나는 차를 샀는데 너도 사고 싶은 거 사렴. 아파트를 위자료로서 자기한테 줬으면 하던 아내의 눈치가 항상 마음에 걸려 있었던 것이다. 아니다, 나는 제의하고 싶었던 것이다. 우리 시험 삼아서 이제부터 새로 시작해보지 않겠어? 되면 되고 안 되면 제자리지. 자, 나도 이만하면 준비가 된 것 같은데.

이 기사를 옆에 태우고 신호가 열리는 길이면 아무 데로나 닥치는 대로 차를 몰며 시운전을 했다.

"불안할 때는 곧 길 옆으로 비켜서 차를 세우세요. 억지로 참으면 사고가 나요."

말하는 이 기사를 형님 집 근처에 내려주고 나는 방송국으로 향했다.

내가 맨 처음 찾아갔을 때처럼 아내였던 여자는 분장한 모습으로 다방에 나왔다. 싸우고 헤어진 남편 대접을 해주기 위해 침통한 표정을 짓느라고 안간힘을 쓰고 있는 게 분명했다.

"나 차 샀어."

말하자마자 그 여자는 언제 침통했더냐는 듯이 표정을 활짝 걷어버리고 깜짝 반가운 음성으로,

"정말? 어디?"

보고 싶다는 듯 고개를 다방 입구 쪽으로 돌렸다. 아내만 아니라면 얼마나 사랑스러운 여자일까 하고 나는 생각했다.

"태워줄게, 시간 있으면……."

"지금은 안 되구, 구경이나 해요."

우리는 주차장으로 향했다. 가는 동안 나는 팔짱을 껴주지 않는 여자를 바싹 곁에서 느껴야 하는 고통에 시달렸다. 이따금 그 여자의 팔과 부딪치곤 하는 내 왼팔이 어깨에서 손끝까지 마비된 듯 무거웠다. 안방에서 식탁 앞까지 가는 동안에도 팔짱을 끼곤 하던 여자였다. 애정의 몸짓이라기보다 그 여자의 버릇이었다. 여자 친구와 걸을 때도 으레 팔짱을 끼곤 했다. 역시 의식하고 있구나. 그렇게 생각하니, 내가 운전하는 차로 그 여자를 방송국에 데려다주고 데려오겠다고 얘기하던 시절이 안타깝도록 그리워지고 그 여자에게 차 구경을 시킨다는 것이 잔인한 일 같았다.

"어머, 레코드네!"

내 차 앞에서 탄성을 내지르는 그 여자를 보고서야 나는 내가 가장 비싼 차를 구입한 이유를 처음으로 알았다.

"왜 흰색으로 했어요? 안방마님이 타는 차 같잖아요."

"나도 모르겠어. 괜히 하얀색이 좋아 보여서…… 잠깐 차에 타지."

"안 돼요. 7시까진 계속 녹화예요. 차 태워주고 싶으면 7시 반쯤 오

세요."

"아니, 차 타구 어디 가자는 게 아니구 잠깐 할 얘기가 있어."

"그럼 다시 다방으로 가요. 이혼한 줄 다 아는데 차 속에 다정하게 앉아 있으면 남들이 웃어요."

"그럼 여기서 말하지."

나는 예금통장과 그 여자의 이름을 새긴 도장을 건네줬다.

"이게 뭐예요?"

"아파트를 팔았어. 우리 둘이 나눠 갖는 거야. 난 이 차를 샀어. 내가 좀 더 많이 가졌지만 받아줘."

통장을 받아들고 있는 그 여자의 손이 가늘게 떨고 있었다. 진실로 침통한 표정이 그 여자의 분장을 헤집고 새어 나왔다. 고통을 참고 있는 관자놀이를 보자 나는 울부짖으며 그 뺨을 후려치고 싶은 충동을 느꼈다.

잠시 후에 그 여자는 사색이 끝났다는 듯 미소를 띠고,

"위자료군요?"

이제야 이혼을 실감하겠다는 듯 말했다.

아냐, 위자료가 아냐. 너한테 위자료 같은 걸 받을 권리는 없어. 이건 유혹하기 위한 선물이야. 이제부터 다시 시작해보자고 유혹하는 뇌물이야. 나는 그렇게 말하고 싶었으나 그 말들은 지렁이 떼처럼 덩

어리로 엉켜서 가슴속을 굴러다닐 뿐이었다.

"지나놓고 보니 위자료 같은 거 안 받아서 얼마나 다행이었는지 모른다고 생각했는데…… 결국 나는 나쁜 여자가 되는군요…… 잘 쓰겠어요."

"저어…… 나…… 영숙이 아파트로 가끔 놀러 가도 되겠어?"

어리둥절한 표정으로 그 여자의 눈이 깜박거리며 내 눈을 빤히 응시했다. 비행기 안에서처럼, 비처녀를 감춰주느라고 호들갑을 떨고 있는 나를 바라보던 첫날밤처럼. 그렇다, 이 여자가 저런 눈이 될 때마다 우리의 관계는 새로운 국면을 맞이하곤 했던 것이다. 자, 무슨 일이 생길 것인가?

갑자기 그 여자의 한쪽 콧구멍에서 검붉은 피가 한 줄기 흘러내렸다. 호주머니를 뒤졌으나 내 호주머니 속에 손수건 따위가 있을 리 없다.

"고개를 젖혀."

손을 가져가려 하자 그 여자의 음성이 쇳소리를 냈다.

"손대지 말아요."

방송극의 대사처럼 그것은 평범한 일상의 음색이 아니었다.

"잠깐 고개를 젖히고 있어."

나는 약솜을 사기 위해 주차장 건너편에 있는 약방으로 달려갔다. 그 여자를 위해서 어디론가 마냥 달리고 있다면 좋겠다고 생각했다.

달리고 있는 몸에 썩은 감정들이 달라붙을 자리는 없을 것이다. 그러
나 약솜을 사가지고 왔을 때 그 여자는 없었다. 찢어진 통장의 종잇조
각들만 마음의 쓰라린 파편으로서 땅바닥에 널려져 있었다. 나 역시
그 여자와의 완전무결한 몌별(袂別)을 처음으로 실감했다. 증오의 고
통도 함께 찢겨져버린 것이다.

(1977)

World Classic Korean Literature Writing Book **02**

필사의 힘

김승옥처럼 【차나 한 잔】 따라 쓰기

1판 1쇄 2021년 7월 30일

원   작 김승옥
펴낸이 장영재
펴낸곳 (주)미르북컴퍼니
전   화 02)3141-4421
팩   스 0505-333-4428
등   록 2012년 3월 16일(제313-2012-81호)
주   소 서울시 마포구 성미산로32길 12, 2층 (우 03983)
이 메 일 sanhonjinju@naver.com
카   페 cafe.naver.com/mirbookcompany